A MALDIÇÃO DE SOMBRA E GELO

CATHARINA MAURA

Tradução
Fernanda Castro

Planeta minotauro

Publicado pela primeira vez por Forever, um selo de Grand Central Publishing, membro do Hachette Book Group.
Direitos de tradução por Sandra Dijkstra Literary Agency e Sandra Bruna Agencia Literaria, SL.

Título original: *A Curse of Shadows and Ice*

Preparação: Fernanda Marão
Revisão: Tamiris Sene e Wélida Muniz
Projeto gráfico e diagramação: Renata Zucchini
Capa: Catharina Maura e Daniela Medina
Imagem de capa: Deposit Photos
Adaptação de capa: Sandra Fava
Imagens de miolo: Freepik

Dados Internacionais de Catalogação na Publicação (CIP)
Angélica Ilacqua CRB-8/7057

Maura, Catharina
A maldição de sombra e gelo / Catharina Maura ; tradução de Fernanda Castro. - São Paulo : Planeta do Brasil, 2025.
320 p.

ISBN 978-85-422-3838-9
Título original: A Curse of Shadows and Ice

1. Ficção holandesa I. Título II. Castro, Fernanda

25-3905 CDD 839.313

Índice para catálogo sistemático:
1. Ficção holandesa

2025
Todos os direitos desta edição reservados à
Editora Planeta do Brasil Ltda.
Rua Bela Cintra, 986, 4º andar – Consolação
São Paulo-SP – CEP 01415-002
www.planetadelivros.com.br
faleconosco@editoraplaneta.com.br

Este livro é para todos que escondem sua força interior,
temendo a reação do mundo.
Não se deixe enjaular.
Não deixe que sufoquem seu crescimento
visando o conforto alheio.
Liberte sua magia.

Felix

Se eu pudesse acabar com minha vida, eu o faria. Não há armas que eu não tenha experimentado ou venenos que ainda não tenha consumido. Meu corpo sempre se regenera. A maldição se recusa a me deixar fugir de suas garras. Não há escapatória, nem para mim nem para o meu povo.

O desespero corta fundo em minha alma conforme me aproximo do espelho alto escondido nas entranhas da ala leste, e os ventos gelados chicoteiam a pele enquanto meus passos ecoam ameaçadores no palácio iluminado pela lua. Magia das sombras se agarra ao espelho de prata manchada, tentáculos tênues de fumaça preta espiralando em torno da moldura, ameaçando derrubar os pingentes de gelo que se formaram ao redor dos delicados ornamentos florais de ouro que disfarçam o que vive lá dentro.

Quando encaro o espelho, não é meu reflexo que vejo. Sinto a mordida da amargura ao contemplar os olhos brancos e leitosos da vidente que o habita.

— Mostre a garota.

Pythia sorri com uma expressão assustadora e agourenta enquanto desaparece lentamente de vista, sua imagem sendo substituída pela de uma jovem sentada no canto de um quarto escuro, com um livro nas mãos e algo semelhante à melancolia estampado no rosto. Cabelos longos e escuros caem até sua cintura e, mesmo sob a iluminação fraca, seus olhos castanho-claros brilham de esperança. Sempre que a vejo, ela está com a mesma expressão. *Esperança.* Algo raramente testemunhado em Eldiria.

A garota sorri para si mesma enquanto vira a página, e meu coração afunda. Ela não sabe que não realizará nenhum de seus sonhos. Arabella de Althea ainda não faz ideia de que uma tristeza maior do que qualquer outra que já enfrentou está para se abater sobre ela. Afinal, seu destino está entrelaçado ao meu.

— Tem certeza de que é ela?

A imagem fica borrada outra vez. Pythia aparece, os olhos esbranquiçados me mantendo preso no lugar.

— Somente ela pode quebrar a maldição — confirma a vidente. — Arabella de Althea está fadada a se tornar sua imperatriz.

Meu olhar percorre o rosto pálido da mulher, a dúvida cria raízes no fundo do meu peito. Videntes são conhecidas por gostarem de enganar as pessoas, mas passei a acreditar que Pythia talvez seja diferente. As décadas de tormento a desgastaram tanto quanto a mim. Ela está tão conectada à maldição quanto eu. Até que seja quebrada, a vidente está presa na dimensão do espelho – o mesmo para o qual estou olhando.

— Ela é tão jovem — murmuro, a mente voltando para Arabella. — Parece fraca.

Os contornos dos lábios vermelho-escuros de Pythia se curvam no fantasma de um sorriso.

— Ela tem vinte e três anos, Excelência. Está longe de ser uma criança.

Não consigo entender como Arabella de Althea pode nos libertar, mas, se houver a mínima chance, devo uma tentativa ao meu povo. Talvez eu devesse repensar os planos traçados desde que descobri a existência da garota, três meses atrás. Podia mandar que a capturassem e a trouxessem para mim antes do amanhecer. Se ela fosse qualquer outra pessoa, era exatamente isso que eu faria.

— Ela precisa vir por escolha própria — relembra Pythia, a voz afiada.

Surpreso, ergo uma sobrancelha, me perguntando de imediato se a vidente leu minha expressão ou meus pensamentos. Pelas Fúrias, eu não me surpreenderia se fosse a segunda opção.

Concordo com a cabeça e dou um passo para trás, resistindo à vontade de interrogar a vidente mais a fundo. Essa é a primeira vez que ela me dá alguma esperança quanto à maldição ser quebrada. É uma pena que isso vá custar o futuro de Arabella.

Arabella de Althea.

Minha futura esposa.

Um vislumbre de esperança em um mundo escuro e sem cor. Ela vai nos salvar, e isso lhe custará tudo.

Caminho com o coração pesado em direção ao átrio do palácio, as paredes forradas por rosas vermelho-sangue, as flores favoritas de minha mãe. A mera visão das rosas quase me faz cair de joelhos, a vergonha e o arrependimento se alternam em minhas veias escuras. Não consigo deixar de me perguntar se o espírito de minha mãe está me observando lá de cima. Se for o caso, ela sem dúvida aprecia minha desgraça. Sua maldição se desenrolou exatamente como ela queria.

— Então você vai mesmo fazer isso?

Ergo os olhos e vejo Elaine ao meu lado, seus dedos acariciando com gentileza as pétalas congeladas de uma rosa, o semblante cheio de saudade.

— Não tenho escolha.

Ela vira o rosto, mas, por um momento, tenho certeza de que há uma pitada de angústia em sua expressão.

— Sempre existe uma escolha — declara ela, a voz suave, ainda que firme. — A garota não vai gostar de você se fizer isso com ela. O amor não floresce sob ameaças.

— *Amor* — zombo.

Um mito comum entre os que conhecem a profecia de Pythia: eles acreditam que o amor verdadeiro quebrará a maldição.

Uma união de verdade entre o imperador e a mulher destinada a empunhar o que há por dentro vai libertá-los.

Elaine está convencida de que *uma união de verdade* significa *amor verdadeiro*, mas devia estar mais preocupada com a parte de *empunhar o que há por dentro*. Todos sabem que a magia só pode ser extraída e controlada do éter, nunca *de dentro*, de modo que não é uma feiticeira que estamos procurando, nem uma alquimista. Se Arabella de Althea for mesmo a mulher da profecia, então o que ela *empunha*? Eu a observo faz meses, e até o momento não vi ninguém mais fraco do que aquela garota.

— Sim. *Amor* — repete Elaine, o tom firme e inflexível.

Suspiro ao levantar o rosto para encará-la. Nunca entendi como Elaine se apega à esperança apesar de tudo o que a maldição tirou dela, de *nós*. Não há nada que eu não esteja disposto a tentar, mas amor não é a resposta para a maldição que nos atormenta.

Forço um sorriso para ela e acaricio sua bochecha com um toque gentil. Elaine é a única que não foge da aberração que me tornei, a única que olha para mim e enxerga mais do que apenas um monstro. Minhas veias escurecidas, horríveis e venenosas não a perturbam. Elaine devia me odiar por tudo o que custei a ela, mas nunca me culpou pelas consequências da maldição. E jamais perdeu a esperança.

— Se ao menos isso fosse verdade. Se eu tivesse escolha, teria me matado e libertado os que foram amaldiçoados comigo.

Não escolheria *me casar*.

Eu era jovem demais para compreender as palavras de minha mãe, mas as ouvi sendo repetidas para mim durante toda a vida. Ela me amaldiçoou a viver nas sombras como ela sempre tinha feito, banhado em uma escuridão inescapável que envolveria todo o reino. Eu deveria testemunhar sua destruição, impotente, e viver na miséria de saber que jamais experimentaria um amor verdadeiro. Minha mãe me amaldiçoou a ter a mesma vida que ela levou.

Não tinha ideia do que isso significava até que as colinas verdes e ondulantes que eu conhecera na adolescência murcharam, assim como meu pai. Por volta dos meus quinze anos, o corpo dele se encheu de veias pretas e venenosas, uma doença desconhecida que o fez apodrecer e implorar por misericórdia para minha mãe todos os dias, até ficar tão debilitado e delirante que a única coisa que conseguia pronunciar era o nome dela. Pouco depois, o sol de pôs e nunca mais nasceu. Na época de seu falecimento, dias antes do meu vigésimo aniversário, todo o império havia sido coberto por uma geada traiçoeira, tornando o cultivo impossível. A floresta começou a se fechar sobre nós como se quisesse nos prender, tornando o comércio igualmente impossível, e nosso povo perecia em uma velocidade mais rápida do que eu conseguia entender.

Se ao menos essa tivesse sido a pior parte...

Graças à minha mãe, eu teria de apagar a chama de Arabella de Althea e arrastá-la para a escuridão comigo. Outro sacrifício em nossa batalha sem fim contra a maldição.

Mais uma vítima.

Eu só podia esperar que fosse a última.

Arabella

— Papai vai nos matar se pegar a gente — murmuro, a voz trêmula traindo minha ansiedade crescente.

Minha irmãzinha apenas leva o dedo indicador até os lábios, a diversão dançando em seus olhos.

— Se a gente tomar cuidado e ficar quietinha, papai nunca vai descobrir — promete Serena, segurando minha mão.

Meu coração bate forte enquanto ela me conduz rumo a um corredor há muito esquecido que leva até um conjunto de escadas que precisa urgentemente de reparos.

— Ninguém vem aqui — tranquiliza ela. — E vai nos dar uma vista perfeita. Você não quer descobrir se os rumores são verdadeiros?

Hesito antes de segui-la pelas longas escadas sinuosas, sem conseguir afastar o desconforto que senti o dia inteiro. Estou acostumada a me esgueirar por aí e, mesmo quando não é o caso, costumo ser ignorada, minha existência mal sendo percebida pelos criados do castelo ou por qualquer outra pessoa. É diferente com Serena, ela está quase sempre acompanhada por um guarda pessoal e pelas damas de companhia. Não vai demorar muito até perceberem que ela não está no quarto. E aí o que acontece? Serei punida por colocá-la em apuros, sem dúvida. Sempre sou culpada, mesmo quando não tenho nada a ver com suas travessuras.

A madeira range sob meu peso, e minha respiração fica presa.

— Estamos quase lá — diz Serena, espiando por cima do ombro.

Ela me puxa ao longo dos últimos passos até estarmos diante de uma pequena janela com vista para o pátio do castelo, o horizonte se estendendo por quilômetros de distância.

— Ali — sussurra ela, erguendo a mão trêmula para apontar o exército inconfundível que marcha em nossa direção, todos os soldados vestindo um tom anormal de preto. Eles parecem tão desumanos quanto as pessoas costumam dizer. — É ele mesmo.

— O Imperador Sombrio — murmuro, a voz tingida de medo.

Minha torcida era para que os rumores não passassem de mexericos.

— O que você acha que o Imperador Sombrio veio fazer aqui? Por que viria para cá, entre todas as opções? E sem avisar antes — cochicha Serena, a animação vai murchando em sua voz, deixando no lugar apenas o mesmo medo que corria em minhas veias.

Forço um sorriso para minha irmã caçula, incerta de como responder àquela pergunta com sinceridade sem com isso deixá-la em pânico. Como posso dizer a ela que não existe nenhuma razão positiva para ele vir até aqui?

O Imperador Sombrio é o homem mais poderoso que existe, o último alquimista em um mundo que proibiu massivamente toda forma de magia e alquimia após a praga que se espalhou pelo mundo cinco décadas atrás, matando centenas de milhares de pessoas, mas nem sequer um único ser mágico. Não demorou muito para que uma feiticeira, que distribuía poções para ajudar com os sintomas, fosse culpada pela doença, e depois outra, até que todas foram queimadas vivas pelo medo de que tivessem invocado a praga a fim de purgar o mundo dos menos poderosos que elas, ou então para lucrar com os desesperados o suficiente por uma cura.

Embora a praga tivesse acabado, elas continuavam sendo caçadas. Todos aprendiam que feiticeiras não apenas são dissimuladas, mas que a magia traz infortúnio para quem a usa e para qualquer um que esteja no entorno. É dito que a própria magia se voltou contra seus usuários, amaldiçoando-os como forma de retaliação por terem trazido à tona uma praga que perturbou a ordem natural da vida. Quem possui magia é denunciado às autoridades e condenado a uma existência inteira de cativeiro, de onde não poderá fazer o mal.

Ao longo da última década, o Imperador Sombrio conquistou a maioria dos países que nos cercam, explorando recursos naturais e rotas de comércio sob o pretexto de criar refúgios mágicos seguros. Não é difícil adivinhar o que o trouxe até nós, mas não é uma tarefa fácil explicar tal coisa para minha irmã superprotegida, que não entende nada de política apesar de ser apenas três anos mais nova que eu. Por muitas vezes, desejei ter sua ingenuidade, mas hoje é um daqueles raros dias em que não sinto a menor inveja.

— Eu não ousaria adivinhar — digo para ela, sendo o mais verdadeira possível.

Serena se inclina na minha direção enquanto espiamos através da pequena janela da torre. Posso ver as bandeiras eldirianas tremulando a distância, uma delegação que se aproxima do nosso castelo a cada segundo.

Mesmo de longe, é fácil reconhecer o uniforme do Imperador Sombrio. Ele é exatamente como nos livros de história, com as roupas mais escuras do que nanquim exibindo bordados dourados que se movem pelo tecido, criando a insígnia eldiriana várias vezes por meio de mágica. Em certa ocasião, ouvi dizer que cada pedacinho dourado de seu uniforme é feito com ouro de verdade, moldado tão fino que pode ser usado como linha, e agora estou começando a acreditar nisso. Uma capa combinando balança ao vento, o capuz mantém seu rosto oculto. Não há uma única ilustração representando o rosto dele nos livros, e sempre me perguntei como tal coisa seria possível. Como ninguém nunca tinha visto e documentado seu rosto?

— O cavalo dele parece... *demoníaco.*

Há medo na voz de Serena, e passo o braço em volta de seus ombros para tranquilizá-la.

— O nome do cavalo é Sirocco. Ninguém sabe quantos anos o Imperador Sombrio tem, e o mesmo vale para seu cavalo. Eles sempre são mencionados juntos, e ambos apareceram pela primeira vez nos livros de história já faz mais de cem anos. Sirocco sempre foi descrito como anormalmente preto, com olhos pretos sem nenhuma parte branca. Achei que fosse exagero, mas parece que não.

Eu nunca tinha visto um cavalo como aquele. Algumas pessoas diziam que Sirocco viera direto do submundo, assim como o Imperador Sombrio.

— Eles chegaram — sussurra Serena, a voz trêmula, a confiança que a trouxe até ali totalmente esgotada.

Ela segura minha mão, e entrelaço nossos dedos, apertando com força. Se algo der errado, vou levar minha irmã para bem longe daqui.

Ficamos olhando enquanto meu pai e os membros da corte se adiantam para dar as boas-vindas à delegação de Eldiria. Mesmo daqui de cima, consigo perceber que estão todos tensos. Mas como poderiam não estar ao receber um homem tão antinatural quanto o Imperador Sombrio? Por toda a minha vida, ouvi dizer que ele é um monstro, uma criatura surgida das fendas mais profundas do submundo. Não consigo evitar me perguntar se isso é verdade.

Meu coração dispara ao ver Nathaniel parado atrás do meu pai. Minha preocupação profunda por ele erradica todo indício de frio na barriga quando os soldados do Imperador Sombrio param e começam a desmontar.

— Venha comigo — sussurra Serena, enquanto vejo Nathaniel sumir de vista junto dos membros da corte.

Nos últimos tempos, ele começou a seguir os passos do pai, se preparando para assumir o cargo de um dos conselheiros estratégicos do reino, então não deveria ser nenhuma surpresa vê-lo ali. Mesmo assim, não consigo me livrar da sensação incômoda de que teria sido melhor para Nathaniel permanecer longe da vista do Imperador.

— Eles entraram no castelo mais rápido do que pensei. Eu esperava conseguir ver mais coisas daqui de cima — comenta Serena.

Eu hesito, mas ela me puxa antes que eu possa protestar.

— Podemos tentar passar pelas cozinhas — continua ela. — Os corredores dão para a maioria dos cômodos, até a sala do trono. É para lá que papai provavelmente os levará, certo?

A criadagem se sobressalta quando entramos, toda indignação dirigida principalmente para minha irmã. Eles estão acostumados a me ver ali, mas nunca a ela. Sou invisível neste castelo, apesar de ser uma princesa, mas Serena não é. Sou aquela que as pessoas temem e chamam de amaldiçoada, enquanto ela é a menina de ouro. Quase literalmente, com o longo cabelo dourado. Ela é luz onde sou escuridão, é uma dádiva quando carrego infortúnio em meu rastro, é uma bênção enquanto, sem dúvidas, sou uma maldição para o reino. Se eu não a amasse tanto, poderia odiá-la por isso.

Com cuidado, abro uma fresta da porta da cozinha, apenas o suficiente para enxergar sem chamar atenção. Para minha surpresa, nosso pai não está sentado no trono. Nunca o vi receber convidados como está fazendo agora, usando uma mesa longa, sentado ao lado de todos os outros, e suspeito de que seja porque ele sabe que é impotente contra o Imperador Sombrio. Ele nem ao menos está tentando afirmar a própria autoridade como costuma fazer, e seu orgulho e arrogância habituais estão notavelmente ausentes. Assim como Nathaniel, para meu alívio.

— Quem é aquela mulher? — cochicha Serena.

Olho para as pessoas na mesa, meu foco indo parar no Imperador Sombrio. O capuz ainda cobre seu rosto por completo, e mesmo suas mãos estão ocultas por um par de luvas de couro preto. Parte alguma dele é visível, o que só aumenta minha curiosidade. Ele é mesmo tão hediondo quanto dizem os livros? Poderia mesmo ser um monstro do submundo?

Preciso me esforçar para desviar os olhos dele – é como se a atmosfera zumbisse ao redor do homem, e meu foco permanece fixo, como se eu não tivesse escolha a não ser oferecer para ele minha atenção irrestrita. Sinto o peito apertar, e uma ânsia esquisita me invade enquanto respiro fundo. Mordo o lábio com força e me obrigo a virar o rosto, meus olhos pousam na mulher sentada ao lado dele.

— Aquela é Elaine — sussurro, examinando o cabelo preto de azeviche e os penetrantes olhos violeta. Ela não parece ser muito mais velha do que eu, mas leio sobre suas conquistas desde os meus doze anos. — Ela é a conselheira de confiança do Imperador. Comanda o exército na ausência dele, e é a única mulher no planeta a ter uma patente tão alta.

É difícil afastar o deslumbramento da voz. Em um mundo onde as mulheres não têm direitos, Elaine desafia todas as probabilidades.

— Ela é linda — arqueja Serena.

Solto o ar pelo nariz. Elaine é tão mais do que apenas beleza. Se o que está nos livros for verdade, ela é uma estrategista brilhante e uma feiticeira poderosa. Li que ela enfrentou cinquenta homens que invadiram seu acampamento e matou todos eles. Ela nunca deixa testemunhas.

Sem nem perceber, meu olhar é atraído outra vez para o Imperador Sombrio. Theon Felix Osiris é seu nome, mas ninguém nunca se refere a ele dessa forma. Me pergunto se alguém faz isso pessoalmente. Não posso ver seu rosto, mas consigo sentir a energia ao seu redor. Nunca senti um poder como esse. Até o ponto que acompanhei, ele não disse uma palavra, mas está claro que ele é o homem mais poderoso naquela sala.

Tomo um susto quando o Imperador vira a cabeça em minha direção e, por um momento, juro que posso sentir seu olhar sobre mim. Dura apenas um instante, mas uma sensação repentina de perda toma conta do meu corpo quando ele desvia a atenção.

— Arabella!

Serena agarra meu braço com a mão firme, e me viro para olhá-la, confusa, antes de perceber que uma parte da porta de madeira está pegando fogo.

Arquejando, tento usar o vestido para apagar as chamas, mas isso só piora as coisas.

— *Amaldiçoada* — diz uma das trabalhadoras da cozinha, murmurando baixo enquanto corre em nossa direção para tentar apagar o fogo com um balde d'água.

O choque me atinge conforme tropeço para trás, meus olhos vagando pela desordem em que se transformou a cozinha. Fica claro que o fogo se espalhou depressa e que, se a criada não estivesse ali para apagar as chamas, Serena e eu estaríamos em perigo.

— Não ligue para ela — fala Serena. — Vou me certificar de que você nunca mais a veja. Ande. Vamos voltar para nossos aposentos antes que papai descubra.

Acordando do torpor, permito que minha irmãzinha me leve embora.

— Ela tem razão — sussurro assim que viramos no corredor, sentindo meu coração pesar. — Sou amaldiçoada. O infortúnio me segue por onde eu for. Serei a ruína de todos nós.

Serena nega com a cabeça, mas acho que no fundo ela sabe que é verdade. Sabe tão bem quanto eu.

Arabella

Meus passos ecoam no corredor vazio e, embora eu mantenha o queixo erguido, estou tremendo enquanto caminho em direção à sala do trono. Nunca é bom sinal quando meu pai me chama até ali. Se ele descobriu que mais uma vez eu estava por perto quando um incidente aconteceu no castelo, as consequências serão terríveis, principalmente porque Serena estava comigo desta vez. Ela poderia ter se machucado.

Sou tomada pela náusea, minha respiração fica mais rápida conforme me aproximo das portas largas de madeira. O fato de não haver guardas para me receber me deixa ainda mais nervosa. Respiro fundo e empurro as portas com as mãos trêmulas, surpresa ao encontrar meu pai sentado no mesmo assento que ocupava naquela tarde, em vez de no trono. Ele ergue a cabeça para me olhar, e interrompo meus passos. Nunca o vi me encarando desse jeito, como se realmente me enxergasse.

Sempre fui a filha que ele despreza, aquela que ele gostaria que jamais tivesse nascido. Meu pai me confirmou isso em mais de uma ocasião. Tudo o que sou para ele é uma lembrança constante de minha mãe, a feiticeira que ele alega tê-lo enfeitiçado. Meu pai ordenou que o nome dela fosse apagado de nossos registros, mas ele não tem conhecimento dos arquivos mantidos escondidos em uma torre esquecida.

Se os documentos dizem a verdade, então ele se apaixonou por ela à primeira vista, e os dois se casaram em cerca de um ano. Cada retrato escondido e cada registro que resiste sobre eles indica que foram felizes, até a noite em que nasci, seis semanas antes do previsto. Minha mãe usou sua magia de cura para garantir que eu sobrevivesse, e pagou com a própria vida pela minha.

Papai mandou executá-la, certo de que ela havia enfeitiçado não apenas a ele, mas também à corte. Ele temia que minha mãe o tivesse sob controle, que seu objetivo principal fosse obter poder a fim de ajudar os iguais a ela: seres mágicos buscando refúgio. Meu pai estava convencido de que minha mãe financiava uma rebelião com o dinheiro dele, e os ataques mágicos que aconteceram pelo reino após a morte dela apenas alimentaram tais crenças.

Para papai, não passo de uma criatura vergonhosa de sangue amaldiçoado, culpada pela doença e depois pela morte da minha madrasta. Ele não liga para o fato de que a segunda esposa morreu de insuficiência hepática, ou de que nunca fiquei sozinha com ela de modo a ter chance de prejudicá-la.

Talvez tudo fosse mais fácil caso eu tivesse a magia da minha mãe, mas não tenho. A única coisa com que nasci foi a propensão ao infortúnio, uma maldição, de que meu pai me lembra constantemente, recai sobre aqueles cuja linhagem é mágica. Sempre me ensinaram que a perseguição interminável que quase sempre termina em morte é um preço justo a se pagar pelo mal causado por quem veio antes de mim, especialmente porque nossa mera existência atrai doença e azar para nossos entes queridos. Mas como isso poderia ser possível? Não escolhi nascer assim e, ao contrário de muitas feiticeiras que foram queimadas no mundo todo, não tenho poder algum.

— Arabella — diz meu pai enquanto faço uma reverência, sua voz suave.

Meu coração dispara de nervoso ao olhá-lo. Ele parece aflito e cansado. *Frágil.* Meu pai nunca aparentava estar arrependido ou angustiado. De acordo com os arquivistas, ele estava impassível no dia em que executou minha mãe por possuir magia, e ainda sou assombrada pela expressão de seu rosto quando fui retirada do lago em que quase me afoguei um ano atrás. Ele me olhou como se estivesse decepcionado por eu ter sobrevivido. Então por que naquele momento sua expressão estava tão perturbada?

— Sente-se — ordena ele, apontando para a cadeira à sua frente.

Obedeço, mal conseguindo conter os tremores. Cada fibra do meu ser está me dizendo para ficar apavorada, e minha intuição nunca me abandonou antes. Na maioria das noites, sou assombrada pela lembrança de cada punição que sofri por causa da minha maldição. Qual será a de hoje? Ele vai enfim obter êxito em quebrar meu espírito?

Papai respira fundo, como se estivesse se preparando. Nunca o vi parecer desnorteado, mas agora ele parece.

— O Imperador Sombrio pediu sua mão em casamento. — Eu o encaro, sem conseguir registrar as palavras direito. — Ele solicitou uma cerimônia rápida. Acontecerá amanhã.

Casamento? Não pode ser. Papai sabe. Ele *sabe* que Nathaniel está a apenas alguns dias de pedir minha mão. Serena tem me provocado o tempo todo sobre isso.

— Você cumprirá seu dever como princesa de Althea. Esta é a última vez que vamos tocar nesse assunto. Sua mão em casamento em troca de clemência para nosso reino.

Ergo o rosto, meus olhos se enchem de lágrimas.

— Pai… — sussurro, a voz embargada. — Não pode ser a mim que ele pediu. Não é possível que ele me queira.

Ao longo dos anos, o reino tirou tudo de mim. Minha mãe. Minha felicidade. Minha voz. Nathaniel é a única luz em um mundo que está afundando depressa para a escuridão. Nunca fiz questão de coisa alguma. Sempre cumpri meus deveres sem pedir nada em troca. Suportei as fofocas, os mexericos, a dor.

— É essa sua maldição — responde meu pai com desprezo. — Por que mais a atenção do Imperador Sombrio se voltaria ao nosso pequeno reino?

Fecho os olhos enquanto respiro fundo. Tenho plena consciência de que o reino ficará melhor sem mim. Sou o infortúnio em pessoa, mas não consigo deixar de tentar alcançar a felicidade. E nunca estive tão perto.

— *Por favor...*

Minha voz falha, e sei que esse momento de fraqueza vai me custar qualquer chance de escapar do noivado. Meu pai sempre puniu a fraqueza em sua prole e em sua corte, e aquele seria o pior dos castigos.

Ele ergue a cabeça de maneira brusca, e me encolho de medo quando ele se levanta.

— Você *vai* se casar com ele — declara, os olhos cheios de malícia. — E que as Fúrias me ajudem.

Baixo a cabeça, terror e desespero lutam pelo domínio, cada um alimentando minha angústia crescente. As palavras me escapam, mas não consigo deixar de me perguntar se meu pai está feliz por se livrar de mim. Sou uma pedra em seu sapato, uma relíquia da feiticeira que o enganou. A única coisa que me mantém viva é o fato de o sangue dele também correr em minhas veias.

Por um momento, imagino se Serena chegou a ser considerada para esse matrimônio, mas então abro um sorriso azedo. Nem mesmo o poder advindo de uma aliança como essa vale o sacrifício de entregar a filha amada a um monstro. Eles jamais pediriam isso a ela. Respiro fundo ao me levantar e fazer uma reverência para meu pai antes de ir embora, ciente de que mudar sua opinião é impossível.

Estou resignada enquanto caminho de volta para o quarto, meus passos ecoando pelo chão de pedra. Muita ingenuidade minha esperar gentileza e compreensão de um homem que sempre desejou que eu não existisse. Eu devia saber que chegaria o dia em que ele me ofereceria em sacrifício.

— Arabella.

Paro de andar ao ouvir a voz de Nathaniel, e meu coração se aperta de forma dolorosa. Não consigo olhar para ele. Não agora.

— É verdade?

Fecho os olhos quando ele põe a mão em meu ombro e me vira para si. Engulo em seco e encaro seus olhos castanho-dourados. A dor que vejo neles parte o que ainda resta do meu coração.

— É verdade — sussurro.

Nathaniel fica tenso e dá um passo para trás, deixando a mão cair. Sua expressão reflete todos os meus sentimentos. Choque. Descrença. Mágoa. Minha garganta arde com lágrimas não derramadas, mas faço o melhor possível para me segurar. Não posso desabar agora.

— Quando?

Abro a boca, mas as palavras não saem. É quase como se eu não conseguisse me forçar a reconhecer o fato, como se parte de mim esperasse que, ao não mencionar o assunto, o problema desapareceria. Se ao menos fosse assim tão simples...

— Amanhã — ouço dizer baixinho uma voz atrás de mim.

Eu me viro e vejo Serena de pé em um canto. Imediatamente, me afasto um passo de Nathaniel, sabendo que estamos próximos demais para manter o decoro.

— Serena — murmuro.

— Acabei de saber.

Ela se afasta da parede e dá um passo em nossa direção, os olhos cheios das mesmas emoções que acabei de encontrar nos olhos de Nathaniel. Por mais estranho que pareça, me traz um pequeno alívio saber que existem pessoas que sentirão minha falta, pessoas que lamentarão por mim.

— Você não precisa fazer isso — declara ela.

Sorrio para minha irmãzinha ingênua. Ela nunca precisou fazer nada que não quisesse, então não tem como entender.

— Está tudo bem, Serena — digo a ela, sabendo em meu coração que é verdade.

Se eu não fizer, Serena é a única outra princesa de Althea que o Imperador poderá levar. Eu jamais aceitaria ver minha irmã caçula se casando com um monstro, não quando posso tomar seu lugar. Eu faria qualquer coisa por Serena. Só queria que alguém fizesse o mesmo *por mim*. Nem que fosse uma *única* vez.

— Ela tem razão — comenta Nathaniel. — Você não precisa fazer isso.

Ele me encara com um brilho calculista nos olhos. Quando criança, aquela expressão sempre acabava em problemas, e não consigo segurar um sorriso.

— Você não pode me salvar — respondi para ele, sabendo que é verdade. — Não desta vez.

Nós dois vivíamos nos metendo em encrencas, e o casamento seria a maior de nossas aventuras. No entanto, nossa história acabaria antes mesmo de ter a chance de começar de verdade.

Nathaniel apruma os ombros e faz menção de falar, mas balanço a cabeça em negativa e me afasto. Não posso fazer isso hoje. Não posso cuidar de mais ninguém. Não posso proporcionar o consolo que ele procura, não quando eu mesma preciso tanto ser consolada.

Arabella

Folheio as páginas dos livros de história mais antigos do castelo, cada um deles retratando Theon Felix Osiris como um monstro cruel. Ninguém sabe a idade do Imperador Sombrio. Houve um tempo em que se especulou que ele não era uma pessoa, e sim um mito cujo manto passava de geração em geração. Afinal, ninguém vive para sempre. Pelas Fúrias, ninguém vive tanto quanto o Imperador Sombrio parece ter vivido. Devia ser impossível, mas não é.

Navego pelos relatos de suas conquistas, cada episódio mais macabro que o outro. Ele conquistou metade do mundo, e nunca parece o suficiente. Pelo que estou vendo, o Imperador usurpa principalmente terras com solo fértil e plantações, mas não temos nada disso. Althea é conhecida pelo comércio. Comparado aos países que já estão sob seu domínio, não há muito que possamos oferecer.

Não entendo o que ele quer de nós. *De mim.* De acordo com os registros históricos, o Imperador Sombrio nunca foi casado nem há relatos sobre amantes ou concubinas. A única mulher mencionada ao lado do nome dele é Elaine, que aparentemente o acompanha faz uma década. Ela é tão envolta em mistério quando o Imperador. Então por que ele estaria procurando uma noiva? E por que uma princesa de Althea?

Estou tremendo quando pego mais um livro sobre o Imperador Sombrio, o medo arrepiando minha pele. Será que vou sobreviver? Se eu me casar com o monstro, estarei viva após a noite de núpcias? Mesmo que eu lute com ele, duvido que possa machucá-lo. Meu pai não me vingará, e não serei capaz de me proteger. Não tenho chance contra ele.

Arregalo os olhos conforme viro as páginas e começo a ler sobre a alquimia, e o temor dá lugar à curiosidade. O Imperador Sombrio é um dos últimos alquimistas vivos conhecidos. De acordo com o livro, ele consegue realizar alquimia sem precisar desenhar círculos de transmutação – círculos que podem ser traçados em qualquer superfície, geralmente com um pentagrama dentro, junto a equações e escrituras antigas que permitem ao alquimista canalizar a energia necessária para realizar seus feitos. É algo inédito e, se for verdade, sua alquimia não pareceria mágica apenas para um observador externo. Aquilo o faria ainda mais poderoso do que os rumores sugeriam.

> A alquimia é uma ciência esquecida – semelhante à magia, mas diferente em sua natureza. Enquanto as feiticeiras muitas vezes podem conjurar coisas do nada, exceto a energia em nossa atmosfera, a alquimia se baseia nas leis da troca justa, que determinam que nada pode surgir do nada. Por exemplo, o ouro precisa ser transmutado a partir de outro tipo de metal, não podendo ser conjurado apenas com energia. A lei da troca justa é diferente do equilíbrio natural ao qual os feiticeiros estão sujeitos, que determina que a magia não pode ser usada para propósitos nefastos sem um grande sacrifício pessoal.
>
> A magia é limitada por feitiços, poções e pela habilidade natural do conjurador de canalizar e manipular a força vital de que a magia precisa. Já a alquimia é limitada apenas pelo ambiente do alquimista. Para criar uma lança, um alquimista precisaria de metal, enquanto uma feiticeira poderia usar a energia do éter. A diferença, no entanto, é que a lança da feiticeira seria tão forte quanto seus poderes e, com o tempo, a lança retornaria ao éter, muitas vezes no momento mais inoportuno. A lança de um alquimista existiria para sempre.

Mordo o lábio com força enquanto continuo lendo sobre a habilidade do Imperador Sombrio em manipular a luz do sol para formar raios escaldantes que atravessam pessoas, seu domínio sobre as sombras que o cercam e sua rara afinidade para usar a alquimia como meio de teletransporte, movendo objetos à vontade. Parece que ele encontrou uma maneira de transformar até as coisas mais mundanas em armas de um jeito que os usuários de magia são simplesmente incapazes de fazer, trabalhando com o próprio ar que respiramos e o sangue que corre em nossas veias.

Se ele quiser, pode me sufocar em um piscar de olhos ou me deixar completamente imóvel sem a necessidade de feitiços. Tudo que ele precisaria fazer seria deslocar o ar dos meus pulmões ou solidificá-lo ao meu redor. Minha vida acabaria antes mesmo que eu percebesse o que estava acontecendo.

— Arabella?

Olho por cima do ombro e vejo Nathaniel parado junto à porta da biblioteca com uma expressão que não consigo decifrar.

— O que aconteceu? — pergunto, minha voz falhando.

Ele se aproxima de mim e deposita uma sacola ao lado da minha cadeira.

— Vamos — diz ele, falando baixo enquanto me ajuda a levantar. — Não vou deixar você fazer isso. Não posso vê-la se casando com outra pessoa... muito menos com *ele*.

Eu congelo e o encaro em choque. Nem sequer me ocorreu que eu pudesse fugir. Pela primeira vez, eu poderia escolher a mim mesma.

— E ir para onde? — pergunto, com uma pontada de esperança brotando no fundo do peito. — Meu pai nos encontraria em qualquer lugar e, quando isso acontecesse, nos enforcaria por traição.

Nathaniel passa a mão pelos cabelos, exalando a mesma inquietação que estou sentindo.

— Você já está morta de qualquer jeito, Arabella. O Imperador Sombrio... acha que ele vai deixar você viver? E se deixar, por quanto tempo? Que tipo de existência será essa, morando com aquele homem?

Um calafrio percorre minhas costas.

— Não posso fugir — sussurro. — Ele vai acabar se casando com minha irmã. Uma coisa é viver no exílio, mas outra completamente diferente é ter o sangue de Serena em minhas mãos.

Nathaniel balança a cabeça.

— Arabella, ele não pediu por qualquer uma das filhas do seu pai. Ele pediu por você em específico.

— Por mim? Não pode ser. Nem nos conhecemos.

Eu me lembraria se o tivesse conhecido.

— Sim, *por você.*

Nathaniel fica me encarando enquanto assimilo suas palavras.

— Você não acha que ele vai levar Serena caso eu fuja?

Ele nega.

— Tenho certeza de que não. Meu pai estava presente quando o decreto foi proferido. O Imperador quer se casar com você. Com você e mais ninguém.

Levo a mão ao meu coração disparado, tentando ao máximo me agarrar à faísca de esperança que Nathaniel está me entregando. Ele se aproxima e aperta meu ombro, seus olhos nos meus.

— Não preciso dizer o que sinto por você, Arabella. Não consigo nem imaginar um futuro sem a sua companhia. Se o único jeito de ficar com você é no exílio, então que assim seja.

Meu coração dispara com a sinceridade no rosto dele. Inspiro, trêmula, deixando meus pensamentos flutuarem por um instante rumo a um futuro em que Nathaniel e eu estejamos morando juntos em uma casinha no interior de uma vila longínqua, algum lugar onde ninguém saiba quem somos. Seríamos apenas nós dois, sem nenhuma obrigação real, nenhum mexerico sobre eu ser amaldiçoada. Poderíamos até morar em algum lugar em que a magia não fosse proibida.

— Tem certeza? — pergunto. — Não tenho nada a perder com isso. Minha vida já está condenada. Mas e a sua? Você está prestes a assumir o cargo de conselheiro estratégico do meu pai. Você será um dos oficiais de mais alta patente do país. Se fugir, vai perder tudo.

Nathaniel balança a cabeça e segura meu rosto.

— Não vou. Vou ganhar tudo o que sempre quis. Não duvide das minhas intenções, Arabella.

Ele parece tão resoluto que minha hesitação soa tola. Nathaniel é uma das pessoas mais inteligentes que conheço. Se está propondo essa solução, significa que é a única opção viável.

— Está bem — sussurro, tentando ao máximo não pensar demais. — Vamos.

Essa é provavelmente nossa única oportunidade de construir um futuro juntos. Não é o que eu esperava, mas vou aproveitar qualquer chance de ficar com Nathaniel.

Ele sorri para mim e se abaixa para pegar a sacola aos meus pés.

— Já preparei as coisas mais essenciais. Você não pode ir até seu quarto e correr o risco de ser vista saindo com malas. Também não poderá se despedir da sua família. Precisamos cruzar a fronteira antes que eles percebam que fugimos. Temos de partir agora mesmo.

Ele está tentando me dizer que não tenho tempo de dizer adeus para Serena. Nunca mais a verei, e a última lembrança que minha irmã terá de mim será a devastação em meus olhos ao descobrir sobre o casamento iminente.

— Ela vai me perdoar, não vai?

Nathaniel entrelaça nossos dedos e aperta minha mão com mais força ao assentir.

— Ela só quer que você sobreviva, Arabella. Que seja feliz.

Concordo com a cabeça, hesitante, e aperto a mão dele. Pela primeira vez desde que meu pai me deu a notícia, estou cheia de esperança em vez de desespero. Minha mente está a mil enquanto Nathaniel me puxa por corredores que eu nem sabia que existiam, me conduzindo com habilidade até os túneis em questão de minutos. Fica evidente que ele planejou tudo aquilo desde o segundo em que ficara sabendo do casamento, mas, de alguma forma, não consigo me livrar do desconforto que sinto.

— Essas rotas são conhecidas por pouquíssima gente no reino — sussurra ele quando entramos na área úmida de pedra.

Está frio e escuro. De repente, eu me pergunto o que estou fazendo. É mesmo possível escapar do Imperador Sombrio?

— Ele vai nos matar se formos pegos — sussurro, sem saber a quem estou me referindo. Nossas vidas estão em jogo, independentemente de ser o Imperador Sombrio ou meu pai em nosso encalço.

Nathaniel estende os dedos para algo próximo da parede e, em pouco tempo, somos banhados pela luz da lamparina em sua mão.

— Não vamos ser pegos — promete ele.

Nathaniel está tão determinado que sinto vontade de acreditar nele, mas há uma sensação incômoda em meu âmago que não posso ignorar. Minha intuição nunca falha. Não vamos conseguir.

Prefiro ficar em silêncio, ignorando as vozes que me dizem para parar e voltar, porque sei que não me resta mais nada. O desconhecido está à minha frente, mas tudo o que tenho às costas é a morte certa.

Nathaniel segura minha mão enquanto caminhamos juntos, e seu toque me conforta. Ele sempre manteve uma distância educada, mas as coisas são diferentes nessa noite. Assim que consigo me convencer de que ficaremos bem, uma voz soa à minha frente:

— Arabella de Althea — diz uma mulher. — Volte agora mesmo. Seu pai foi notificado do que está acontecendo.

Eu me viro, tentando encontrar a fonte da voz e não vejo nada além de vazio. Meus olhos encontram os de Nathaniel, e ele parece tão horrorizado quanto eu. Antes que qualquer um de nós tenha a chance de responder, somos cercados pelo som de passos que se aproximam depressa, ecoando pelo túnel.

Meu coração afunda ao reconhecer os soldados que correm em nossa direção, com a bandeira do reino costurada no uniforme. O pai de Nathaniel está na frente do grupo, mas seus olhos não estão sobre mim. Estão sobre o filho.

— Nathaniel Orathis, você está preso por traição.

Arabella

Puro terror corre por minhas veias enquanto sou levada à torre de pedra que meu pai sempre usa para me aprisionar quando me meto no centro de algum infortúnio do reino. É um cômodo que guarda apenas lembranças terríveis, mas tenho a sensação de que nada do que passei se compara ao que está por vir.

Minha cabeça lateja em sintonia com as batidas do meu coração, e minha vista fica turva no instante em que os dois homens que me arrastam torre acima começam a ter dificuldades para me segurar. As tochas que iluminam a escada em espiral passam a brilhar mais forte, uma cortesia da minha maldição, sem dúvida, e eles apertam meus braços com mais força, seus movimentos se tornando frenéticos.

Os soldados me soltam a fim de empurrar as portas pesadas de metal, e nenhum deles me encara enquanto mantêm a porta aberta para eu passar. Parte de mim deseja implorar para que me salvem, mas sei que estou além de qualquer salvação. Parei de implorar anos atrás.

Não fico surpresa ao encontrar meu pai dentro do cômodo, segurando um chicote. Suor gelado lambe minha pele, e bile me sobe pela garganta. Artefatos mágicos são proibidos em nosso país, mas tenho certeza de que o exército de meu pai guarda um punhado de instrumentos de tortura que são muito mágicos. O chicote de couro grosso nas mãos dele é encantado para curar a superfície da pele no mesmo instante, deixando a dor, mas nenhuma cicatriz visível. De todos os castigos, esse é o que eu mais odeio, e acho que meu pai sabe disso.

— Então pensou que conseguiria fugir do Imperador Sombrio? — Ele me encara, os olhos brilhando com um misto de desgosto e ódio. — Quem você achou que pagaria pelo preço da sua traição?

Engulo em seco quando meu olhar pousa sobre as algemas que ele pega do chão, os fios negros de magia das sombras vazam pelo metal. Por um instante, tento resistir, desejando realmente possuir a magia da minha mãe como ele sempre me acusou. Talvez assim eu fosse capaz de revidar. Ou talvez Nathaniel e eu tivéssemos escapado vivos e ilesos.

Meu pai prende minhas mãos com as algemas encantadas, e fico imobilizada no mesmo segundo, meu corpo enrijece de maneira anormal. Não tenho dúvidas de que, se não fosse um item que ele nem deveria possuir, meu pai me faria usá-las todos os dias.

Ele sorri enquanto me empurra pelo ombro até que eu caia sobre um banco frio de metal, meus movimentos rígidos e pouco naturais. Já passei por isso inúmeras vezes, mas nunca fica mais fácil. Eu costumava resistir antes que ele adquirisse as algemas, mas, com o tempo, fui aprendendo que minhas punições só pioravam caso eu lutasse.

Tento ao máximo me preparar para a dor inevitável, mas ela não vem. Geralmente, meu pai mal pode esperar para começar meus castigos, na esperança de me purgar da maldição, mas ele apenas fica parado, me encarando com os olhos ardendo.

— Responda.

Levo um instante para lembrar qual era a pergunta. O medo controla meus pensamentos, e sinto um nó no estômago.

— Eu não estava pensando, pai. Estava com medo de me casar com um monstro e morrer nas mãos dele... Eu só queria *viver*.

Meu pai ri, o som contrastando com o brandir do chicote. A arma atinge as minhas costas com tanta força que tenho dificuldade de ficar sentada. Parece que há fogo queimando sob minha pele, percorrendo cada terminação nervosa, e cerro os dentes para não gritar. É inútil, mas é o último resquício de controle que possuo.

— Foi nosso reino inteiro que você colocou em jogo. Você ia se casar em troca de clemência para o nosso território.

Levo mais uma chicotada, e desta vez não consigo ficar em silêncio. Grito de dor, o que só deixa meu pai mais irritado. Ele odeia a fraqueza.

— Me desculpe — imploro. — *Por favor*, pai.

Digo as palavras sem pensar. Os anos de castigo já deviam ter me ensinado que meu pai não conhece a misericórdia, mas sempre acabo tentando.

— O garoto Orathis tocou em você? — cospe ele, erguendo o chicote de novo.

— N-não! Eu juro, pai. Ele não teve nada a ver com isso. Foi tudo ideia minha — respondo, rezando para que ele tenha piedade de Nathaniel.

Meu pai volta a me bater, e desta vez eu quase me engasgo com o ar que percorre meus pulmões de forma repentina. Assim como o fogo que inundou meu corpo antes, me queimando por dentro, agora é o ar que respiro que tenta ao máximo me sufocar. Os poderes do chicote lembram tanto o que li sobre o Imperador Sombrio que não consigo me impedir de engolir uma risada, captando a ironia de tudo. Vou me mudar da casa de um tirano para a de outro. Não vou morrer hoje, mas, se tiver sorte, morrerei nas mãos do Imperador amanhã. Talvez assim eu finalmente conheça o que é paz de verdade.

— Você *vai* se casar com o Imperador Sombrio amanhã, e vai fazer isso com um sorriso no rosto. Vacile por um segundo que for, e eu mandarei enforcar o rapaz.

Assinto, as lágrimas escorrem pelo meu rosto. O chicote arde, mas a dor física é suportável. É a dor no coração que está me deixando aos prantos. Sinto-me tola por ter imaginado que poderia escapar. Por pensar que meu pai entenderia, ou que seria capaz de me consolar.

— Você é igualzinha à sua mãe — declara ele, a voz irradiando ódio. — Ela teria condenado o reino à ruína caso tivesse acolhido os portadores de infortúnio quando teve a chance, e você é tão egoísta quanto ela. Você também condenaria o reino inteiro para satisfazer seus desejos mesquinhos.

Parte de mim fica tentada a discutir com ele. Nenhum território conquistado pelo Imperador Sombrio sofreu, desde que não tenha oferecido resistência, e não há relatos envolvendo infortúnios nos países onde ele estabeleceu refúgios para pessoas mágicas. Não é o reino que meu pai está tentando proteger. É sua posição como rei. Ele sabe que não cumprir as exigências do Imperador significa ser substituído.

— Algum dia signifiquei alguma coisa para o senhor, papai? Sei que nunca me amou, mas alguma vez o senhor chegou a se importar comigo? Viro a cabeça e o encaro com os olhos marejados.

Ele faz uma pausa, como se pego de surpresa. Sempre suportei os castigos que ele me aplicava apenas por ter nascido, e nunca ousei pedir seu amor. Mas agora? Não tenho mais nada a perder. Ele não pode me machucar mais do que já fez.

— Você é minha filha — responde ele, evitando a pergunta.

A resposta, por si só, já deveria me informar o suficiente.

— Se o Imperador tivesse pedido Serena, o senhor teria concordado?

Seus olhos se arregalam de raiva. Ele ergue outra vez o chicote, e já tenho minha resposta.

— Nem pense em pedir para que sua irmã tome o seu lugar!

Balanço a cabeça para negar a acusação, mas não deveria ter esperanças. É impossível argumentar com meu pai. Quando se trata de mim, ele só ouve o que quer ouvir. Nada do que eu faça ou diga estará certo.

Exceto isto: o casamento. Subir ao altar amanhã pode muito bem ser a única coisa certa que farei aos olhos dele. O chicote volta a descer em minhas costas, e dessa vez desejo ferozmente que ele me queime de verdade até que eu não seja nada além de cinzas. Minha visão fica turva quando o último golpe de meu pai me faz cair do assento, e meus olhos se fecham enquanto acolho a escuridão, meu coração partido sangrando no chão gelado de pedra.

Arabella

A luz penetra pelas grades da janela, e encaro a parede enquanto as sombras se dissipam, minha bochecha pressionada contra o chão gelado de pedra. Não me mexi desde que papai me deixou na noite passada; sei que não devo tentar escapar da torre. Além disso, não vou ficar aqui por muito tempo desta vez. Afinal, hoje é o dia do meu casamento.

Puxo o ar de maneira trêmula e encolho o corpo todo, aliviada ao descobrir que pelo menos minhas mãos foram soltas das algemas antes de meu pai sair. Se é assim que estou sendo tratada, como Nathaniel deve estar? Será que o prenderam? Ele vai ser punido pelo que fizemos? Fui egoísta quando concordei com o plano, deveria ter sido mais esperta. Deveria saber que nunca conseguiria escapar e que acabaria arrastando Nathaniel para a desgraça comigo.

Ouço o som de passos subindo as escadas. Passos leves. Provavelmente uma criada. Não me sento quando a porta se abre. Antes eu fazia isso, fingia que estava bem, que meu pai não tinha me machucado. Afinal, nunca havia uma evidência física. Hoje, porém, não tenho forças para fingir. Além disso, não importa. É provável que seja a última vez que verei alguém deste castelo.

— Alteza — diz a garota.

Ela se abaixa e me ajuda a levantar, o rosto marcado de preocupação.

Acho que o nome dela é Mary. Tento forçar um sorriso, mas acabo falhando miseravelmente.

— Ah, Alteza... — sussurra ela, apertando minha mão.

Ela me ajuda a descer as escadas até o quarto que não será mais meu depois de hoje. Paro na porta e encaro, em choque, as malas em meus aposentos. Todas as minhas coisas foram empacotadas, não há mais nada no quarto que indique que ele já me pertenceu. Bastaram algumas horas para apagar todas as provas da minha existência, e não tenho dúvidas de que serei esquecida em breve.

Mary pega minha mão e me conduz em silêncio até a penteadeira, sua expressão repleta da mesma tristeza que estou sentindo.

— Vamos deixá-la tão linda, Alteza — comenta a criada, nitidamente sem saber o que dizer.

Assinto para Mary e faço força para manter o controle. Quando adormeci no chão frio de pedra na noite passada, eu sabia que minha vida tinha acabado. Só preciso aprender a aceitar isso agora.

— Nathaniel — murmuro, minha voz áspera, e Mary congela.

— Não sei, Alteza — sussurra ela. — Ouvi rumores de que ele está nas masmorras, mas não tenho certeza.

Assinto de novo e fecho os olhos. Se ele está nas masmorras, pelo menos está vivo. É tudo o que posso pedir.

— Sua irmã foi instruída a não sair do quarto até a cerimônia. Há guardas postados na porta dos aposentos dela — explica Mary, me levando para um banho fumegante.

Fico entorpecida enquanto deixo Mary cumprir suas tarefas. Meu pai está mantendo as duas únicas pessoas que amo como reféns. Se eu tentar escapar, se eu sequer me desviar do curso, serão Nathaniel e Serena a pagar por isso.

Nunca pensei que meu pai envolveria Serena nesse assunto. O fato de ele estar fazendo isso prova que esta união significa mais para ele do que uma filha amada. Precisarei ter cuidado hoje caso queira mantê-los longe do perigo.

Estou alheia quando Mary começa a aplicar a maquiagem, meu coração dói como nunca. Não acho que esse tipo de dor vá se curar um dia.

Ela é tão forte que faz o incômodo nas minhas costas parecer insignificante. Nunca me senti tão abandonada, tão descartável.

— Dê uma olhada — fala Mary, me levando até o espelho.

Encaro meu reflexo, confusa, mal me reconhecendo. Não há uma única mancha em meu rosto. De alguma forma, ela conseguiu fazer minha pele resplandecer do jeito que eu imaginava que faria caso eu estivesse me casando com Nathaniel. Não há olheiras, embora o cansaço pese em meus ossos.

A renda intrincada do meu vestido de noiva deve ter sido cara, especialmente com um prazo de entrega tão curto – mas, pensando bem, é um preço pequeno a se pagar em troca da segurança contra o exército brutal do Imperador Sombrio.

Uma solidão intensa brota em meu peito, empurrando as lágrimas que tento evitar que caiam dos meus olhos. Nunca odiei tanto meu reflexo quanto neste momento. Pareço uma noiva feliz, nervosa com os preparativos para a cerimônia, quando, na verdade, estou em pânico.

— Você está linda.

Engulo a raiva que sobe pela coluna e forço um sorriso ao ouvir a voz do meu pai. Anos e anos mordendo a língua são tudo o que me mantém firme hoje.

Eu te odeio por fazer isso comigo, é o que desejo falar.

— Obrigada, pai. — É o que escapa dos meus lábios.

Ele sorri com alegria genuína. Era assim que eu o imaginava no dia do casamento dos meus sonhos. Eu o imaginava sorrindo para mim com orgulho estampado no rosto, e meu coração transbordaria de amor em vez de ressentimento, que era o que acontecia neste momento.

Ele me oferece o braço, e seu sorriso desaparece quando hesito.

— Não torne isso mais difícil para você do que o necessário — adverte meu pai.

Um arrepio percorre minha coluna, e eu aprumo os ombros, o tecido do vestido roça em minhas costas machucadas de modo provocativo, um lembrete flagrante das consequências que eu enfrentarei caso desvie do caminho que meu pai traçou para mim. Nathaniel só estará seguro enquanto eu cooperar.

Baixo os olhos e passo o braço pelo dele, nós dois ficamos em silêncio enquanto ele me acompanha pelo corredor que leva até o salão de baile. Esta pode muito bem ser a última vez que ando por estas galerias. Pode ser a última vez que vejo meu pai, e sinto nojo da parte de mim que deseja que seja mesmo.

Por acaso ele se importaria? Se o Imperador Sombrio me matasse esta noite ou nos dias que se seguirão, meu pai viveria atormentado pelo arrependimento ou marcharia em frente, vendo-me apenas como uma de suas muitas peças de xadrez? Um suspiro fraco escapa dos meus lábios enquanto sorrio para mim mesma, zombeteira. Se eu pudesse garantir a segurança de Nathaniel e Serena, tentaria incendiar este castelo inteiro.

Meu pai deve estar feliz por se livrar de mim, de uma forma ou de outra. Pelo menos, desse jeito, minha morte o beneficia. Enfim me tornei útil para ele. Paramos em frente às portas do salão de baile, e ele se vira para mim como se estivesse prestes a dizer alguma coisa, mas então as portas se abrem e perdemos o momento. A expressão de meu pai endurece, e ele se endireita enquanto me conduz para além das portas.

Fico tensa quando pouso os olhos em meu noivo. Ao que parece, os rumores são verdadeiros. Ele é tão alto quanto dizem, pairando acima de todos os outros. Seu manto escuro característico o mantém escondido da vista de todos, mesmo hoje. Será que o Imperador é realmente tão horrendo quanto a mais vil das criaturas? Uma fera sobre duas pernas?

E se for, isso importa? Não é como se eu tivesse escapatória desta união. Se tivesse sido a vida do meu pai pela minha, eu teria fugido. Meu pai não merece o sacrifício que estou prestes a fazer. Mas as pessoas no salão? Minha irmã? Nathaniel? Nossos cidadãos? Eles não merecem enfrentar as consequências do meu egoísmo.

Meu pai para diante do Imperador Sombrio e, para minha surpresa, faz uma reverência profunda.

Eu o encaro, em choque. Nunca vi meu pai se curvando a ninguém. Ele me tira do estupor e puxa minha mão, arrastando-me com força para baixo com ele, o tecido do vestido roça dolorosamente as minhas costas machucadas. A superfície da minha pele pode estar imaculada, mas as feridas ainda estão frescas logo abaixo.

— Levante-se, Arabella.

Um arrepio percorre minha coluna ao ouvir o som de sua voz macia e profunda. Não é nada assustadora ou monstruosa como eu esperava.

— Você nunca se curvará para mim de novo.

Uma mão enluvada aparece no meu campo de visão, e eu a seguro com hesitação. Parte de mim esperava que o toque do Imperador doesse, mas sua mão está morna, mesmo através da luva. Ele me puxa em sua direção, e dou um passo à frente com relutância. O Imperador se eleva acima de mim, e é só quando estou ao lado dele que percebo que o meu futuro marido não esperou meu pai entregar minha mão para ele, como rege o costume. Não ouso olhar para atrás. Nunca me senti tão apavorada. Tenho medo de que meu pai aja com base no constrangimento que deve estar sentindo, tenho medo da retaliação do Imperador Sombrio, tenho medo da vida que me aguarda. Ele mantém a mão em torno da minha, e isso também me assusta. Seu toque me aterroriza.

Mal consigo me concentrar na cerimônia, mas parte de mim está feliz por não estarmos diante de um altar. Nunca me ocorreu que um casamento fora da casa dos deuses que me abandonaram havia tanto tempo era uma opção. Mas, pensando bem, onde mais alguém se casaria com um demônio?

Eu me endireito ao ouvir meu nome e olho para o celebrante, repetindo palavra por palavra, consciente do momento em que entrego minha vida.

— Eu aceito — murmuro, como se parte de mim ainda estivesse tentando conter as palavras.

Mas a voz dele não parece entrecortada como a minha, e o Imperador não hesita. Quando ele diz "eu aceito", é com convicção. Ele parece tão seguro. Não consigo deixar de me perguntar o motivo. Por que eu?

Fico tensa quando nos proclamam marido e mulher, sabendo o que vem logo depois desse momento. O primeiro beijo. O momento pelo qual a maioria das noivas anseia, algo com que sonhei tantas vezes. Só que não era o homem parado na minha frente que eu imaginava beijar. Engulo em seco enquanto meus pensamentos se voltam para Nathaniel, feliz por ele não estar presente para testemunhar a cena.

O medo percorre minha coluna conforme o Imperador Sombrio se aproxima, encurtando a distância entre nós. O ar vibra ao redor dele, quase como se sua aura fosse algo vivo, de carne e osso, e minha respiração falha quando sua mão enluvada segura meu rosto, o toque gentil em total desacordo com tudo o que eu pensava saber sobre ele.

Olho para meu marido, a curiosidade superando o medo. Eu me casei com o Imperador Sombrio e ainda não sei como ele é. Não é apenas a capa, realmente é como se ele estivesse envolto em sombras. Eu o encaro, mas não consigo enxergá-lo de verdade. O Imperador parece coberto por um tipo de energia translúcida e cintilante que encobre suas feições.

— Tudo a seu tempo — diz ele, com a voz suave, antes de se inclinar.

Os segundos começam a se esticar, cada momento durando uma eternidade. Meus olhos se fecham enquanto me obrigo a imaginar Nathaniel, ignorando o jeito como a mão dele desliza em meus cabelos, o jeito como ele me puxa para mais perto. Faço todo o possível para esquecer com quem acabei de me casar, mas, no instante em que nossos lábios se encontram, meu corpo é percorrido por algo que nunca senti antes, algo estimulante e libertador, e não consigo evitar me aconchegar em seu toque, inclinando a cabeça de leve.

Meu marido geme, nossos corpos se chocam um contra o outro enquanto ele separa meus lábios, a língua acariciando a minha por uma fração de segundo antes de o Imperador ficar rígido e se afastar com gentileza, deixando a mão em meus cabelos. Ergo os olhos, confusa por estar com o coração acelerado e pela ternura que ele demonstrou por mim, mas tudo o que vejo é a mesma imagem borrada. Porém devo admitir que, por alguns segundos, ele me fez sentir segura e desejada, duas coisas que nunca imaginei que sentiria em sua presença.

Ele se vira e me puxa com ele. Tento ao máximo me recompor enquanto caminhamos de mãos dadas pela passarela, assim como qualquer outro casal faria. Tento ao máximo sorrir, mas é inútil. Apesar da faísca de esperança incutida pelo beijo, não há como negar que, embora esta união seja um farol de esperança para muitos, ela é uma sentença de morte para mim.

Felix

A primeira coisa que notei foi a tristeza em seus olhos. Não me passou despercebido que o rapaz que ela ama não veio à cerimônia. Sem dúvida, está enfrentando as consequências de suas ações na noite passada. Não fosse pelos feitiços de rastreamento e proteção que Elaine lançou assim que o casamento foi acertado, eles poderiam ter escapado entre os meus dedos e sumido para sempre.

Seguro a mão dela com mais força, tentando ao máximo suprimir a esperança que a presença de Arabella desperta em mim. É como se eu a estivesse usando para permanecer vivo.

Arabella de Althea. Se a profecia estiver correta, ela será a responsável por quebrar a maldição. Duzentos anos se passaram, e eu quase tinha me esquecido do sabor da esperança. Até encontrá-la. Eu sempre soube que uma mulher quebraria a maldição, mas Pythia passou muitos anos sem conseguir enxergar a pessoa certa. Agora que enfim a encontrei, um propósito renovado surge dentro de mim.

Olho para minha esposa, a incerteza abafando a esperança que ela incutiu em mim. Arabella é jovem e não parece poderosa. Na verdade, parece se intimidar com facilidade. Não me surpreenderia se ela fugisse ao me ver. Não seria a primeira a fazer isso.

Entramos na sala do trono juntos, e me esforço para manter a impaciência sob controle. Preciso retornar ao palácio em breve. Quanto mais tempo permaneço afastado, piores são os efeitos da maldição. Está tudo administrável por enquanto, mas existe algo em Althea que me deixa mais inquieto que o normal, quase como se a maldição soubesse que estou um passo mais perto de quebrá-la.

Arabella está rígida ao meu lado, sua mão mole na minha, como se desejasse não precisar me tocar. Seus olhos percorrem os convidados no salão de baile, os ombros se endireitando quando ela encontra uma moça loira apenas alguns anos mais nova. A irmã, suspeito.

As duas trocam um olhar saudoso e, para minha surpresa, Arabella sorri de forma tranquilizadora. É a primeira vez que a vejo sorrir, e é uma visão e tanto. Qual foi a última vez que alguém sorriu na minha presença?

É óbvio que Arabella não teve nenhuma escolha real quanto ao casamento, e ela sem dúvida se ressente de mim por tirá-la de seu lar sob ameaças violentas. Talvez Elaine tenha razão. Conquistá-la não será fácil, e eu só pioraria as coisas caso a obrigasse a ir embora segundos depois da cerimônia, sem lhe dar a chance de desfrutar dos costumes de seu povo.

Arabella para no meio do salão e se vira para mim, o sorriso desaparece. Fico tenso ao perceber o que se espera do meu papel. *Uma dança.* Não danço faz décadas.

Com relutância, ponho a mão em sua cintura, fingindo não notar quando ela se encolhe. Meu toque lhe é repugnante, e ela ainda nem me viu.

A mão de Arabella está tremendo quando ela a ergue em direção ao meu peito. Ela é alta para uma mulher, mas é pequena quando comparada a mim. Algo nela é surpreendentemente… cativante. Eu a puxo para mais perto, sem dúvida a deixando escandalizada, e ela estremece de novo. Faço uma pausa e observo seu rosto. Ela não está sentindo repulsa. *Ela está com dor.*

— Você está machucada.

Ela arregala um pouco os olhos e os ergue, um momento de confusão mancha seu belo rosto quando não consegue distinguir minhas feições, cortesia de um feitiço que Elaine lançou em mim. Arabella balança a cabeça e sorri com firmeza, mas enxergo através de sua negação.

Ela e eu nos movemos devagar, e deixo meus dedos percorrerem suas costas, notando a dor que ela tanto se esforça para esconder.

— Quem fez isso com você?

Arabella nega com a cabeça outra vez e aperta minha capa com mais força, baixando os olhos. Seu silêncio faz a raiva percorrer minha coluna, e eu paro, nós dois congelados no lugar.

— Você *vai* me contar — aviso. — A questão é se vai fazer isso por vontade própria.

Um arrepio percorre os braços dela, e respiro fundo, me enchendo de arrependimento no mesmo instante. Elaine me avisou inúmeras vezes para ser gentil com minha esposa, mas falhei em menos de uma hora depois de me casar com ela.

— Meu pai — sussurra ela por fim, a voz tão baixa que quase não a escuto.

— Por quê?

Ela ergue o rosto, a tristeza se transforma em fogo em seus olhos.

— Tentei fugir de você. Disso tudo.

Os cantos dos meus lábios se erguem em um sorriso relutante ao vê-la libertar a raiva, os olhos dançando de fúria. Eu andava me perguntando se a profecia estava errada, porque certamente uma mocinha recatada com Arabella não poderia ser nossa salvadora. *Recatada*... Agora eu vejo. Ela é tudo menos isso.

Me afasto um passo e me viro. Encontro o pai dela já nos observando, uma pitada de medo em seu semblante. É provável que saiba o que está por vir. Levanto a mão e, num piscar de olhos, o rei é erguido no ar, pairando acima da multidão, à minha mercê. A música para, e o salão de baile é tomado pelo silêncio.

— Minha noiva está ferida — declaro, com a voz calma. — Quem a tocou?

O rei abre a boca para responder, mas balanço a cabeça e diminuo o fluxo de ar de seus pulmões.

— Vou cortar sua língua caso minta para mim.

Os olhos do rei se arregalam, e afrouxo um pouco o aperto, permitindo que ele fale.

— Eu — responde ele, parecendo arrependido. — Fui eu.

Trago o rei de Althea para mais perto e o coloco no chão à minha frente, meu maxilar cerrado pelo esforço de conter a raiva. Este homem ousou machucar a única pessoa que pode salvar meu povo?

Arabella dá um passo por instinto para trás, como se temesse mais o pai do que a mim, o que é totalmente inadmissível. Não permitirei que alguém que carrega meu nome tema um homem como ele.

— Traga-me o instrumento com o qual ousou machucar minha esposa.

Apenas um objeto mágico seria capaz de machucá-la daquela forma mesmo sob o feitiço de proteção de Elaine.

O rei está parado diante de mim, com os olhos arregalados, aparentemente em choque. Estalo os dedos e, rápido assim, o ar ao redor dos dedos dele se comprime até seu mindinho quebrar. Um grito alto escapa de seus lábios, ecoando pelo salão em silêncio enquanto o rei desaba de joelhos à minha frente. Com dor, ele aperta a mão contra o peito, um terror genuíno preenchendo suas feições.

— Vou quebrar um dedo para cada minuto que você me deixar esperando. Não sou um homem paciente.

Ele enfim abandona a autopiedade e acena para um de seus soldados. Fico tentado a quebrar outro dedo quando passam mais de dois minutos sem o soldado voltar, mas resisto ao ver a caixa escura de mogno sendo carregada até o salão, exalando uma magia selvagem. Franzo a testa e a abro, encontrando um chicote de couro preto revestido de perversidade.

— Você ousou usar isso contra minha esposa depois de ter me prometido a mão dela?

O silêncio do rei já diz muito. Giro o pulso e o faço ficar de costas para mim, contra sua vontade. Levanto o chicote bem alto antes de baixá-lo com força. Ele grita, o som ecoa pelo salão de baile, cada berro ainda mais estridente que o anterior.

Se este homem está com tanta dor, o quanto Arabella deve ter gritado? Quanta dor ela deve ter sentido? Quanta dor ainda está sentindo?

— Quantas vezes ele bateu em você? — pergunto.

Ela me encara, seu olhar desfocado devido ao feitiço que borra minhas feições.

— Perdi a conta — sussurra ela, a voz trêmula.

Estou deixando-a assustada, mas é melhor assim. Prefiro não esconder minha verdadeira natureza. É melhor que ela veja como sou desde o início.

Giro o punho e faço o chicote se mover sozinho, atingindo o rei repetidas vezes, até que arrependimento seja a única coisa que ele exala, seus gritos torturados ecoam pelo salão.

— Por favor — sussurra Arabella.

Viro-me para ela, surpreso.

— Você pediria misericórdia para o rei depois do que ele fez com você?

Ela assente.

— Ele é meu pai. Eu daria a ele a misericórdia que gostaria que tivesse me concedido.

Eu a encaro, absorvendo cada traço de seu rosto. Seus olhos estão cheios de lágrimas e ela está visivelmente apavorada. Mesmo assim me enfrenta, pedindo para o pai a clemência que ele não merece.

Arabella de Althea. Ela ainda pode me surpreender.

— Muito bem.

Estalo os dedos, e o chicote cai no chão.

— Livrem-se dessa coisa — ordeno. — Não quero vê-la nunca mais.

Três dos homens correm para obedecer enquanto me viro para minha esposa.

— Vamos embora.

Não estou disposto a entretê-la por mais nenhum minuto. Minha explosão trouxe à tona a sede de sangue contra a qual luto com tanto afinco. Não tenho muito tempo.

Arabella assente e volta a observar o salão de baile, seus olhos percorrem os convidados e se fixam na irmã por um momento. Ela abre outro sorriso tranquilizador antes de se virar e me seguir, olhando para trás apenas uma vez.

Não tenho dúvidas de que é o garoto quem ela procura. Ele não está ali e, no que depender de mim, nunca mais chegará perto dela.

Arabella

A capa vai varrendo o chão conforme o Imperador Sombrio atravessa as grandes portas de entrada do nosso castelo, com minha bagagem flutuando em seu encalço. Nunca vi poderes como os dele. A maneira como ele quebrou o dedo do meu pai sem pensar duas vezes e depois o chicoteou para todos verem pareceu tão natural, como se exigisse pouco ou nenhum esforço da parte dele. Se o Imperador era capaz de fazer aquilo com tanta facilidade, o que poderia fazer comigo?

— É melhor se apressar — comenta um soldado cuja expressão é surpreendentemente simpática. — Sua Excelência não gosta de esperar.

Concordo com a cabeça e forço minhas pernas bambas a apertar o passo, me obrigando a não olhar para trás, a não contemplar o castelo onde estou deixando meu coração. Não faço ideia se Nathaniel está seguro e não tenho como ajudá-lo a escapar da punição. Falei para meu pai que tinha sido tudo culpa minha, mas duvido que seja o suficiente.

Talvez eu nunca mais o veja. Ele está nas masmorras por minha causa e nem mesmo vou poder dizer a ele que sinto muito. Pelas Fúrias, com base no que acabei de testemunhar, talvez eu nem sobreviva a esta noite.

— Você vai cavalgar comigo.

O Imperador não olha na minha direção, mas está claro que está falando comigo. Encaro o cavalo gigante com seus olhos anormalmente negros e estremeço de medo. Sirocco é ainda mais aterrorizante de perto do que nas ilustrações horrendas que vi. Minha atenção se volta para a carruagem, e tento reunir coragem para perguntar se posso viajar nela, mas não consigo.

— Theon.

Congelo ao ouvir o som daquela voz. É a mesma que escutei na noite anterior, dentro dos túneis. Meu coração dispara no peito quando me viro para olhar a mulher parada junto do Imperador Sombrio. *Elaine*. Ela não estava ao lado dele alguns segundos antes, mas tenho certeza de que foi a voz dela que ouvi.

— Arabella pode cavalgar comigo — diz a mulher.

Todos os meus instintos informam que não estou mais segura com ela do que com o próprio Imperador, especialmente se ela sabe que tentei fugir ontem à noite. Pura amargura me percorre enquanto a analiso. Eu a idolatrava. Quando criança, Elaine era a única mulher que eu ouvira dizer que era mais poderosa do que seus companheiros homens. Naquela época, eu queria ser como ela. Agora me ressinto por nossos caminhos terem se cruzado. Não fosse por Elaine, Nathaniel e eu estaríamos em outro país a esta altura. Em vez disso, ele e eu somos prisioneiros de tipos diferentes.

— Não — declara o Imperador, e fico tensa.

Posso não gostar de Elaine, mas ainda assim escolheria cavalgar com ela em vez de com ele. Antes que eu perceba o que está acontecendo, sou erguida do chão, o ar ao meu redor se solidifica. Ofego e me agito, com medo de cair, e olho para o chão abaixo de mim, em choque, arrancando do Imperador uma risada. Ele move os dedos e, ao fazer isso, sou transportada pelo ar em sua direção. Essa sensação de vulnerabilidade e impotência… eu a *odeio*.

Ele me coloca em cima do cavalo, e na mesma hora enterro a mão na crina escura, com medo de ser erguida mais uma vez. Nunca senti nada parecido. Perdi o controle total sobre meu corpo e fiquei inteiramente à mercê do Imperador, ainda mais do que quando era algemada por meu pai. Será assim pelo resto da vida? Serei jogada de um lado para o outro a cada capricho do meu marido?

— Excelência — digo com a voz trêmula. — Sou perfeitamente capaz de montar um cavalo sozinha.

Ele não me dá ouvidos enquanto se junta a mim no cavalo, sentando-se às minhas costas. Fiquei arrependida de ter dito aquilo no instante em que as palavras deixaram meus lábios e agradeci pelo Imperador ter me ignorado. Aquelas poucas palavras poderiam resultar em uma dor sem fim. Eu poderia sofrer da mesma maneira que meu pai.

— *Felix* — acaba dizendo ele. — Você é minha esposa, Arabella. Vai me chamar de Felix.

Enrijeço quando ele se estica para segurar as rédeas, perto demais para que eu me sinta confortável. Sua *esposa*. A palavra e tudo o que ela envolve me aterroriza.

O peito dele roça em minhas costas, e tento ao máximo me afastar, mas sem sucesso.

— Sua agonia é inútil — declara o Imperador. — A força do movimento fará com que se incline na minha direção, querendo ou não. É melhor se acostumar.

Escolho ignorar as palavras dele e me agarro à crina de Sirocco, mas, no segundo em que começamos a cavalgar, sou pressionada contra o Imperador, exatamente como ele disse que seria. Sirocco é muito mais veloz do que qualquer outro cavalo que já montei, o que chega a ser assustador. Para minha surpresa, Felix passa um braço em volta do meu tronco, me mantendo firme no lugar.

— É mais seguro assim, Arabella. Carruagens estão sempre expostas ao perigo, mas nada poderá machucá-la enquanto estiver comigo.

Há um toque de preocupação em sua voz, e franzo a testa. Suponho que acabei de me tornar a esposa do homem mais poderoso do mundo. Não tenho dúvidas de que sua lista de inimigos não tem fim. Não me ocorreu que eu pudesse me tornar um alvo.

— É muito longe? — Eu me forço a perguntar, já mal conseguindo suportar a dor causada pela pressão em minhas costas machucadas.

— Com Sirocco, se o tempo permitir, levaremos metade de um dia, mas nossa comitiva não consegue acompanhar esse ritmo. Assim que estivermos em Eldiria, nós os deixaremos para trás. Eles vão demorar um dia e meio para chegar ao palácio.

Assinto e dou o meu melhor para relaxar e suportar a dor, mas a forma como o corpo dele pressiona o meu não está ajudando. Fecho os olhos e respiro fundo, tentando ao máximo me concentrar em outra coisa.

O Imperador me apavora, mas não parece ser o monstro que todos dizem que é. Ele me parece alguém normal. Não conheço muito bem a anatomia de um homem, mas, pelo que consigo sentir, ele não parece ter nada fora do lugar. Parece forte e largo. Mesmo sua voz soa normal, melódica, até. Algumas das coisas que li sobre ele são definitivamente verdade, mas outras podem não ser.

Olho para ele por cima do ombro, curiosa.

— Por que não consigo te ver direito?

Nem percebo que pronunciei as palavras em voz alta até elas saírem da minha boca. Meu estômago dá cambalhotas enquanto espero que ele responda, parte de mim torcendo para que ele ignore a pergunta por completo.

— É um encantamento. — Ele me aperta com mais força, o que só aumenta a dor em minhas costas. — Por que iria querer me ver?

Não tenho resposta para isso. Não consigo concluir se é melhor manter distância ou conquistar a afeição dele – não sei dizer o que me deixaria mais segura.

— Eu gostaria de conhecer o homem com quem me casei — declaro por fim, e estou sendo sincera.

Sinto o olhar do Imperador em minha nuca e aperto mais a crina do cavalo, me recusando a ser dominada pelo medo.

— Você está com dor.

Não é uma pergunta, mas assinto do mesmo jeito. Tenho a sensação de que ele perceberia a mínima mentira que eu tentasse contar, e não vou lhe dar razões para me punir.

O Imperador diminui o passo de Sirocco até estarmos cavalgando emparelhados com Elaine.

— Vamos parar perto da cachoeira — ele informa para a mulher, a voz suave e calma.

O jeito com que eles se entreolham me diz que os planos não envolviam parar tão cedo, e não consigo evitar a gratidão que estou sentindo. Tenho medo de que a dor me faça desmaiar, algo que não é incomum nos dias seguintes a um dos castigos do meu pai. Desmaiar em cima de Sirocco custaria a minha vida.

Quando o cavalo por fim para, estou tremendo e tão tonta que sinto que vou cair a qualquer minuto. Felix salta da montaria e, para minha surpresa, me oferece a mão em vez de me fazer levitar usando sua alquimia. Hesito antes de deslizar os dedos em sua luva de couro. Meus olhos tentam encontrar os dele, mas o feitiço em seu rosto torna a tarefa impossível, e fico desorientada enquanto ele me ajuda a descer com uma gentileza que eu jamais esperaria vinda do Imperador.

Felix se vira para Sirocco e tira uma maçã de um dos bolsos da sela, entregando-a para o cavalo com a mesma cortesia que acabou de me conceder. Estou prestes a perguntar se Sirocco veio mesmo do inferno, mas valorizo minha vida o bastante para não dizer nada.

Eu me apoio na árvore à qual ele amarrou Sirocco e o observo escovar o cavalo enquanto seus soldados armam tendas ao nosso redor. Por algum motivo, eu não esperava que o Imperador cuidasse de Sirocco pessoalmente. Há algo de tão humano nele, mas, ao mesmo tempo, não consigo deixar de pensar que é tudo uma ilusão.

— Esqueci que você não é um soldado. Você não se parece em nada com Elaine. Presumi que fosse conseguir aguentar até Eldiria, mas vejo que estava enganado.

Congelo no lugar e abraço meu corpo, sem saber o que fazer com aquele comentário. Ele está me dando um sermão ou pedindo desculpas? De qualquer forma, Felix está me deixando extremamente confusa. Eu esperava medo e tortura, mas ele não me machucou. Tenho quase certeza de que paramos porque ele percebeu que eu estava com dor, e tanta gentileza me desconcerta. Dou as costas para ele e observo os soldados montando as tendas em uma velocidade sobrenatural. O que deveria levar horas dura apenas alguns minutos.

— É magia.

Olho de relance para o Imperador Sombrio.

Felix. Não consigo me acostumar com o nome, nem mesmo em pensamento. Tratá-lo pelo primeiro nome é... estranho.

— A magia não é proibida no meu império — explica ele. Seu tom me faz pensar que não estou captando algo, como se eu devesse estar lendo nas entrelinhas. — Nós encorajamos o uso e o domínio dela. Não acredito que uma feiticeira esteja por trás da praga, assim como não acredito que o infortúnio recaia sobre aqueles de linhagem mágica. Essa é apenas uma tática para que as pessoas que temem a magia subjuguem o que não compreendem.

Assinto de modo hesitante, minha cabeça roda. Ele não acredita que a maldição com a qual nasci seja real? Eu adoraria que não fosse, mas não há como negar os inúmeros incêndios que têm início perto de mim, ou os tufões e terremotos que me imobilizavam sempre que eu tentava fugir após os castigos do meu pai, alimentada pela raiva e pela dor.

— Venha.

O Imperador aponta para a pequena tenda bem no meio do acampamento, e eu vacilo antes de seguir atrás dele. Ainda não tinha me ocorrido que Felix esperaria que a esposa compartilhasse sua tenda. Apesar da cerimônia, não me sinto casada.

Passo pela abertura e fico boquiaberta ao ver o interior da barraca. É enorme por dentro, com uma decoração luxuosa cheia de tapeçarias exuberantes e uma infinidade de portas largas de madeira. Parece haver meia dúzia de cômodos no que deveria ser uma pequena tenda.

Ele entra pela porta mais ao fundo, e eu o sigo até o que parece ser o quarto. Meus nervos estão à flor da pele e, por um momento, quase não percebo a mulher familiar postada ao lado da cama.

— Theon — diz ela.

Os olhos da mulher me percorrem com surpresa, como se ela não esperasse que Felix fosse me levar ao quarto. Isso por si só já é um alívio. Significa que ele pode estar apenas me mostrando o lugar.

— Elaine — responde ele, a voz inabalada.

Ela endireita os ombros e sorri para mim, a expressão impossível de decifrar.

— É uma honra enfim conhecê-la formalmente — declara.

Assinto com educação, desejando que as circunstâncias fossem diferentes. No passado, eu teria adorado conhecê-la. Teria ficado maravilhada. Agora, mal consigo conter a raiva.

— Elaine é minha conselheira mais confiável — informa Felix. — Ela comanda o exército na minha ausência e desempenha um papel fundamental na facilitação do comércio entre nossas muitas regiões.

Concordo com a cabeça, como se já não tivesse conhecimento de tudo aquilo, sem saber ao certo quanto devo revelar. Não tenho como ter certeza se o que li é verdade ou não.

— Queria discutir sobre essa parada inesperada — fala Elaine, parecendo preocupada. Seu olhar é inquisitivo, e o que ela parece enxergar não a tranquiliza. Será que ela consegue ver através do encantamento? — Temo que seja um risco ficarmos por muito tempo.

Quem ousaria atacar o Imperador Sombrio? Com certeza ninguém seria tão tolo.

— Ficaremos por uma hora.

Elaine está visivelmente tensa, e encara o Imperador com as sobrancelhas arqueadas. Parece que mudanças de planos não são comuns entre eles.

— Muito bem — responde ela, virando-se para ir embora.

Meu coração dispara quando a porta se fecha. Nunca estive sozinha com Felix antes, e fico apavorada com o que ele fará comigo.

— Venha cá.

Engulo em seco e chego um passo mais perto. Estou tremendo tanto que é impossível esconder o medo.

— Odeio ter de me repetir, Arabella.

Assinto e dou mais um passo, fechando os olhos quando fico diante dele, como a boa covarde que sou. Felix dá a volta e segura meu espartilho, desamarrando-o devagar. Abraço meu peito quando a peça se solta, temendo o que ele está prestes a fazer. Estou com tanta dor que não tenho energia suficiente sequer para tentar resistir.

Solto um choramingo quando ouço o som do vestido rasgando, e o ar gelado roça minha pele. Ele encosta a palma da mão nas minhas costas, e arquejo conforme uma sensação estranha me invade, esfriando as marcas invisíveis que meu pai deixou. Ficamos ali parados pelo que parece uma eternidade, a dor diminui aos poucos, e quase desmorono de alívio. Geralmente, as chicotadas são a parte menos dolorosa do castigo. É o processo de cura das feridas que não podem ser tratadas que machuca mais.

— Está melhor?

Assinto e me viro para encarar o Imperador, mas recuo depressa ao fazer isso. O encantamento que borrava suas feições não está mais lá, e tropeço para trás enquanto observo as veias grossas e pretas que se movem pelo rosto dele como cobras rastejantes, obscurecendo seu semblante. Puro horror me percorre, e Felix se apressa em puxar o capuz sobre o rosto, mas não antes que eu possa vislumbrar suas íris turquesa pontilhadas de ouro, iluminando seus traços que, de outra forma, seriam sombrios. Por alguma razão, achei que os olhos do Imperador fossem como os de Sirocco, mas não são. Algo semelhante a desânimo cruza o semblante de Felix antes que ele desvie o olhar e baixe ainda mais o capuz.

Ele estende a mão para mim, e me encolho por instinto, mas logo percebo que o tecido em minhas costas se costurou sozinho e que meu espartilho está amarrado. O remorso me invade no mesmo instante, e ele suspira ao se afastar.

— Devemos retomar nossa jornada — declara Felix, com a voz cansada, enquanto se vira e vai embora, me deixando sozinha no quarto vazio.

Arabella

O peito de Felix volta a pressionar minhas costas quando retomamos a jornada, e as ações anteriores dele ainda ecoam em minha mente. Ele me tratou com gentileza e aliviou minha dor sem me punir por ter incomodado seus soldados e atrasado a viagem. Não sei bem o que pensar dele. Todos os meus instintos me dizem para temê-lo, para não baixar a guarda, e a intuição nunca me falhou. Quanto antes descobrir por que ele me deixa tão perturbada, melhor. O homem mais poderoso do mundo não se casa com uma princesa desconhecida de um reino que lhe é inútil sem um bom motivo. Quanto mais rápido eu descobrir por que ele se casou comigo, mais indispensável posso me tornar, e então estarei mais segura.

Felix envolve minha cintura com a mão, e suspiro de surpresa. Seu toque é íntimo, o que me assusta. Desde que curou minhas feridas, o Imperador manteve a maior distância possível entre nós, segurando as rédeas.

— Olhe — diz ele, inclinando-se. Seus lábios roçam minha orelha e sinto um arrepio na coluna. A respiração dele é tão quente que contrasta com o ar frio ao redor. — Olhe com atenção.

Observo o horizonte, curiosa para entender o que eu devia estar vendo. Estamos cavalgando pela floresta há horas, seguindo por uma trilha inexistente com a qual os cavalos parecem familiarizados. Fico tensa quando a mata ganha volume, a pequena trilha em que estávamos desaparece por baixo de fileiras e fileiras de árvores que com certeza não nos deixarão passar, mas Sirocco continua avançando direto para elas.

Felix me segura com mais força, e sinto que ele está me olhando, mas não consigo desviar o foco da nossa destruição iminente. Assim que tenho certeza de que estamos prestes a colidir com as árvores, os troncos se separam.

— Pelas Fúrias — sussurro, vendo que um caminho largo se revela à nossa frente, com as árvores se fechando logo atrás.

É uma das coisas mais lindas que já testemunhei, ver a natureza nos permitir passar desse jeito.

— Bem-vinda a Eldiria — fala ele. — Bem-vinda ao seu lar.

Lar. É estranho, mas ninguém nunca me disse essa palavra. Nem uma vez.

— Eldiria — repito.

É o nome do vasto império de Felix, mas, no começo, era apenas aquilo. Um pequeno país cercado por florestas densas, isolado do resto do mundo.

A temperatura cai depressa, em questão de minutos, as estradas ficam cobertas de neve e gelo e a luz do dia desaparece à medida que cavalgamos para o centro de Eldiria. Nunca experimentei nada parecido. Estou tremendo, e Felix passa as mãos pelos meus ombros. O calor me percorre, e suspiro de alívio mesmo enquanto me questiono de onde ele está canalizando o calor. Se ele é de fato um alquimista, como afirmam os livros, então deve haver uma fonte que esteja usando. Cristais mágicos, talvez? Com certeza ele não estaria me dando o calor do próprio corpo, certo?

A neve começa a cair ao nosso redor, e as árvores rareiam até que um belo palácio branco surge diante de nós. Conforme nos aproximamos, percebo que todos os criados se reuniram para nos receber.

— Estão aqui por sua causa — informa Felix.

Deve haver centenas de pessoas paradas no frio, todas parecendo felizes e esperançosas, acenando enquanto passamos. Eu me forço a sorrir e acenar de volta para elas o melhor que posso. É algo que consigo fazer. Estou acostumada a ser uma princesa, a fazer parte da realeza.

— Pronta?

Assinto, mesmo que não esteja. Estou com medo do que me espera. Althea nunca foi um lugar amado, mas não consigo evitar a sensação de que as coisas só vão piorar em Eldiria.

Felix desce do cavalo, mas, desta vez, não pega minha mão. Ele se inclina e aperta minha cintura, me erguendo com facilidade para me carregar em seus braços. Um espetáculo para seu povo, sem dúvidas. Seu corpo parece forte contra o meu, o peito largo, os passos decididos. Ele está oculto por trás da capa outra vez, e fica mais fácil fingir que ele é apenas um homem e que este é apenas um momento descontraído entre recém-casados.

Aplausos irrompem ao nosso redor, e minhas bochechas esquentam até ficarem em chamas. Estou rígida nos braços dele, mas me forço a sorrir enquanto Felix me carrega com gentileza rumo à entrada, com meu corpo pressionado no dele.

Era assim que eu imaginava que seria com Nathaniel. Ele me carregaria, e toda Althea estaria nos celebrando. Seria o início de um novo capítulo, um em que nós dois seríamos oficialmente uma família. Em vez disso, estou nos braços do homem mais temido do mundo, forçando sorrisos para agradar o povo dele.

Felix caminha devagar na direção do palácio, e aproveito a oportunidade não apenas para observar as pessoas, mas também o exterior da construção. Não é branco, como presumi no início. Está coberto de neve.

O corpo inteiro de Felix parece relaxar quando entramos no palácio, e seus ombros cedem, quase como se estivessem aliviados. Ele me segura um pouco mais forte enquanto seguimos para as escadas, e eu me contorço.

— Pode me colocar no chão agora — sussurro, mas ele nega com a cabeça, o capuz balançando.

— Deixe os criados se divertirem. Eles merecem.

Olho para as pessoas ao nosso redor, todas sorrindo de felicidade e esperança. É a esperança que me surpreende. O semblante delas está cheio de ânsia e expectativa, e preciso descobrir o porquê. O silêncio nos envolve quando chegamos ao último andar, que está deserto.

— Este é o meu andar — explica ele. — O nosso.

Nosso. Pensar nisso não me assusta tanto quanto ontem, mas ainda estou preocupada. Não consigo deixar de pensar em Nathaniel e em tudo que eu gostaria de compartilhar com ele. Em vez disso, estou sendo carregada para o que parece ser o quarto de Felix, um quarto surpreendentemente parecido com o da tenda.

— No que está pensando? — pergunta o Imperador ao me colocar no chão. Ergo os olhos, surpresa, me sentindo culpada no mesmo instante. — Nunca a vi fazer essa cara.

Ele andava me observando assim com tanta atenção?

— Ah, não é nada. Só estava pensando na minha casa — admito.

Felix me encara enquanto puxa o capuz para trás e desabotoa a capa, deixando-a cair no chão. Arregalo os olhos quando ela se ergue sozinha, voando até um gancho perto da porta.

— É o garoto — afirma ele, com a voz calma, apesar da rispidez.

Eu congelo e faço o possível para encará-lo e não deixar o medo transparecer. Ele sabe sobre Nathaniel? Felix chega um passo mais perto, e dou um passo para trás, até estar pressionada contra uma das colunas da cama. Ele passa o dedo enluvado por baixo do meu queixo e inclina minha cabeça para cima, me forçando a olhar em seus olhos.

Antes, eu tinha pensado que os olhos dele o faziam parecer mais humano. Agora, apenas realçam quanto o restante das feições do Imperador parecem inumanas. As veias em sua pele são grossas, escuras e pulsantes como se tivessem vida própria, tornando impossível determinar como realmente é seu rosto por baixo daquilo.

— Não permitirei que pense naquele rapaz. Se ousar ficar suspirando por ele ou se apegar à mínima esperança de algum dia estar com ele, eu mesmo matarei o garoto e *farei* você assistir. Deixe o passado no lugar dele, Arabella.

Estremeço e tento me afastar, pressionando o corpo contra a madeira. Felix aperta meu queixo com mais força, os olhos percorrem meu rosto como se tentasse se certificar de que entendi a mensagem.

— As pessoas tinham razão — sussurro. — Você é um monstro.

Ele dá um passo para trás, e mal consigo enxergar um sorriso distorcido em seu rosto.

— Nunca fingi ser outra coisa.

Arabella

Olho pela janela, sentindo-me mais perdida do que nunca ao me encostar no parapeito, o quarto estranhamente silencioso desde que Felix me deixou ali. O palácio é quente, mas lá fora parece tudo desolado, frio e escuro, o cenário forma uma réplica perfeita dos meus sentimentos. As pequenas áreas iluminadas pelas tochas mostram que não há nada além de neve e gelo no horizonte. Mesmo se eu quisesse, duvido que conseguiria encontrar o caminho para casa. Será que o resto dos meus dias vai ser assim? Vou morrer aqui, emboscada em uma prisão de gelo? Se eu tentasse fugir, para onde iria? Mesmo que sobrevivesse à jornada, eu não teria como entrar em Althea sem ser detectada, e minhas chances de libertar Nathaniel seriam mínimas. Além disso, suspeito de que Felix viria atrás de mim.

É difícil dizer há quanto tempo estou aqui, já que o sol não nasceu como eu esperava, mas parece que já dormi duas noites inteiras. Em ambas as vezes, acordei com o cheiro de uma refeição quente e de um banho recém-preparado com aroma de lavanda, mas ainda não encontrei nenhuma criada. Felizmente, também ainda não vi meu marido.

Suspiro baixinho ao me levantar, minha vista percorre o quarto. Os muitos artefatos e roupas indicam que este é o quarto de Felix, de modo que o lugar não é nenhuma cela bem-decorada, designada especialmente para a minha pessoa. Ainda assim, não ouso sair.

A exaustão me invade, e minhas pálpebras ficam mais pesadas conforme me movo até a frente da lareira. A escuridão parece anormal, e não consigo deixar de desejar que o sol nasça logo, mesmo que seja apenas para que eu possa enxergar mais longe e estudar os arredores.

Sou arrancada dos meus devaneios quando a magia cintila em dourado à minha frente por alguns segundos, antes que uma xícara e um bule apareçam pairando no ar. Com a mão no peito, observo o chá sendo servido na xícara. Fico paralisada enquanto a xícara se inclina da esquerda para a direita, quase como se me convidando a pegá-la.

Olho ao redor do quarto, mas não há ninguém ali que pudesse ter feito aquilo. Minhas mãos tremem enquanto pego a xícara, com medo de que ela caia, e o cheiro familiar de lavanda me envolve. Não ouso beber, temendo que o líquido esteja envenenado, mas a xícara voa das minhas mãos e se aperta contra meus lábios com gentileza, insistindo para que eu prove um gole. Ela interrompe seus movimentos quando escuta uma batida, e me viro nervosa para a porta assim que esta se abre. Elaine entra, ainda com o mesmo traje de montaria que usava quando partimos de Althea. Ela deve ter acabado de chegar.

Elaine hesita ao ver a xícara e o bule pairando no vazio. Ela arregala os olhos.

— Parece que o palácio gostou de você — declara ela, a voz repleta de admiração. — Não tema, é inofensivo. O palácio cuida do Imperador e de muitos outros habitantes do edifício, embora não todos, e gosta de organizar a comida e a bebida como bem entende. Quando o palácio quer alimentar alguém, é quase impossível recusar. Fui informada de que nossos criados não conseguiram entrar nos seus aposentos. É raro, mas, às vezes, o palácio se torna excessivamente protetor. Ao que parece, o objetivo é garantir que todas as ameaças fiquem longe enquanto ele cuida de você.

Meu estômago se contrai com a insinuação. Isso explicaria por que não vi nenhum criado. Porque nunca apareceu nenhum. E as refeições que comi... eram minhas comidas favoritas, e nunca questionei o motivo.

— O Imperador me enviou para pedir desculpas por sua ausência — explica Elaine, me arrancando dos meus pensamentos. — Pouco antes de deixarmos Althea, uma avalanche soterrou uma de nossas cidades e interrompeu uma rota comercial importante. Nossos soldados foram mobilizados de imediato, mas, assim que soube, o Imperador em pessoa partiu para ajudar. Ele deve voltar em alguns dias, se o tempo permitir.

Pânico se instala no fundo do meu estômago, e respiro fundo para ficar calma. Uma avalanche?

— Há algum sobrevivente? — pergunto, com voz trêmula.

Não consigo deixar de sentir que a culpa é minha; é a minha maldição, o meu infortúnio. Se o que Elaine está dizendo for verdade, a avalanche deve ter ocorrido no momento em que o Imperador Sombrio se casou comigo. Se ele descobrir que sou a culpada, vai me matar para proteger seu povo.

— Por favor, não se preocupe, Excelência — diz Elaine, com um sorriso gentil no rosto. — Considerando o perfil de boa parte do território de Eldiria, nosso povo está sempre preparado para o pior. O Imperador presenteou aqueles que vivem em áreas de risco com cristais mágicos nos quais nossos feiticeiros depositaram feitiços de proteção. Por isso ninguém morreu, mas as pessoas estão presas, e ninguém pode tirá-las de lá mais rápido do que o Imperador. Ele retornará em breve, e vitorioso.

Elaine dá um passo para trás e inclina a cabeça na direção da porta.

— Enquanto aguardamos que ele retorne em segurança, vim perguntar se Vossa Excelência gostaria de um passeio de apresentação pelo palácio — acrescenta ela, com um sorriso hesitante. — Minhas sinceras desculpas por não ter estado aqui para ajudá-la a se familiarizar com a casa nova, Imperatriz. Falhei por não viajar mais depressa quando percebi que o Imperador a havia deixado aqui sozinha.

Elaine tinha vindo direto ao meu encontro depois de voltar?

— Isso pode esperar — respondo baixinho, mas ela nega com a cabeça e aponta para a porta com um olhar determinado.

É claro que ela tem boas intenções, mas tudo em que consigo pensar quando a vejo é que, não fosse por ela, Nathaniel e eu poderíamos ter escapado. Tenho certeza de que foi a voz de Elaine que ouvi.

— Está bem. Eu adoraria um passeio — digo de modo hesitante, assumindo o sorriso que reservo para os membros da corte de meu pai.

Elaine assente e demonstra um toque de alívio nos olhos enquanto se afasta e fica parada junto à porta. Respiro fundo e caminho até ela, desejando poder me vingar pelo que a mulher fez comigo e com Nathaniel. Gostaria de fazê-la sentir ao menos um pouco do tormento que me causou. Em vez disso, sorrio enquanto Elaine me conduz pelo corredor comprido que leva à grande escadaria.

— Este andar inteiro pertence ao Imperador, e agora é seu também. Eu fico um andar abaixo.

As velas nas paredes se acendem e bruxuleiam conforme caminhamos ao longo delas, e eu pulo de surpresa. Apoio a mão no peito e encaro uma das velas, absorvendo o leve zumbido da magia ao redor.

— Ah — murmura Elaine. — O palácio inteiro é encantado. Tem sido assim há mais de duzentos anos, desde o dia em que a mãe de Theon faleceu.

— Duzentos anos? — repito em voz baixa. — Quantos anos tem o Imperador?

Elaine sorri e inclina a cabeça na direção da escada.

— Suponho que ele pareça ter uns trinta anos e, para mim, essa é a idade dele. Mas, na verdade, ele tem pouco mais de duzentos anos. O tempo corre de um jeito diferente no palácio. Estou aqui já faz mais de uma década, mas é como se tivessem se passado apenas dois anos.

Como algo assim é possível? É por isso que ela parece tão jovem? Ou é por isso que leio sobre ela já faz uma década, enquanto a feiticeira não parece ter envelhecido nada desde a primeira vez em que foi mencionada ao lado de Felix?

Elaine morde o lábio, como se tivesse falado algo errado, e se apressa em descer as escadas.

— Esta é a sala de audiências. É o lugar no qual geralmente encontrará seu marido, e onde ele recebe os correspondentes e faz suas reuniões. É a única sala do palácio acessível para qualquer pessoa que não mora aqui. Se um visitante tentar vagar pelo palácio, acabará andando em círculos e sempre terminará nesta sala.

— No meu caso seria assim também? Existem lugares que não posso ir por causa de um encantamento?

Ela parece surpresa com a pergunta, mas balança a cabeça.

— Não, Excelência. Nenhuma restrição foi imposta a você. Nada está inacessível, mas eu recomendo que evite frequentar a ala leste. O lugar está precisando urgentemente de reparos, e seria perigoso entrar.

Assinto e sigo em frente, observando os diferentes cômodos do palácio e a forma como as portas se abrem e fecham sozinhas. Tudo aqui é tão distante das coisas que conheci que me sinto desorientada. Por toda a vida fui ensinada a temer a magia, mas, neste palácio, ela é usada sem reservas.

— A cozinha imperial — anuncia Elaine, parando diante de mais uma porta. — Esta cozinha é usada exclusivamente pelos membros da corte.

Espio o interior do cômodo e vejo pratos se lavando sozinhos e uma vassoura trabalhando, o ambiente inteiro vibra com magia.

— O palácio fornece tudo de que o Imperador e seu círculo íntimo precisam, e os criados se concentram principalmente nos soldados e artesãos que vivem no terreno do palácio. Não sabemos ao certo qual é a origem dessa magia, mas somos gratos por ela.

Em seguida paramos diante de duas grandes portas de mogno escuro, esculpidas com flores delicadas que quase parecem reais.

— Acho que Vossa Excelência vai gostar desta sala — comenta Elaine assim que as portas se abrem.

Fico ofegante ao entrar na maior biblioteca em que já pus os olhos, e meu coração partido encontra certo alívio ao contemplar os milhares de livros ao redor. São milhares de histórias nas quais eu poderia me perder a fim de escapar da realidade que estou sendo forçada a encarar. Sorrio enquanto corro os dedos pelas lombadas de couro, todas bem-cuidadas. Muitas são antigas.

— É a primeira vez que a vejo sorrir — diz Elaine em voz baixa.

Eu me viro para ela, sobressaltada. Imagino que a mulher esteja certa. Não tive motivo para sorrir desde que ela e Felix entraram na minha vida.

— Nosso Imperador é meio bruto, mas é um bom governante e tem o coração no lugar certo — declara ela, com um olhar suplicante.

Eu a encaro, imaginando como Elaine pode ser capaz de acreditar nisso. Não pode existir bondade em um homem como aquele. Um homem bom não conquistaria metade do mundo, e para quê? Para satisfazer o próprio ego? Para saciar o tédio?

— Felix... pode ler minha mente?

Os olhos de Elaine se arregalam, e seus lábios se curvam nos cantos, revelando um sorriso discreto que transforma seu rosto. Ela é uma mulher linda, e mesmo um pequeno sorriso a faz parecer etérea.

— Felix? — repete ela, achando graça. — Ninguém o chama desse jeito.

Hesito, com a mão ainda sobre um dos livros que eu estava prestes a retirar da estante. O Imperador me deu uma parte de si mesmo que ninguém mais possui? Por quê?

— Não, ele não consegue ler mentes, Excelência. Só é muito bom em ler as pessoas.

Eu me afasto da estante, girando para encarar a feiticeira.

— Sabe por que ele se casou comigo?

Elaine respira fundo e desvia o rosto.

— Ele gostaria de lhe contar pessoalmente, mas, considerando as circunstâncias, espero que o Imperador não se importe caso eu conte um pouco do que sei. Você merece a verdade.

Concordo com a cabeça, medo percorre a minha coluna. Eu já suspeitava de que houvesse um motivo por trás da decisão de Felix em se casar comigo quando podia ter escolhido Serena, e tenho a sensação de que isso que Elaine está prestes a dizer só vai piorar minha situação já bastante terrível.

— Você nos foi revelada em uma profecia, Excelência. Está destinada a quebrar uma maldição que Eldiria carrega há duzentos anos. Você está destinada a libertar Eldiria.

Faço meu melhor para evitar que o horror absoluto causado por aquelas palavras transpareça em meu rosto. Pelo jeito, eles não sabem que sou amaldiçoada e que tudo indica que me trazer até aqui aumentará os infortúnios que já devem estar enfrentando. Se descobrirem que mal sou capaz de salvar a mim mesma, quanto mais um império inteiro, minha vida estará acabada.

— O Imperador foi amaldiçoado a viver nas sombras, levando o reino junto — continua Elaine. — Certa vez, ele me contou que Eldiria era um lugar belíssimo, repleto de colinas verdejantes. Mas, quando o Imperador comemorou seu vigésimo aniversário, o inverno chegou e nunca mais foi embora, e o sol desapareceu para sempre. Todas as plantações em Eldiria morreram, e no momento não há solo fértil em nosso império. Lutamos constantemente para manter nosso povo alimentado. Nossos rios secaram, e as florestas nos aprisionam, tornando o comércio quase impossível. Também não é possível abrir caminhos pela mata, porque a cada manhã as árvores voltam para onde estavam. E, como se não bastasse... as pessoas estão ficando inférteis também. Faz uma década que nenhuma criança nasce. Somos um império à beira da extinção.

Eu a encaro, incrédula. Como tal coisa pode ser desconhecida pelo resto do mundo? Deve ser por isso que Felix segue conquistando outros territórios. Se as transações são dificultadas demais pela floresta, ele precisa impor o comércio. Como eu nunca soube de nada disso? Ao longo dos anos, li cada livro que pude encontrar sobre maldições e magia, mas nenhum jamais mencionou a maldição do Imperador Sombrio. Quase como se pudesse enxergar a pergunta estampada em meu rosto, Elaine sorri, solidária.

— A maldição não pode ser mencionada para pessoas que a desconhecem, a menos que os envolvidos estejam dentro do palácio. Fiz o meu melhor para identificar a origem de tal magia, mas o máximo que consegui encontrar foi uma assinatura energética semelhante à do palácio.

— Como isso aconteceu? — pergunto.

Quem teria poder o bastante para lançar uma maldição que duraria séculos?

— Isso é tudo o que posso contar — responde Elaine com um olhar penitente. — Devo deixar suas perguntas para o Imperador. Peço desculpas, Excelência. — Ela hesita e encara os próprios pés. Quando volta a me olhar, seu rosto está inundado de remorso genuíno. — Não apenas por não fornecer as explicações que procura, mas também por tê-la impedido de atravessar os túneis. Não tenho uma desculpa aceitável, Excelência. Fiz isso por esperança pelo meu povo, movida pelo desespero… mas sei melhor do que ninguém o que significa ser separada de quem se ama.

Minha expressão endurece, e desvio o rosto. Não vou oferecer meu perdão.

— Você fez o que era esperado de você — respondo em vez disso.

Elaine assente, nós duas ficamos em silêncio enquanto ela me acompanha de volta para o andar de Felix. Minha mente fica turbulenta conforme tento processar tudo o que acabei de descobrir. O Imperador Sombrio acha que tenho capacidade de quebrar uma maldição, e é exatamente esse o papel que devo desempenhar caso queira permanecer viva. Terei de fingir ser mais forte do que sou, mais corajosa do que jamais fui. Se quiser sobreviver, precisarei fingir que sou capaz de fazer o que se espera de mim.

Arabella

Coloco a mão na maçaneta e hesito, sabendo lá no fundo que estou prestes a fazer algo que Felix provavelmente não ia querer que eu fizesse. Meu peito se expande enquanto respiro fundo e saio do quarto em silêncio, as palavras de Elaine ainda ecoando em minha mente.

O jeito como ela falou para ficar longe da ala leste foi muito estranho e, se há algo que aprendi sendo a princesa esquecida de Althea, é que a informação certa, empunhada na hora certa, tem a força de um golpe maior do que a mais potente das armas. Estou longe de ser poderosa, então terei de me esforçar ao máximo para enganar o Imperador Sombrio caso queira permanecer viva.

Passo por corredores desertos conforme caminho devagar em direção à entrada da ala leste, e a temperatura segue caindo enquanto ando. O ar fica pesado e, a julgar pelas tapeçarias desgastadas e pelas paredes cheias de rachaduras, fica evidente que esta parte do palácio não recebe cuidados.

No instante em que atravesso o grande arco que separa o coração do palácio da ala leste, todas as tochas se apagam, me deixando temporariamente cega enquanto tento com afinco me adaptar à escuridão. Meu coração dispara e, por um momento, hesito. Será que Elaine estava certa? Tem alguma coisa errada neste lugar, mas não consigo suprimir a sensação de que existe algo na ala leste que preciso mesmo ver.

Dou um passo à frente com cuidado, meu caminho é iluminado pelos raios de luar que se infiltram a partir das frestas no teto. Cada porta pela qual eu passo se fecha com um estrondo, como se eu estivesse sendo expulsa pelo próprio palácio, que fora tão acolhedor durante o passeio de ontem.

Paro diante de um retrato rasgado, uma adaga bonita e ornamentada ainda cravada na tela, a esmeralda no cabo brilha. Minhas mãos tremem ao puxá-la, a magia zumbindo ao redor, envolvendo a arma em um brilho dourado e cintilante. Ao contrário das algemas e dos outros artefatos mágicos que meu pai usou contra mim ao longo dos anos, a adaga não parece maligna. Sem raciocinar direito, eu a escondo no bolso fundo do vestido, rezando para que a lâmina não corte o tecido e me machuque. Estava mesmo pensando em roubar uma faca de jantar para ter algo com que me defender caso seja necessário, mas esta é uma opção muito melhor.

Minha atenção se fixa nas duas partes enroladas do retrato e, mais uma vez, sigo meus instintos ao empurrar os dois pedaços da tela rentes um ao outro, erguendo as sobrancelhas ao contemplar o quadro completo. Fico hipnotizada por um segundo enquanto encaro aqueles olhos familiares cor de turquesa, as manchinhas douradas brilhando. *Felix*. Admiro seu rosto imaculado, desprovido das veias pretas que tentam escondê-lo e, por alguns instantes, apenas o encaro. É assim que ele se parece por baixo da maldição? Seu maxilar é esculpido e forte, os lábios carnudos sem destoar do resto. Ele parece um deus encarnado, e suspeito de que a pintura seja extremamente exagerada para apaziguar o ego do retratado.

Dou um passo para trás, mas não consigo me livrar de meus sentimentos conflitantes. Não sei bem o que deveria encontrar ali, mas sei que não era isso, nem a adaga. Há algo mais me chamando, como um zumbido baixo que percorre a pele, me incitando a procurá-lo.

Estou tremendo enquanto adentro ainda mais na ala leste, e a temperatura fica mais fria. As bordas das pinturas rasgadas que revestem as paredes estão salpicadas de gelo. Gavinhas pretas de algo obscuro se agarram às paredes em total contraste com a magia dourada que cercava minha nova lâmina. A sensação é de que ali há uma força maligna ainda mais forte que as armas que meu pai usava para me punir. Quando subo por uma torre surpreendentemente bem-conservada, certa de estar ouvindo vozes a distância, já estou batendo os dentes.

É quase como se eu estivesse sendo conduzida por uma força invisível enquanto coloco um pé na frente do outro, uma voz de mulher se torna cada vez mais audível. Minha respiração fica superficial à medida que o medo se instala, o ar frio transforma meu hálito em pequenas nuvens de fumaça. Minha intuição anula todo sinal de pânico, fazendo com que eu siga em frente até estar parada diante da única porta aberta que encontrei, bem no alto da torre.

Arquejo ao ver Felix de pé no canto da sala, a longa capa preta balançando sob o vento gelado. Se ainda está usando a capa, então deve ter acabado de chegar e ido direto para a ala leste. Felix parece estar parado diante de um espelho fora do meu campo de visão, e dou mais um passo temeroso, meu coração batendo tão forte que temo que ele ouça.

Arregalo os olhos quando enfim enxergo o espelho e, por um segundo, tenho certeza de que há uma pessoa nele, uma mulher de pele pálida, olhos que nada veem e lábios vermelho-sangue. Mas então eu pisco e ela desaparece.

Felix encontra meu olhar no espelho e se vira com uma expressão que não consigo descrever direito.

— O que está fazendo aqui? — grita ele, caminhando até mim.

Cambaleio para trás, a realidade finalmente me alcança. Eu sabia que existia uma chance de ser pega, mas tinha certeza de que Felix ainda não havia retornado.

— Eu... eu... — gaguejo, o olhar em seu rosto me enche de puro terror.

Ele remove a capa e a joga sobre meus ombros em um movimento fluido antes de segurar meu rosto entre as mãos quentes.

— Você está tremendo, Arabella. Está congelando. — Ele soa furioso enquanto se inclina e me pega no colo, assim como fez quando chegamos ao palácio. — Perdeu o juízo? — repreende, me levando de volta por onde vim. — Ninguém avisou o quanto é perigoso entrar aqui? Você podia ter congelado até a morte sem nem perceber o que estava acontecendo.

A capa de Felix está morna, e instintivamente pressiono meu rosto no pescoço dele, precisando mais de calor do que eu havia imaginado.

— Eu estava só dando uma volta por aí e acabei me perdendo — minto, desejando poder fazer todas as perguntas que estão na minha cabeça.

Quanto mais penso, mais tenho certeza de que vi uma mulher no espelho, e está claro que Felix não desejava que eu descobrisse a existência dela. Era aquela mulher quem eu deveria encontrar?

— Nunca mais volte aqui — avisa ele enquanto me carrega escada abaixo até nosso quarto. — Não é seguro.

Assinto com relutância e me afasto um pouco, esperando que ele me coloque no chão. Em vez disso, Felix se senta na cama comigo no colo, me abraçando com força, a cabeça apoiada por cima da minha.

— Isso não teria acontecido se eu estivesse presente para lhe mostrar o palácio — comenta ele, com o tom cheio de arrependimento. — Se tudo correr bem, não precisarei sair por algumas semanas. Então, com um pouco de sorte, poderemos recuperar o tempo perdido.

Embora suas palavras sejam, sem dúvida, tranquilizadoras, elas não fazem nada além de me encher de medo e apreensão. Se Felix está de volta, então esta será a primeira noite que passaremos juntos como marido e mulher. Será nossa noite de núpcias.

Arabella

Meu coração martela no peito enquanto fecho os dedos em torno da adaga que encontrei na ala leste. Parece antiga, e algo nela me faz pensar em magia. É fina e pequena, mas parece poderosa.

Poderosa o bastante para matar um monstro.

Mordo o lábio enquanto a carrego com mãos trêmulas para a cama de Felix, escondendo-a entre a cabeceira e o colchão, sem saber se terei coragem de usá-la. Tudo em que consigo pensar desde que Felix me deixou no quarto é na maldição que ele espera que eu quebre. E, todas as vezes, chego à mesma resposta. O único jeito de a profecia ser verdadeira é se eu estiver destinada a matá-lo. No pouco tempo que tive, vasculhei o máximo de livros que encontrei na biblioteca, mas tudo o que consegui descobrir foi que as maldições supostamente se encerram com o falecimento do amaldiçoado.

Meu tempo no palácio é limitado, e prefiro morrer lutando contra Felix e acabar logo com tudo do que ficar sofrendo indefinidamente nas mãos dele até o pouco que restar da minha alma ser destroçado. Com isso vou perder minha vida, mas é só questão de tempo até Felix perceber que só trago infortúnio e resolver me assassinar por conta própria. Desse jeito, pelo menos, vou morrer por uma causa nobre.

Pulo de susto ao ouvir um barulho no quarto e me viro, com medo de ser pega antes mesmo de tentar matá-lo. Arregalo os olhos ao ver uma camisola pairando no ar. A peça se move para frente e para trás, como se estivesse pedindo para que eu a seguisse.

Hesito antes de dar um passo cauteloso. A magia neste palácio é diferente de tudo que já vi, e embora não pareça perigosa, ainda prefiro tomar cuidado. Durante toda a minha vida, me disseram que magia é uma espada de dois gumes que sempre leva ao mal, e tenho medo de que seja verdade.

A camisola flutua em direção a uma banheira fumegante, o aroma de lavanda preenche o ambiente.

— Você adora lavanda, não é, Palácio? — comento, minha voz mal passa de um sussurro.

A camisola parece assentir, e sorrio com tristeza enquanto encaro o banho quente, um arrepio desce pelos meus braços. Ainda estou congelando, e o banho que o palácio preparou para mim tem uma aparência irresistível. Apesar das preocupações, me pego sorrindo enquanto tiro as roupas, cedendo às exigências do palácio. Suponho que essa seja sua maneira estranha de me preparar para a noite de núpcias.

— Não vou dormir com ele — murmuro. — Tudo isso é inútil, mas talvez seja um bom disfarce. Ele não vai desconfiar caso eu pareça receptiva.

A única resposta é silêncio. A água se move sobre meu corpo, me limpando sem que eu precise levantar um único dedo. Por um instante, me permito relaxar, fechando os olhos. Não fosse pelo Imperador Sombrio, a essa altura Nathaniel já teria pedido minha mão. Estaríamos noivos e poderíamos passar um pouco de tempo juntos, nos preparando para o casamento. Como Nathaniel reagiria com a notícia da minha morte? Espero que saiba que fui dele até o fim.

Um arquejo baixo escapa dos meus lábios quando ouço o som da porta se abrindo, e meu coração dispara. Cruzo os braços na frente do peito e afundo mais na banheira, mas isso não é suficiente para desviar a atenção de Felix de mim. Pensei que ele ainda fosse demorar algumas horas para chegar, devido a uma reunião de emergência, mas posso ter perdido a noção do tempo. A escuridão constante tem sido desorientadora.

— Que surpresa — declara Felix com um tom sério.

Nem mesmo as veias pulsantes em seu rosto conseguem esconder sua apreciação flagrante ou o desejo crescente. Aquilo me encoraja, me dá o ímpeto de que eu estava precisando.

— Poucas horas atrás, você me lembrou, com razão, que hoje é nossa noite de núpcias — falo para ele, com a voz soando mais firme do que eu esperava. — Sou uma princesa, Excelência. Se há algo a que estou acostumada, é a cumprir meus deveres.

— Parece que, na verdade, você é muito esquecida, Arabella, porque não é uma princesa. Não mais.

Felix cruza os braços, os olhos percorrem meu rosto como se tentassem enxergar através da minha fachada. Achei que ele fosse espiar mais embaixo, na tentativa de vislumbrar o que agora era seu por direito, mas ele não faz isso.

— Você é minha imperatriz.

Seus olhos cintilam possessivamente. Meu coração bate depressa, uma sensação estranha percorre meu corpo. Ninguém jamais me reivindicou de modo tão voluntário e entusiasmado – nunca pertenci de verdade a lugar algum. Ainda assim, este homem que tanto desprezo parece de certa maneira orgulhoso por me chamar de sua. Meu coração começa a martelar no peito enquanto aprumo os ombros e a coluna, permitindo que meu torso se eleve acima da água.

— Talvez deseje se juntar à sua imperatriz? — Agora minha voz está tremendo, a incerteza se instala enquanto respiro fundo, tentando controlar os nervos.

Nossos olhos se encontram enquanto as mãos do Imperador se movem até a capa, e ele a desamarra, deixando-a cair dos ombros para o chão. Felix chega mais perto e desabotoa a camisa, e fico tensa, meu foco se volta depressa para a cama, onde escondi a adaga.

— O que houve, esposa? — pergunta ele com a voz aveludada, parecendo se divertir.

Esposa. Ser chamada desse jeito soa como uma zombaria, mas, ainda assim, não duvido da sinceridade dele.

— N-nada — gaguejo, lembrando a mim mesma de ser corajosa.

Minha respiração fica presa na garganta quando a camisa do Imperador cai no chão. Nunca vi um homem em tal estado de nudez, e nunca pensei que veria outro que não Nathaniel. As veias que correm pelo rosto de Felix também marcam o restante dele, movendo-se com fúria, como se desejassem obscurecer seu corpo, mas não conseguem. Mesmo na escuridão, ele parece forte.

Suas mãos se movem para a calça, e mordo o lábio enquanto observo o V profundo logo acima, os músculos do abdômen bastante visíveis. Ele sorri para minha cara de perplexidade antes que eu feche os olhos com força e, momentos depois, ouço a peça cair no chão. A água ondula quando Felix entra na banheira. Puxo o ar com dificuldade, as dúvidas se instalam fundo em meu peito. A água espirra pela borda da banheira, e tenho um sobressalto ao sentir as pernas dele roçarem nas minhas.

— Abra os olhos — ordena Felix.

Obedeço, tentando ao máximo esconder minhas emoções. Mantenho a vista fixa no rosto dele, sem coragem de baixar os olhos.

— Já está arrependida do convite, Imperatriz?

A indignação me percorre, e estreito os olhos enquanto tento ao máximo mantê-los em seu rosto.

— Só estou nervosa, Excelência. Embora não me arrependa do convite, agora me encontro sem saber o que fazer.

Ele sorri de um jeito que me faz achar que o peguei desprevenido.

— Quer que eu mostre? — pergunta ele, o tom encharcado de desejo, o peito subindo e descendo depressa.

A pergunta me surpreende. Esperava que ele assumisse a liderança a partir dali, mas fica claro que o Imperador está decidido a ver até que ponto vou levar aquilo.

— Quero — respondo sem pensar, agindo por impulso.

Arregalo os olhos quando sombras me cercam, me empurrando com gentileza na direção de Felix. Pressiono as mãos em seu peito, me expondo ao tentar encontrar na água um vislumbre das sombras dele, mas não encontro nada. Nunca vi coisa parecida, e uma pequena parte de mim não consegue deixar de se sentir maravilhada por testemunhar algo de que só ouvi por rumores.

Ele percorre meu corpo com o olhar enquanto me sento de joelhos entre suas pernas, meus seios expostos acima da água, minhas mãos em seu torso. A pele do Imperador é quente e, de alguma forma, isso também me deixa surpresa. Eu tinha certeza de que ele seria tão gelado quanto o seu país.

— Enquanto houver uma sombra em um cômodo, ela estará sob meu controle — sussurra ele, como se reconhecesse minha ânsia por respostas, sua voz é uma carícia gentil.

— C-como? — pergunto, cheia de admiração.

Ele é um alquimista, não deveria conseguir controlar as sombras do jeito que faz. A sensação era de que tinham sido as mãos dele a me puxar para perto, e sombras normais não deveriam fazer isso. É algo que vai contra a lei da troca justa, que determina que uma coisa não pode surgir do nada. No entanto, quando Felix usa suas sombras, não se parece com a magia de Elaine. É diferente de alguma maneira, não parece nenhum tipo de troca. Normalmente, enxergo uma espécie de brilho quando a magia é usada, mas não vejo nada desta vez.

Ele sorri e põe meu cabelo com delicadeza por trás da orelha.

— Você está curiosa sobre mim — murmura ele, com um toque de alívio na voz. — É um poder com o qual nasci. Meu pai era alquimista, mas minha mãe era uma feiticeira poderosa com a habilidade inata de manipular as sombras. Meus poderes mágicos são quase inexistentes quando comparados à alquimia, mas meu domínio das sombras é de nascença. Contudo, não era isso que eu gostaria de mostrar a você.

Tento ao máximo não ficar tensa quando Felix segura meu pulso e move minha mão até seu ombro, voltando depois para o peito, o sabão aparecendo lentamente sob minha palma. Ele está usando minha mão para se lavar, e ergo a sobrancelha, sem saber se estou impressionada com seus poderes ou indignada por ele estar me fazendo de camareira.

Felix solta meu pulso e me olha com surpresa quando começo a esfregar seu ombro com o polegar, e ignoro o jeito com que sua atenção percorre meus seios. Sou invadida por mil sensações que não sei explicar. A ideia do Imperador era muito mais assustadora do que a realidade que ele está me apresentando, e não entendo bem o motivo.

Forço um sorriso e apoio as mãos trêmulas em seu peito, massageando o sabão com relutância enquanto planejo a morte dele. Mesmo que não consiga assassiná-lo, o Imperador acabará com minha vida assim que eu apontar uma lâmina para ele, certo? Felix ergue a mão até meu rosto e roça os nós dos dedos em minha bochecha, seu toque estranhamente gentil.

— Fico me perguntando o que se passa nessa sua cabecinha perversa — murmura ele.

Uma pontada de pânico vem à tona antes que eu me lembre de Elaine garantindo que Felix não pode ler pensamentos. Sorrio para ele e inclino o rosto.

— Você não acreditaria mesmo se eu contasse — sussurro.

Ele fica em silêncio por um tempo e depois ri, me assustando, seus dentes perfeitos, retos e brancos. Paro de esfregá-lo enquanto tento imaginar suas feições por baixo de todas aquelas veias grossas em movimento.

— Apareceram quando eu tinha vinte anos — comenta Felix em voz baixa. — As veias. Parece que são hereditárias.

Concordo com a cabeça, surpresa por ele ter me oferecido informações pessoais sem que eu perguntasse, embora talvez já devesse esperar. Ele é meu marido. Deve ser natural que façamos alguma tentativa de nos conhecer melhor, embora a sensação não seja essa.

Meus nervos me dominam enquanto deslizo as mãos por seu peito, o corpo forte sob meus dedos, tão diferente do meu. Ele solta um arquejo quando minhas mãos mergulham mais fundo, desaparecendo sob a água a fim de correr por seu abdômen. A respiração dele acelera, e meu coração dispara por razões que não consigo compreender. Meu nervosismo adquire um contorno diferente, e a curiosidade supera o medo quando o encaro nos olhos. Ele é o alquimista mais poderoso do mundo, mas, aqui e agora, parece apenas um homem – um homem completamente fascinado por mim como nem um outro já esteve.

Observo seu peito subir e descer depressa, seu olhar fervendo. Ele parece tão humano nesse momento, apesar da escuridão que desliza por sua pele. O jeito com que Felix me olha… isso é *desejo*. Mordo o lábio quando minhas mãos alcançam suas coxas, e ele trinca os dentes como se fosse *ele* o prisioneiro torturado.

Felix semicerra os olhos e afunda na água, a mão envolve minha cintura.

— Vou te levar para a cama, querida.

Arabella

Estou tremendo enquanto visto a camisola que paira ao lado da cama, sentindo-me estranhamente dividida. Algo no banho que compartilhamos me fez perder a determinação, me fazendo pensar que talvez eu esteja enganada e Felix não seja uma ameaça tão grande para mim quanto me convenci de que é.

Mordo o lábio com força enquanto me deito e pego a adaga, ciente da proximidade dele. Fico imóvel e seguro a arma com toda a força enquanto o escuto sair da água e dar alguns passos. Meu coração martela no peito. Ele se aproxima, e fecho os olhos, tentando ao máximo reunir coragem.

Quando encontrei a adaga, tive certeza de que ela era um sinal, uma solução para um problema que parecia não ter resposta. No entanto, agora que é hora de usá-la, tenho minhas dúvidas. O Imperador Sombrio, *meu marido*, não parece tão maligno quanto sempre achei que fosse, e tenho medo de estar cometendo um erro.

O som das cobertas sendo levantadas enche meus ouvidos, e a cama afunda quando Felix se deita ao meu lado. É agora ou nunca. Se eu não agir depressa, perderei muito mais do que apenas a vida. Não vou deixá-lo tirar minha inocência. Não vou dar a ele o que eu queria que fosse de Nathaniel. Aperto o punho da adaga com mais força, meu sangue pulsando nos ouvidos enquanto me preparo.

— Arabella — chama ele, baixinho.

Eu me viro em sua direção e ergo a lâmina, meu foco percorre seu corpo por uma fração de segundo enquanto a hesitação me atinge. Mas olho em seus olhos quando baixo o braço com força e enterro a adaga bem fundo em seu coração.

Ele grunhe de dor, arregalando um pouco os olhos. Sangue preto nos cobre depressa, e o arrependimento me invade.

— Me desculpe — sussurro, enfiando a lâmina ainda mais fundo. É ele a quem chamam de monstro, mas sou eu quem está agindo como um. — Não tive escolha.

Felix aperta a mão com a qual seguro a adaga, mas fica imóvel enquanto fixa o olhar no sangue que agora cobre meus dedos. Ele ergue uma sobrancelha, com uma confusão óbvia se misturando à dor, e o tempo parece parar enquanto espero que ele diga alguma coisa, que retalie.

Pensei que, a essa altura, ele já teria dado cabo da minha vida como punição por meus atos, mas ele apenas me examina com um sorrisinho no rosto.

— Fiquei me perguntando se você faria isso — murmura ele, a voz carregada de dor. — Não achei que teria coragem.

Felix aperta minha mão com mais força e puxa a adaga, o sangue cobre rapidamente minha camisola antes que a hemorragia simplesmente *estanque*.

Puxo a mão para longe da dele enquanto o Imperador arremessa a adaga para o lado, fazendo-a cair com um baque estridente no chão. Seus olhos encontram os meus, e eu recuo, dominada pelo medo. As sombras começam a se mover ao meu redor, me mantendo cativa enquanto Felix se senta e ergue os dedos, materializando um lenço úmido do nada. Ele fica me olhando enquanto limpa o peito, revelando uma pele imaculada e perfeita. É quase como se eu não o tivesse esfaqueado, não há nenhum vestígio do dano que infligi. Pelo jeito, ele é mesmo um verdadeiro monstro. Eu devia ter imaginado que não seria fácil matá-lo... e agora pagarei o preço por tentar.

— Já falei que sou chamado de Imperador Sombrio por um motivo, meu amor. Não há nada que possa esconder de mim. Eu soube que você tinha escondido essa adaga na cabeceira da cama no segundo em que fez isso. Fiquei me perguntando se era só uma princesa dócil de um país minúsculo e irrelevante, ou se teria o que é necessário para ser minha imperatriz. Acho que agora tenho a resposta.

Ele se inclina e põe as mãos na gola da minha camisola, rasgando-a ao meio com facilidade. Eu me agarro aos lençóis. Consigo ver o quanto Felix ainda está excitado e, pelo tamanho daquele homem, não tenho dúvidas de que sentirei ainda mais dor do que sentiria caso tivesse cooperado com ele. Não há como algo assim caber dentro do meu corpo sem me fazer em pedaços.

As sombras me puxam, me jogando de costas. Minhas mãos são levantadas à força acima da cabeça, exibindo meu torso e me expondo de maneira obscena, meu cabelo espalha-se sobre os travesseiros. Choramingo, mas não ouso protestar. Não depois da loucura que acabei de fazer.

Felix se inclina sobre mim, o olhar ardente. Ergue a mão, e outro pano aparece. Meu corpo inteiro fica tenso quando ele faz menção de me tocar. Tento criar distância, mas não consigo me mexer.

— Meu sangue é venenoso, querida. Quanto mais tempo ficar na sua pele, mais dano causará, embora eu esteja começando a suspeitar de que você é imune. Deveria tê-la queimado no instante em que encostou em você, mas sua pele continua intacta.

Ele limpa meu pescoço com toques suaves, removendo o sangue preto e pegajoso que espirrou por toda parte. Felix se demora em meu corpo e, para minha surpresa, não há raiva em seus olhos. Ele não está tentando me machucar, não mesmo. Se muito, parece apenas um pouco contrariado.

— Vou ser franco, Imperatriz. Esperava que tivesse êxito no que falhei em fazer e desse cabo da minha vida, mas não deu certo.

Fico tensa quando o pano nas mãos de Felix roça em um mamilo, e experimento uma sensação estranha. Pareço estar mais sensível que o normal, e o calor sobe para as minhas bochechas, me fazendo desviar os olhos.

— Posso me limpar sozinha — murmuro, com medo de falar depois do que acabei de fazer.

— Pode me prometer que não vai tentar pegar a adaga de novo caso eu a solte?

Concordo com a cabeça.

— Hum... Pensando bem, você também jurou passar a vida comigo quando nos casamos, e cá estamos nós.

— Prometi que ficaria com você até que a morte nos separasse — respondo entredentes. — Eu só estava tentando *acelerar* a parte da morte.

Felix faz uma pausa e então cai na gargalhada, e seu riso é surpreendentemente melódico. Suponho que não seja incomum que um demônio tenha seus encantos.

Arregalo os olhos quando ele levanta minhas pernas e as abre de modo indecente, sentando-se entre elas, posicionando minhas coxas uma de cada lado dos próprios quadris. Felix agarra as beiradas da camisola e continua rasgando o tecido até que eu esteja completamente nua, as sombras me seguram pelos pulsos e tornozelos, me mantendo deitada e parada à sua mercê.

— Meu amor — fala ele, percorrendo meu corpo com os olhos. — Se algum dia conseguir me matar, vou morrer um homem feliz. Mas você precisa tomar cuidado. Pelo que sei, me matar é impossível. Já tentei, e nunca descobri por que não consigo morrer. Talvez a maldição não permita, uma vez que morreria comigo. — Ele suspira e vira o rosto por um instante, a expressão se torna desolada. — Meu sangue é excepcionalmente venenoso, por isso não o derrame sem necessidade.

Fico piscando, surpresa. O que ele quis dizer com "já tentei"? Felix tentou se matar? Não consigo compreender alguém fazendo uma coisa dessa, mas meu coração dói só de pensar.

Felix volta a me olhar, e seu semblante relaxa. Um novo pano limpo se materializa em suas mãos, e ele continua a limpar meus seios em movimentos lentos e sensuais. A maneira com que ele me deixou exposta na cama faz eu me sentir vulnerável, mas também me afeta em outros sentidos. O nervosismo que sinto é estranho, misturado com algo que não sei identificar. Mordo o lábio ao reconhecer que estou ficando excitada, e Felix sorri como se soubesse exatamente o que está fazendo enquanto acaricia devagar meu corpo com o pano.

— Agora me conte por que tentou me matar. Foi por que fui longe demais na banheira? Ou você foi instruída a me matar?

Meu coração dispara ao pensar na suspeita que recai sobre meu reino. Meu povo pode sofrer para sempre por causa do que fiz hoje.

— Não teve nada a ver com Althea — confesso. — Eu só... não queria que você me tocasse.

Seus movimentos param, e o jeito como ele me olha muda.

— Está se guardando para aquele rapaz, não é?

Abro os lábios para responder, mas a verdade ecoa no silêncio entre nós. Felix respira fundo e baixa a cabeça até encostar a testa em minha barriga, como se não conseguisse me encarar.

— Você é minha, Arabella — sussurra ele contra minha pele, a voz soando atormentada. — Você é *minha esposa*. E não só tentou me matar, no que considero ser nossa noite de núpcias, como também tentou tirar algo que é meu para dar a outro homem. Que tipo de punição acha que seria adequada para isso?

— Você não vai me matar? — pergunto com a voz trêmula.

Ele ergue a cabeça, e a expressão em seus olhos traz à tona uma culpa e uma tristeza que nunca senti antes. Eu esperava que Felix estivesse bravo, mas o jeito com que ele me olha só pode ser descrito como profundamente magoado. Por minha causa.

— Você preferiria morrer a ser minha Imperatriz?

Felix segura meu rosto entre as mãos, oferecendo um sorriso desprovido de humor.

— Não vou matá-la, mas também não a libertarei deste casamento, Imperatriz. Enquanto estiver respirando, será *minha* e *vai* aprender seu lugar. Deve ficar comigo, Arabella. É ao meu lado que passará seus dias. Tente lutar contra isso, e só encontrará castigos.

Ele se inclina e me dá um beijo leve no pescoço, e arquejo de surpresa. Suas palavras rudes contrastam por completo com seus toques suaves, e é quando começo a me dar conta. Talvez ele não seja o monstro. Eu que sou.

Respiro fundo ao ser invadida por uma nova sensação quando os dentes de Felix roçam em minha clavícula, me enchendo de desejo.

Meu coração dispara, e o calor percorre meu corpo, varrendo cada um dos meus pensamentos.

— Vou garantir que nunca mais fique com aquele rapaz — avisa ele, e nossos olhares se encontram por um momento. — Vou prendê-la a mim de mais de uma maneira.

Felix se demora, depositando beijos leves feito plumas em uma trilha que desce pelo meu colo, cada carícia aumenta o desejo que eu não esperava sentir.

— Felix — imploro, minha voz irreconhecível. Eu nunca soei tão… *lasciva.*

— Admita que quer mais, Arabella.

— Este é o meu castigo? — pergunto, com a voz mais rouca do que pretendia.

Os olhos de Felix cintilam, e a mesma luxúria que vi na banheira ilumina suas feições.

— Seria muito adequado, não acha? Afinal, é nossa noite de núpcias.

Mordo o lábio enquanto suas sombras deslizam por meu corpo, me fazendo sentir como se várias mãos estivessem me tocando, algumas torcendo meus mamilos, outras acariciando meu pescoço e minhas coxas, estimulando cada parte sensível de mim. Sem querer, um gemido suave escapa dos meus lábios, e Felix fecha os olhos por um momento, seu peito subindo e descendo depressa.

— Me diga, esposa. Você aceita seu castigo?

Assinto de forma brusca e, em resposta, ele desliza a língua por cima do meu mamilo, me fazendo gemer por instinto. Preciso de mais dessa coisa que ele está fazendo comigo, mas não ouso admitir. Em vez disso, arqueio a coluna de modo involuntário, e Felix ri, aparentemente satisfeito. O som não deveria me trazer tanto alívio, mas traz. Nunca senti tanto remorso quanto no instante em que Felix me olhou como se eu o tivesse traído, como se eu tivesse quebrado o coração que, eu sempre tivera certeza, ele não possuía.

Nossos olhares se encontram conforme as sombras se acumulam ao meu redor.

— Felix! — choramingo, sendo arrastada para a beirada da cama, com as pernas bem abertas enquanto o Imperador se ajoelha no chão.

Ele agarra minhas coxas e deixa os olhos vagarem por meu corpo, demoradamente, quase como se quisesse gravar minha imagem na memória.

— Quero que meu nome seja a única coisa em seus lábios esta noite, querida.

Felix deposita um beijo entre minhas pernas, roubando meu fôlego.

— Pense apenas em mim. Deixe que eu lhe ofereça o que ninguém mais consegue — pede ele, antes de se inclinar e provar meu gosto.

Meu desejo se torna incontrolável bem depressa, e sons que eu nunca havia emitido saem da minha garganta. Se esse é meu castigo, estou fortemente inclinada a tentar acabar com a vida dele de novo. Felix arrasta a língua até o ponto que me mantém no limite e sorri.

— *Implore*, Imperatriz. Você quer minha língua, não quer?

Meu prazer aumenta a cada vez que a língua de Felix se move, e todo pensamento racional escapa da minha mente.

— *Por favor* — finalmente sussurro, quase delirando.

Sua risada ecoa pelo quarto antes de ele apoiar as mãos nas minhas coxas, apertando com força enquanto me dá aquilo pelo qual estou implorando. Sua língua me leva ao limite, e onda após onda de prazer me invade, meus músculos internos se contraem de forma dolorosa.

— *Pelas Fúrias* — gemo.

— *Felix* — corrige ele. — O único nome que vai chamar será o *meu*.

Minhas pernas tremem, e Felix beija minhas coxas com delicadeza enquanto tento ao máximo recuperar o controle do meu próprio corpo.

— Da próxima vez, não vou ser tão gentil — adverte ele, me tomando nos braços. Os lençóis saem voando, sendo trocados de modo instantâneo antes que ele volte a me baixar na cama. — Que isso lhe sirva de lição.

Felix

Observo minha esposa folhear os livros na biblioteca, com um sorriso se espalhando por seu belo rosto conforme ela puxa um volume encadernado em couro. Ela se senta em uma das mesas e vira as páginas com os olhos brilhando de alegria. Eu a subestimei. Pensei ter me casado com uma mulher dócil e facilmente conquistável, mas nada poderia estar mais longe da verdade.

Não deveria me surpreender que o livro que tanto a deixa empolgada seja sobre venenos e poções tóxicas. Engulo um sorriso ao caminhar em sua direção. Talvez eu não devesse ter levado as coisas tão longe ontem à noite. Conquistei sua ira e, embora tal coisa devesse me encher de remorso, apenas alimenta meu desejo.

Ao contrário de meu povo, não acredito que a maldição será quebrada por amor verdadeiro. No entanto, não me oponho mais a tentar. Fazer Arabella de Althea se apaixonar por mim é o maior desafio que já enfrentei, mas vou deixá-la de joelhos.

Ela ergue os olhos ao ouvir meus passos e fecha o livro com força, o sorriso some de seu rosto. Observo suas bochechas corarem, uma pitada de timidez em seu semblante.

— Pelo que vejo, está planejando minha morte mais uma vez.

Inclino a cabeça para o livro, e Arabella arregala os olhos, o rosto enrubesce. Ela é tão expressiva que fica claro no mesmo instante que ela estava lendo apenas por curiosidade, mas não consigo evitar provocá-la.

— Você disse que eu não deveria derramar seu sangue — responde ela, dando de ombros. Depois ergue o livro e sorri. — Assim, não vou precisar.

Me sento de frente para ela e ponho a caixa de madeira que trouxe comigo entre nós dois.

— Meu amor, se quer que eu a toque, é só pedir. Não há necessidade de buscar por castigos de maneira tão elaborada.

Chocada, ela entreabre os lábios.

— Eu... eu *j-jamais*... — gagueja Arabella.

Tomo o livro das mãos dela e o abro na página marcada.

— Beladona — leio, dando risada. — Nada menos que a famosa *Atropa belladonna.*

Será que ela faz ideia da rapidez com que eu teria assassinado qualquer outra pessoa em seu lugar? No entanto, quando Arabella me olha desse jeito, tudo o que quero fazer é tomá-la bem em cima desta mesa. Deixá-la sozinha na cama ontem à noite foi uma tortura, mas eu sabia que ela não estava pronta para mais, e dormir ao lado de uma mulher enquanto eu desejava seu corpo com tanto desespero me pareceu impossível.

Envio minha sombra por debaixo da mesa, fazendo-a sentir como se meus dedos estivessem segurando seus tornozelos. Arabella arqueja, e sorrio para ela enquanto entrelaço os dedos, deixando-os bem visíveis sobre o tampo da mesa enquanto minha sombra abre as pernas dela.

— Amada, estou profundamente magoado. Beladona não me faria nem cócegas. Só iria me irritar. No mínimo, eu teria esperado cicuta. Você me acha tão frágil assim? Talvez eu devesse lhe mostrar a verdadeira força do meu corpo para que não me subestime de novo.

Ela arregala os olhos e morde o lábio inferior por um momento. Minhas mãos de sombra deslizam sob seu vestido, subindo pelas panturrilhas, acariciando a parte interna das coxas.

— C-cicuta você reconheceria o gosto — responde ela, as bochechas brilhando em vermelho.

Já a achei linda ontem à noite, mas vê-la sentada à minha frente com tanta curiosidade e desejo no olhar… *pelas Fúrias*.

Será que ela sabe que tudo o que minha sombra sente, eu *também* sinto? Sua pele é uma delícia, assim como o jeito com que ela estremece em meus dedos, o olhar se alternando entre minhas mãos sobre a mesa e meu rosto.

— Já a beladona é doce — acrescenta ela, a voz falhando. — Eu podia colocar no seu vinho e você nunca descobriria.

Sorrio para ela e me inclino, apoiando a cabeça em uma das mãos.

— Acho que esses planos que está tramando contam como tentativa de homicídio. Não preciso lembrar qual é a punição para isso, certo?

Estalo os dedos, e as roupas íntimas de Arabella somem, deixando-a nua por baixo do vestido. Ela ofega, arregalando os olhos.

— Felix!

Abro um sorriso, adorando o jeito como meu nome soa em seus lábios. Eu estava ali na biblioteca apenas para lhe dar um presente, mas não consigo resistir aos encantos dessa mulher. Ela torna tão fácil provocá-la.

— Você estava imaginando o jeito como eu a castigaria depois que me envenenasse, esposa?

Sua respiração fica pesada e, embora ela balance a cabeça, reconheço a luxúria em seus olhos.

— *Jamais*.

Talvez o homem por quem Arabella pensa estar apaixonada não seja uma ameaça tão grande quanto eu imaginava. Ela pode achar que está de coração partido, mas não está. Ela está furiosa por ter sido destituída da própria liberdade, mas não está de luto por um relacionamento encerrado à força. Não de verdade.

— Felix — reclama ela. — Não ameacei sua vida.

— Não, mas estava planejando.

— Essa foi uma suposição da sua parte. É esse o tipo de governante que é? Do tipo que julga os súditos antes de dar a eles uma chance de apresentar seus argumentos?

— Não, meu bem. Mas, ao que parece, sou esse tipo de *marido*.

Os olhos dela brilham de raiva, e não consigo evitar uma risada.

— Você é minha. Você é minha esposa, Arabella. Fui clemente ontem, mas parece que preciso satisfazer seus desejos para que pare de conspirar contra mim. Se eu a mantiver saciada, minha vida estará em segurança?

— Você é imortal — me lembra ela.

O jeito como Arabella fala comigo é hilário, e não consigo evitar a vontade de provocá-la ainda mais. Só que, desta vez, quero que ela implore por isso. Minha respiração fica entrecortada quando a acaricio com o polegar, encontrando-a molhada.

— Diga que deseja mais — sussurro, minha voz suplicante.

Não entendo que tipo de poder ela tem sobre mim. Nunca quis tanto uma mulher como a quero, nem nunca me senti tão fora de controle.

Sua expressão muda, e Arabella morde o lábio.

— Não vou dizer — responde, os olhos ardendo em desafio, mas ela não consegue esconder o apelo quase oculto estampado no rosto.

Ela me encara enquanto move os quadris, ainda que de leve, para que meus dedos a pressionem com mais força.

— Muito bem — murmuro, afastando os dedos. Noto quando a palavra "*não*" se forma em seus lábios, mas ela não a deixa escapar. — Implore por isso, Arabella, como fez ontem à noite. Peça *por favor*, e me ajoelharei embaixo desta mesa e lhe darei o que deseja.

Ela cruza os braços e desvia o rosto.

— Eu nunca faria isso. Na verdade, sou grata por sua clemência.

Dou risada, incapaz de me conter. Será que ela percebe o quanto eu quero possuí-la? Quero meu pau enterrado bem fundo dentro dela, quero gemidos rasgando sua garganta. O que ela fez comigo? Nunca imaginei que iria desejá-la ou achar sua companhia tão inebriante. Ela nunca deveria ser mais do que uma ferramenta para atingir um objetivo.

Observo Arabella com atenção e empurro a caixa que trouxe comigo para mais perto dela.

— Um presente.

Ela franze a testa ao abrir a caixa, arregalando os olhos quando se depara com a adaga fina.

— Já que você parece ter se apegado à lâmina que usou ontem à noite, pensei que deveria ter uma. É de prata, caso isso esteja na sua lista de planos de assassinato. — Indico o punho da adaga com o queixo. — As pedras são da mesma cor dos meus olhos, assim pode pensar em mim sempre que desembainhar sua arma.

Arabella entreabre os lábios, chocada, e começo a rir. Eu devia cortejá-la, mas não consigo resistir a fazer troça com ela.

— Você não vai rir quando for apunhalado pelas costas.

Eu me recosto no assento.

— Será que não vou, amada? Porque, para me apunhalar, você teria que chegar muito perto. E, a cada vez que se aproxima de mim por vontade própria, tudo o que eu consigo fazer é sorrir.

Ela parece desarmada, e meu coração faz uma coisa estranha. É como se pulasse uma batida. *Arabella de Althea.* Ela devia ser uma princesa recatada, mas parece que enfim encontrei alguém que está em pé de igualdade comigo.

Arabella

Eu me agarro com força ao casaco de pele conforme atravesso o pátio escuro em direção aos sons de pessoas treinando do outro lado da muralha. O palácio me forneceu calça de montaria e botas grossas forradas de pele, e eu não poderia estar mais grata por isso nesta manhã congelante. O vento gelado açoita minhas bochechas, e qualquer ser humano são teria voltado para o calor e para a segurança do palácio. Em vez disso, entro em uma torre aparentemente abandonada e subo a escada em espiral na direção do mirante que encontrei dias atrás. Depois que o achei, tenho vindo todos os dias para observar em silêncio o pátio e todas as outras partes do palácio que consigo enxergar. Tenho passado cada segundo do tempo em que estou acordada coletando informações sobre os arredores e sobre os habitantes deste lugar, mas ainda não descobri nada incomum.

Também mal encontrei com Felix na semana que se seguiu ao dia na biblioteca, e dormi sozinha todas as noites desde então. Deveria ser um alívio, mas, a cada noite, uma infinidade de perguntas novas flutua em minha mente. Está claro que o Imperador é imortal e, se matá-lo fosse o meu propósito, eu já teria conseguido.

Tenho certeza de que o único motivo pelo qual Felix não tira minha vida é porque acha que ainda sou útil para ele, porque acredita que vou quebrar a maldição de outra maneira. Se quiser continuar viva, preciso de mais informações sobre meus arredores, sobre Eldiria como um todo e sobre a maldição – e preciso garantir que Felix nunca descubra minha propensão ao infortúnio.

Paro ao me aproximar do topo da torre e espio por uma pequena janela, arregalando os olhos conforme fileiras e mais fileiras de soldados aparecem. É a primeira vez que os vejo treinando juntos. O mais comum é que esta parte do palácio esteja vazia, exceto pelo brilho dourado que a envolve. Cheguei a pensar se não seria um tipo de encantamento para esconder algo, mas sempre que tentava caminhar em sua direção acabava me perdendo.

Levanto uma sobrancelha enquanto assisto com atenção. Não é assim que os soldados de Althea treinam, muito pelo contrário. Os soldados do palácio estão todos lutando de maneira feroz uns contra os outros, usando espadas de verdade e conjurando magia livremente. Incrédula, observo quando um soldado lança um feitiço, que é rebatido pelo adversário, causando queimaduras nos braços do conjurador. Ele grita por uma fração de segundo, e então Elaine aparece, com o ar chiando em azul-claro ao seu redor. Momentos depois, os ferimentos do homem estão curados. Ele encara o chão, claramente sendo repreendido pela feiticeira.

Não é de se admirar que este seja o exército mais forte do mundo. Eles treinam como se a própria vida estivesse em jogo, o que pode muito bem ser o caso. Meu olhar percorre as centenas de pessoas até encontrar Felix bem no centro do caos, com pelo menos uma dúzia de soldados tentando enfrentá-lo ao mesmo tempo. Pela primeira vez, ele removeu o uniforme preto que sempre usa, e está de peito nu, com pingentes de gelo espalhados pelo cabelo escuro.

Minhas bochechas ficam quentes enquanto o observo se mover, incapaz de me livrar da lembrança de nossa noite de núpcias. Eu estaria mentindo se dissesse que ele não me fez sentir mais prazer do que jamais experimentei na vida, e estou surpresa por ele não ter demandado nada de mim em troca. Fui ensinada que um dos principais deveres da esposa é agradar o marido na cama, mas Felix não parece esperar isso de mim. Ele nem consumou nosso casamento, o que seria tanto seu dever quanto um direito. Felix não é o que eu esperava, e tenho ainda mais medo dele por isso. Se há algo que aprendi em Althea, é que me sinto mais segura quando consigo prever atitudes e consequências.

Respiro fundo enquanto tento avaliar o melhor que posso quantos soldados há ali e qual a extensão de seus poderes. É uma informação valiosa, mesmo que eu apenas a venda em troca de uma viagem segura algum dia. Começo a catalogar mentalmente tudo o que vejo, mas, a cada poucos segundos, meu olhar é atraído de volta para Felix. Ele parece estar em seu hábitat natural, e fica evidente que nem mesmo uma dúzia de magos guerreiros é capaz de derrotá-lo. A magia que usam para atacá-lo parece se desviar do Imperador, e não consigo entender como ele está fazendo isso. É algum tipo de escudo, disso eu sei. Mas será que Felix consegue usar seus poderes de alquimista contra qualquer magia lançada em sua direção, assim como o outro soldado acabara de rebater um feitiço? Nunca li nada sobre um domínio tão forte dos poderes alquímicos, mas, pensando bem, ele teve pelo menos um século para treinar. Felix não é apenas imortal, ele está perto de ser onipotente.

O que torna ainda mais estranho o fato de ele não ter consumado nosso casamento, mesmo querendo tão explicitamente. Eu tinha certeza de que um homem tão poderoso quanto o Imperador estaria acostumado a tomar o que quisesse sem se importar com os sentimentos alheios, mas começo a me perguntar se o julguei errado. Ele não retaliou depois que eu literalmente o apunhalei no coração e, mesmo quando perdeu a compostura, não foi pelo que eu tinha feito, mas por estar pensando em Nathaniel durante nossa noite de núpcias. Na biblioteca, também, Felix parecia querer apenas me provocar, quando poderia muito bem ter exigido meu corpo sem oferecer algum tipo de prazer ou consolo em troca.

Respiro fundo enquanto tento afastar os olhos dele, desconfortável diante do estado confuso que ele me deixou. Felix não parece ser o homem malvado que os livros de história retratam e, durante a semana que passei me esgueirando pelo palácio, descobri que todo o contingente de criados parece idolatrá-lo. Sei muito bem como é ser incompreendida e julgada por uma maldição na qual não tive participação alguma. Os paralelos entre nós me deixam dividida, e a convicção com que cheguei a este palácio começa a vacilar. Talvez seja arrogância, mas a ideia de ser capaz de quebrar a maldição me enche com uma sensação de esperança e propósito – algo que nunca senti. Parece impossível, mas uma parte de mim deseja acreditar que é verdade. Talvez assim, minha existência amaldiçoada valha a pena ser vivida.

— São seiscentos soldados nos campos de treinamento, dos quais quatrocentos e trinta e nove são feiticeiros e feiticeiras.

Eu me viro ao ouvir a voz de Felix e perco o equilíbrio, o terror me percorre conforme começo a cair escada abaixo, apenas para que ele me envolva pela cintura com o braço. Felix me puxa e me abraça com força, nossos olhares se encontram.

O calor sobe por minhas bochechas quando percebo que seu torso ainda está nu, e pressiono as mãos em seu peito em uma tentativa de criar alguma distância. Ele apenas sorri e continua me segurando.

— Me diga, Imperatriz. Era isso que estava tentando descobrir, certo? Você vem aqui todos os dias, então achei melhor pedir para Elaine baixar os feitiços de proteção e deixá-la ver o que tanto procurava.

Abro a boca para refutar o questionamento, mas a expressão sagaz em seus olhos faz as palavras ficarem presas em minha garganta.

— Feiticeiras? — repito em vez disso. — Você permite que outras mulheres além de Elaine se juntem ao exército?

Ele nos gira, e fico com as costas presas contra a parede enquanto Felix apoia o antebraço esquerdo ao lado da minha cabeça, a mão livre segurando meu rosto em um gesto delicado. Arquejo quando o calor flui da palma dele e percorre meu corpo, relaxando os músculos tensos. Eu não tinha percebido o quanto estava com frio até que ele o levasse embora.

Um suspiro suave me escapa dos lábios quando o calor atinge as extremidades dos meus pés, e os olhos de Felix cintilam. Seu polegar traça o contorno da minha boca, e uma sensação desconhecida percorre minha coluna.

— Sim — responde ele, com um tom diferente do tom de antes. Ele roça o polegar por meu lábio inferior e se inclina para mais perto, o olhar fixo em minha boca e a respiração falhando. — Não é incomum que nossos homens tenham mais força bruta, mas nossas mulheres costumam ser muito mais astutas. Elas são melhores estrategistas e costumam realizar missões com muito mais eficiência do que suas contrapartes masculinas. Eldiria tem sorte de poder contar com duzentas e oito feiticeiras entre nossos soldados.

— Você não considera as mulheres inferiores aos homens?

Felix ri, um som estranhamente hipnótico. É esquisito ouvi-lo emitir sons tão agradáveis e ver aquele brilho em seus olhos quando todas as outras partes dele parecem tão monstruosas.

— Apenas um homem tolo subestimaria a força formidável de uma mulher, Arabella. E apenas um governante tolo enfraqueceria o próprio império por medo da magia de uma feiticeira, quando sabemos que, na verdade, nutrir os esquecidos e abandonados costuma forjar as lâminas mais mortais.

Solto o ar de forma trêmula enquanto estudo seu rosto, uma mistura de alívio e esperança se instala fundo em meu peito. Aquelas palavras remendaram uma parte do meu coração que eu nem sabia estar quebrada, o que só me deixa mais confusa.

— Você não teme que eu use meu conhecimento sobre o exército contra você?

Felix acaricia minha bochecha com as costas da mão, os olhos fixos nos meus enquanto aproxima mais o corpo.

— Não temo — responde ele, a voz suave. — Pois meu povo agora é seu, e sei que não o abandonaria como outros já fizeram.

— Eu tentei te matar na noite de núpcias — lembro, minha voz irreconhecível.

Ele ri, e meu coração reage àquele som, acelerando discretamente as batidas. A proximidade de Felix não devia me confundir tanto. Eu devia estar tentando afastá-lo, mas, em vez disso, me pego na ponta dos pés.

— De alguma forma, tenho certeza de que você nunca levantaria um dedo contra meu povo. — Seu olhar percorre meu rosto, e o sorriso se transforma em algo que eu só poderia descrever como travesso. — Além do mais, gostei muito de castigá-la pela bagunça que fez. Se possível, a convido a tentar de novo.

— Eu…

— Jante comigo esta noite, Imperatriz — declara ele, me interrompendo e dando um passo para trás. — Está claro que você tem perguntas que somente eu posso responder, e não quero viver em pé de guerra com minha esposa. Entendo que não queira estar aqui, mas esperei sua chegada por muito mais tempo do que você consegue imaginar, Arabella. Me escute hoje à noite, eu imploro.

Arabella

Mantenho os olhos fixos no bilhete que voa pelo quarto, dobrado no formato de uma borboleta enquanto paira em círculos, vez por outra parando e se desenrolando na minha frente, mas nunca por tempo o bastante para que eu o agarre e o faça em pedacinhos. Já li a mensagem uma dúzia de vezes, mas o palácio insiste em manter o bilhete voando por perto. Eu não ficaria surpresa se houvesse alguma participação de Felix nisso.

— Vejo que está se divertindo — murmuro para o quarto vazio, sentindo-me um pouco fora de mim quando a borboleta parece concordar.

Ainda não me acostumei com a quantidade de magia entrelaçada à vida cotidiana deste palácio, e não canso de me surpreender. O bilhete se desdobra, e suspiro quando a caligrafia de Felix aparece.

Me encontre no pátio quando os sinos tocarem seis badaladas. Vista algo quente para nosso jantar de hoje à noite.

Sempre seu.
Felix

— Finalmente — murmuro, vendo o bilhete voar para a mesa de Felix e pousar lá.

Mas meu alívio dura pouco. Segundos depois, as portas do guarda-roupa se abrem, e três lindos vestidos de viagem aparecem. É bastante evidente qual deles é o favorito do palácio, porque o vestido de montaria preto que lembra o uniforme de Felix se move para a frente, virando de um lado para o outro como se quisesse exibir seus melhores atributos. Assim como o uniforme de Felix, o emblema bordado de Eldiria não para de circular ativamente pelo tecido. É uma peça bonita, e fica óbvio que foi feita para complementar o traje dele.

— Acho que não vou precisar de tudo isso. Um vestido simples está ótimo — respondo ao andar na direção do guarda-roupa, onde cada peça de roupa desparece até restar somente o vestido de montaria preto. — Assim como seu mestre, você parece ter o hábito de criar uma ilusão de escolha — retruco.

O vestido move as mangas, encenando um dar de ombros, e lanço um olhar cáustico para a roupa ao pegá-la no ar.

A peça se molda perfeitamente ao meu corpo. Respiro fundo enquanto me observo no espelho, mal me reconhecendo. Estou acostumada a usar cores claras, próprias de uma princesa, mas não posso negar que a roupa preta, combinada ao meu cabelo escuro, longo e liso, faz com que eu me sinta bonita e poderosa.

Uma capa preta e grossa semelhante à de Felix surge em meus ombros, e encaro meu reflexo.

— Para onde exatamente ele vai me levar hoje que justifique me vestir desse jeito? — questiono.

Até ver o traje, eu presumira que jantaríamos no palácio, mas está claro que não é o caso.

A ideia de deixar as muralhas do palácio e explorar mais de Eldiria e suas possíveis rotas de fuga me enche em partes iguais de esperança e empolgação. Eu tinha tanta certeza de que Felix me manteria confinada ao palácio, assim como meu pai sempre fizera.

— Você está linda.

Eu me viro e levo a mão ao peito, surpresa, encontrando Felix encostado em um canto da parede.

— Há quanto tempo está aí? Por acaso ficou me assistindo trocar de roupa como algum tipo de... *pervertido*?

Felix arregala os olhos e cai na gargalhada enquanto se afasta da parede.

— Você nunca cansa de me divertir e de me surpreender — declara ele, parando diante de mim. Ele afasta o cabelo do meu rosto com um toque gentil. — Ninguém em meu vasto império ousaria falar comigo desse jeito, Imperatriz. — Ele apoia o peso do corpo nos calcanhares e balança a cabeça. — Ainda não concluí o que é mais afiado, sua lâmina ou suas palavras.

— Talvez você precise de um lembrete sobre a primeira — ameaço, irritada por ele ter se esgueirado para me espiar. — Eu ficaria feliz em ajudar.

Felix sorri, deixando os dentes perfeitos aparecerem. É estranho que eu tenha começado a reconhecer suas expressões mesmo através das veias em movimento que tentam escondê-las. São aqueles olhos, eles se recusam a ser silenciados.

— Se deseja sentir minha boca na sua pele, esposa, basta pedir.

Abro os lábios, surpresa, e o calor invade meu rosto. Tal resposta me rende outra risada de Felix. Ele apoia o indicador por baixo do meu queixo e fecha minha boca enquanto eu me esforço ao máximo para fazer cara feia.

— Infelizmente, cheguei tarde demais para admirar a cena com que tenho sonhado desde a noite em que a provei. Adoraria que você remediasse isso.

— Você é um grande... *porco*!

Felix me encara sem expressão por um momento.

— O que é um porco? — pergunta, estreitando os olhos de leve, algo parecido com diversão brilha em suas feições.

Levanto uma sobrancelha, confusa.

— Não... não existem porcos em Eldiria? — pergunto, me sentindo mal no mesmo instante. Eu havia esquecido do que Elaine contara sobre a maldição ter resultado na morte das plantações e do gado. — E-eles são rosados, costumam ser gordos e comem de tudo.

— Você me acha gordo? — pergunta Felix baixinho, segurando minha mão e a deslizando por cima do uniforme, o abdômen definido salta sob meus dedos mesmo através do tecido. — Talvez eu deva prolongar a sessão diária de duas horas de treino do exército.

Eu o encaro, incrédula, balançando a cabeça.

— Não faça isso — imploro.

Se a notícia de que eu era a razão por trás de sessões maiores daqueles treinos brutais se espalhasse, não tenho dúvida de que os soldados me odiariam. E isso frustraria meus planos de conquistá-los antes mesmo que eu tivesse a chance de conhecer qualquer um deles.

Felix ri outra vez e enterra a mão em meu cabelo, seus olhos brilhando.

— Só estou brincando, Imperatriz — diz ele com voz suave. — É claro que sei o que é um porco.

Puxo a mão para longe e desvio o rosto, atordoada. Nunca pensei que o Imperador Sombrio fosse capaz de fazer piadas e rir daquele jeito. Quanto mais tempo convivo com Felix, mais desfaço o conceito que tinha dele, e o mesmo pode ser dito de mim. O Imperador traz à tona algo que eu nunca soube que existia, algo destemido e que é autenticamente meu. Não me lembro de uma época em que me sentisse confortável para falar o que penso sem temer uma retaliação. De alguma forma, sei que ele não vai me machucar. É um sentimento instintivo, aninhado no fundo do meu peito, e nunca experimentei nada parecido. É uma confiança implícita, que sei estar equivocada.

Felix segura minha capa e, em um piscar de olhos, a transforma em uma versão muito mais simples, me deixando intrigada sobre o destino do passeio.

Felix

Transmuto uma capa do guarda-roupa em uma versão mais simples, e ela aparece em torno dos meus ombros um instante depois. Arabella observa tudo, mas não era o tecido que ela estava olhando, e sim a atmosfera ao redor. Suspeito disso já faz algum tempo, mas acredito que ela seja capaz de enxergar o rastro energético que tanto a magia quanto a alquimia liberam. Em mais de uma ocasião, flagrei Arabella encarando o vazio logo depois de eu transmutar alguma coisa, e ela faz o mesmo sempre que Elaine lança um feitiço. Também tenho o pressentimento de que ela não sabe que essa é uma habilidade rara. Às vezes, é difícil lembrar que Arabella cresceu em um país que pune aquilo que não compreende, mesmo que à própria custa.

— Nós vamos até a cidade disfarçados como um casal comum — explico, lembrando a mim mesmo que preciso ter paciência.

Não é meu ponto forte, mas, com Arabella, tenho de ir devagar. Meu povo precisa dela, e não posso forçá-la a ajudar. Minha esperança era de que ela conseguisse me matar, que a profecia se referisse ao fato de ela empunhar uma arma, mas, já que não parece ser o caso, a resposta deve estar em seus poderes.

Ofereço o braço, e ela hesita antes de aceitar.

— Sob circunstâncias normais, seria possível caminhar até a cidade mais próxima — explico. — Mas, como está frio demais para isso, há uma carruagem nos esperando.

Ela assente, os olhos brilhando como se absorvesse cada detalhe que estou lhe dando. Minha esposa é terrivelmente fácil de ler, e ela nem percebe.

— Não é bom se expor neste frio, significaria morte certa — aviso. — Está frio demais e, embora o palácio seja relativamente seguro, há perigos mágicos lá fora. Uma cortesia da maldição.

Sua empolgação cede um pouco, e disfarço um sorriso conforme a conduzo escada abaixo, muito consciente do quanto estamos próximos. Não me lembro da última vez que uma mulher segurou meu braço desse jeito. Já dormi com mulheres, mas nunca houve nenhum tipo de intimidade verdadeira. Isso é novidade, e fico surpreso ao constatar que não desprezo seu toque.

Arabella me acompanha ao sairmos do palácio pela porta dos fundos da ala dos criados, e me pergunto o que ela enxerga ao contemplar meu reino. Para alguns, a neve é bonita, enquanto outros a veem como a maldição que realmente é. Sei que deveria conversar com ela enquanto andamos até a carruagem, mas não consigo pensar no que dizer. Sempre que falo, tenho a impressão de afugentá-la um pouco mais. Estou acostumado a conseguir as coisas na força bruta, mas talvez essa não seja a melhor estratégia em se tratando de Arabella. Talvez eu devesse ter seguido o conselho de Elaine e tê-la cortejado. Se houvesse tempo, e o garoto com quem ela fugiu não fosse um problema, eu podia ter considerado a possibilidade, por mais estranho que o conceito me pareça.

— Cuidado — aviso ao ver as roseiras deslizando pela neve, seus espinhos ávidos por sangue.

Uma das plantas se aproxima de nós, sem dúvida esperando se enroscar em nossas pernas para nos fazer sangrar, e trinco os dentes enquanto transmuto o ar em uma barreira a fim de mantê-la longe.

As rosas eram as flores favoritas da minha mãe e, desde o dia em que nasci, elas me assombram, surgindo no palácio como arautas da desgraça. Fico tão consumido pelo ódio que estou sentindo que não percebo que Arabella está tremendo. Paro e a observo; seus olhos cheios de medo. Sem dúvida, esta é a primeira vez que ela testemunha algo parecido.

— Arabella — sussurro, me virando para encará-la.

Tiro o cabelo de seu rosto, e meu coração afunda ao ver o pânico estampado em suas feições. Esta é a mesma mulher que me apunhalou com violência bem no coração durante a noite de núpcias, mas a magia ao nosso redor a assusta.

— Essas roseiras se alimentam da força vital das pessoas. Suas raízes se estendem até o núcleo do nosso território, nutrindo a maldição. É preciso tomar cuidado ao ficar perto delas, mas nunca tenha medo quando eu estiver com você. Sempre a manterei segura, esposa.

Ela me olha, e a confiança cautelosa com que me olha produz algo inesperado dentro de mim. Estou cheio de ternura, algo que nunca senti.

— E as rosas do pátio? — pergunta com a voz trêmula, enquanto seguro a porta da carruagem aberta para ela passar. O veículo foi encantado para parecer comum e não chamar atenção, mas, por dentro, é luxuoso.

— Não — respondo, oferecendo a mão como apoio enquanto ela entra na carruagem. — Aquelas rosas são diferentes. Não se sabe o motivo, mas, sempre que um feiticeiro ou feiticeira no palácio se perde para a maldição, uma nova rosa desabrocha nas paredes do pátio e congela no mesmo instante. Embora os espinhos sejam afiados, aquelas rosas não são sencientes como as que acabamos de ver e não farão mal nenhum.

Arabella assente e espia pela janela, tentando ao máximo enxergar através do vidro e falhando.

— Eu me lembro quando esses campos eram cheios de flores. — Minha voz é suave, cheia de arrependimento. — Colinas verdejantes, campos floridos deslumbrantes com rios sinuosos fluindo entre eles. Eldiria era o lugar mais lindo que eu conhecia.

Arabella me encara e, pela primeira vez, parece estar com a guarda baixa, até compassiva. Baixo os olhos e passo o braço pelo encosto do assento, quase encostando na pele dela enquanto transmuto meu calor corporal para aquecê-la, o frio invadindo meus ossos. Minha esposa suspira contente enquanto olha pela janela e se inclina de leve para mim. Teria sido imperceptível para qualquer outra pessoa, exceto para mim, e a implicação daquele gesto me dá esperanças. Ela não tem mais tanto medo de mim quanto no dia de nosso casamento.

— Chegamos — anuncio, saltando antes de estender a mão para ela.

Arabella arregala os olhos quando a pego pela cintura e a tiro da carruagem, tentando ao máximo me lembrar de não usar alquimia com ela. Arabella fica rígida quando passo o braço por seu ombro, e me inclino para falar ao seu ouvido:

— Estamos fingindo ser um casal comum, lembra?

Ela suspira enquanto eu a conduzo pelos becos em direção ao centro da cidade. Ela fica visivelmente chocada ao ver idosos administrando as barracas, muitos deles parecendo cansados, vestindo poucas camadas de roupa.

— Os efeitos da maldição só pioram — explico para ela. — Não nasce uma criança faz mais de uma década. É surpreendente a rapidez com que a vivacidade se transforma em nostalgia, com que a diversão vira saudade. Não há risos, brincadeiras nem crianças correndo em nosso reino. A maldição nos mantém presos aqui, com poucos recursos para nos sustentar.

Arabella inspira, trêmula, quase como se a maldição não lhe parecesse real até este momento. Faço uma pausa quando passamos por uma fileira de mendigos e transformo parte do ouro escondido no bordado de nossas capas em moedas para entregar a eles.

— As casas vivem desabando. Cada vez que alguém alcança uma alegria mínima, ela é arrancada. O infortúnio persegue a todos. As barracas aqui são todas feitas de madeira para poderem ser reconstruídas com facilidade, mas não fornecem calor.

Percebo que ela tem dificuldade para compreender o que estou dizendo. É mesmo complicado quando a pessoa nunca sofreu os efeitos de uma maldição tão cruel.

— Meu povo está passando fome e muitos perderam a casa. Nem mesmo uma fortuna em dinheiro pode reconstruir este país, porque cada tentativa leva a uma nova destruição. Assim como a floresta não pode ser derrubada, algumas casas não podem ser reconstruídas e algumas vidas não podem ser salvas. Os que são dotados de magia sofrem ainda mais. Não restam muitos deles. A maioria dos sobreviventes se juntou ao exército.

Arabella se vira para mim, o olhar cheio de uma mistura de preocupação e curiosidade. Acho que é a primeira vez que ela me olha sem estar na defensiva.

— O que acontece com quem possui magia?

Faço careta e desvio o rosto, minha mente vaga até Raphael, meu amigo mais próximo, talvez meu único amigo verdadeiro. A lealdade inabalável de Elaine não é comigo. Não de verdade. Sua lealdade sempre foi para ele.

— O poder da pessoa se esvai com o tempo, e ela precisa lutar constantemente para manter o controle. A maldição a faz enlouquecer de dor, sussurrando em seus ouvidos, exigindo rendição. No fim, a maioria desiste, a magia se esvaindo solo abaixo para fortalecer a maldição. Ela consome tudo até que reste apenas uma rosa. O corpo desaparece, e uma nova flor desabrocha no palácio.

Arabella parece tão desolada quanto eu, e parte da culpa que me persegue se dissipa. Ela deve ter entendido por que eu a convidei para este passeio: para mostrar o sofrimento do meu povo, para mostrar que não seria apenas a mim que ela estaria ajudando caso quebrasse a maldição. Posso estar sendo manipulador, mas estou desesperado, e meu povo também.

— Que tal uns brincos bonitos para você, minha senhora?

Me viro para o joalheiro e aceno para Arabella, que se aproxima da barraca. O homem lhe entrega um par de brincos, e ela os ergue diante do rosto, tentando enxergar melhor no escuro. Parecem safiras verdes para mim.

— São apenas oitocentas pratas — informa o joalheiro. — Mas, para uma donzela bonita feito você, faço por setecentas e oitenta.

Arabella ofega e lhe devolve os brincos às pressas.

— É caro demais! — responde.

Eu a encaro, surpreso. Ela é uma princesa de Althea. Não esperava que tivesse a mínima noção do custo de qualquer coisa. A maior parte das princesas que conheci nunca havia pagado por nada. Que tipo de vida ela levou?

O sorriso de Howard desaparece, e ele segura os brincos com afeição.

— A senhora devia estar viajando pelas rotas de comércio — comenta ele com a voz cansada. — Tudo aqui é mais caro. Arriscamos a vida sempre que saímos para importar mercadorias. O gelo não é nada. O problema é a floresta. Ela não quer nos deixar sair e, a cada vez que tentamos, arriscamos nunca mais voltar para casa.

Arabella parece abalada, sem dúvida lembrando-se de como as árvores se abriram para nós. Voltar é fácil; partir é outra história.

— Estou procurando um anel para minha esposa, Howard — digo a ele, e o homem congela, deslizando os olhos na minha direção.

Estou quase irreconhecível pela capa que cobre meu rosto. É idêntica à que todos os outros usam para manter o calor, mas Howard conhece minha voz.

Quando ele volta a olhar para Arabella, seu semblante está cheio de admiração. Ele se endireita e depois faz uma reverência para ela.

— Excelência — cumprimenta. — Perdoe minha ignorância. Ouvi rumores, mas não ousei sonhar que fosse verdade. O fim da maldição parece próximo para todos nós, finalmente.

Passo o braço pelos ombros de Arabella, e ela se aconchega a mim, o que me surpreende. Ela parece abalada. Suponho que ouvir outras pessoas falando tão abertamente sobre a maldição torne as coisas mais reais para ela.

— Um anel, Howard — lembro ao vendedor.

Ele assente e nos mostra uma caixa de veludo cheia de anéis requintados. Fico vigiando Arabella enquanto ela observa as joias. Seu foco recai sobre uma aliança fina com um pequeno diamante. Não era o que eu esperava que ela escolhesse. Achei que ela escolheria o maior diamante que Howard tem disponível, e eu o compraria com prazer.

Pego a aliança e seguro a mão dela.

— Também preciso comprar luvas para você — murmuro enquanto deslizo o anel por seu dedo. É grande demais, então o redimensiono até que fique perfeito para ela, enquanto uma bolinha de ouro residual paira no ar. Empurro-a para Howard, e ele acena com a cabeça. — Vamos levar.

Entrego um saco de moedas de ouro para o vendedor, mas a atenção de Howard ainda está por completo em Arabella. Ele a olha como o farol de esperança que ela é.

— Venha — eu a chamo. — Vamos comprar luvas antes do jantar.

Ela assente. Desta vez, quando Arabella me encara, não há veneno em seus lindos olhos.

Arabella

Fico em silêncio enquanto Felix me leva até uma sala privativa dentro de um pequeno restaurante no topo de uma torre. Graças às tochas junto das barracas, consigo enxergar a maior parte do mercado, e é revigorante ter algum tipo de vista no lugar da escuridão sem fim, ainda mais vendo tantas pessoas.

Felizmente, não voltamos a ser surpreendidos por maravilhas sobrenaturais que mal consigo compreender enquanto explorávamos a cidade, que é mais movimentada do que eu imaginava. Como algo tão bonito quanto uma roseira pode ser tão aterrorizante? Eldiria não é o que eu esperava. Tudo aqui engana, incluindo meu marido. Ele pode ser o imperador cruel que me arrancou do mundo que eu conhecia, mas também estou me familiarizando com o homem cujo coração sangra ao ver seu povo sofrer.

Os olhos de Felix se movem para a lareira junto à mesa, e o fogo começa a arder mais forte no instante em que tiro as luvas novas. Quase parece errado me sentar aqui, sabendo que tantas das pessoas que vejo pela janela dariam tudo para sentir esse tipo de calor.

— Ainda está com frio? — pergunta ele, preocupado.

Sua capa desaparece e volta a aparecer sobre os meus ombros enquanto ele analisa meu rosto. Quanto de si mesmo Felix já deve ter entregado para seu povo? Desde que nos casamos, só faço pensar em tudo o que perdi. Nunca parei para notar que ele perdeu ainda mais.

É provável que eu esteja longe do ideal de mulher com quem ele gostaria de se casar, mas Felix está tão preso a este arranjo quanto eu. Talvez até mais. Estive tão absorta em minha própria dor e perda que o tratei da mesma maneira como fui tratada durante anos, sem nunca parar por um segundo para avaliar se os rumores sobre o Imperador eram verdadeiros ou não. Não paro de pensar em maneiras de enganá-lo, de fazê-lo acreditar que posso quebrar a maldição mesmo sendo impotente e inútil, tudo para proteger minha vida à custa de tantas outras.

— Não posso ajudá-los — sussurro. A verdade escapa de meus lábios antes que eu perceba o que estou fazendo. — Gostaria de ajudar, mas não posso.

Felix encara o fogo em silêncio por um momento e então diz:

— Eu acredito que você pode, Arabella. Muito antes de você nascer, uma vidente buscou refúgio no palácio, oferecendo uma profecia que poderia nos salvar em troca de proteção contra a maldição. Ela tinha visto diferentes versões do futuro e, em uma delas, a vidente não apenas sobrevivia, mas testemunhava a quebra da maldição. Eu lhe ofereci um feitiço vinculativo que a manteve segura, e ela me deu a profecia, bem como a promessa de me mostrar a mulher da profecia quando chegasse a hora certa. Eu já tinha começado a perder as esperanças até alguns meses atrás, quando ela me mostrou *você*.

Não posso enganá-lo depois de tudo que acabei de ver. Não posso dar esperanças para o povo deste país quando não existe nenhuma. Minha decisão pode colocar minha vida em risco, mas tudo o que estou fazendo é acelerar o inevitável.

— Quero acreditar nisso, Felix. Quero de verdade. Mas me conheço melhor do que ninguém. Não posso ajudar.

Ele desvia o olhar do fogo e me encara com uma expressão que nunca vi antes. É desespero.

— Você estaria disposta a tentar? Eu imploro, Arabella. Me ajude a salvar meu povo, e lhe darei tudo o que quiser em troca. *Qualquer coisa.* Se estiver em meu poder, é seu.

Olho em seus olhos, assustada com a convicção que vejo neles.

— Estou disposta a tentar — respondo baixinho. — Com duas condições.

Felix assente, indicando que eu continue. Meu coração dispara enquanto reúno as palavras, rezando para não ser castigada por elas.

— Quero que garanta a segurança e o bem-estar de Nathaniel Orathis, de modo que ele seja absolvido de qualquer punição e reintegrado ao antigo cargo.

Como Althea agora é uma das nações vassalas de Eldiria, o Imperador pode facilmente fazer isso acontecer. Meu pai não pode contrariá-lo.

Os olhos de Felix brilham de forma ameaçadora enquanto ele passa as mãos pelos cabelos pretos e grossos. Por um instante, me pergunto se ele vai me punir por pensar em Nathaniel, e um anseio estranho me percorre.

Ele se inclina sobre a mesa para tirar o cabelo do meu rosto, percorrendo minha bochecha com os nós dos dedos. Seus olhos estão repletos de uma solidão e de um desejo tão profundos que uma pontada de vergonha me invade. Sou sua esposa, e aqui estou eu, pleiteando a segurança do outro homem com quem eu preferia estar.

— Considere feito — sussurra Felix, afastando a mão. — Prossiga.

Engulo em seco e encaro o anel que ele comprou para mim.

— Em segundo lugar, quero que me deixe ir embora. Não acredito que seja possível, mas, se conseguirmos libertar seu povo, quero que me liberte também.

Felix se vira a fim de olhar pela janela, e ouço meu coração batendo no silêncio que nos cerca.

— Muito bem — responde ele por fim, e solto o ar, aliviada. — Desejo trabalhar para mitigar os efeitos da maldição. Se acharmos uma maneira de tornar o solo fértil de novo, vou considerar nosso trato cumprido.

Assinto, lendo nas entrelinhas.

— Mitigar os efeitos? Você não acredita que seja possível quebrar a maldição de uma vez por todas?

Felix sorri com uma expressão desolada.

— Eu tentei por quase duzentos anos. Se houvesse um jeito de quebrar a maldição, eu teria encontrado. Meu povo parece pensar que a resposta jaz no amor verdadeiro, mas não acho que seja o caso. No entanto, estou disposto a tentar qualquer coisa, não importa quão ridícula seja. Se eu concordar com suas condições, devo insistir para que tentemos tudo que for possível a fim de quebrar a maldição e, com um pouco de sorte, talvez mitigar seus efeitos com alguma dessas tentativas.

— Amor verdadeiro? — pergunto, confusa.

— Existem dois componentes principais na maldição e, com base na minha pesquisa sobre o assunto, se pudermos desfazer apenas um deles, a maldição pode se esfacelar — explica Felix. — A primeira parte fala sobre o reino mergulhar em sombras, o que resultou no inverno eterno e nos solos inférteis. A segunda parte, porém, fala sobre uma união verdadeira. Fui amaldiçoado a nunca ser amado, a nunca ser escolhido.

Mordo o lábio, um arrepio percorre minha coluna.

— Eu… o que precisa que eu faça?

O olhar de Felix avalia meu rosto, sua expressão indecifrável.

— Preciso que dê uma chance honesta para o nosso casamento. Meu povo não está errado ao presumir que o amor pode quebrar a maldição. Com base em todas as pesquisas que fiz, é possível que essa seja a resposta. Não é provável, mas é possível. Por outro lado, talvez seja apenas necessário unir nossos corpos fisicamente.

Dar uma chance ao nosso casamento?

— Você quer que eu…? — sussurro.

Felix balança a cabeça.

— Não vou obrigar você, Arabella. Não vou tomá-la contra a sua vontade, mas gostaria que me desse uma chance. Posso fazê-la sentir um prazer inimaginável. Com o tempo, talvez isso nos leve ao amor. Temos que tentar.

Eu me afasto, cruzando os braços sobre o corpo. A simples ideia de um dia me deitar com Felix faz eu me sentir como se estivesse traindo Nathaniel e arruinando a mínima chance de um futuro com ele.

— Não posso — murmuro, embora uma pequena parte de mim *queira* ceder.

A expressão de Felix endurece.

— Então vou providenciar para que o rapaz seja enforcado.

— Não!

Engulo em seco, o pânico despertando algo inflamável dentro de mim, algo que costumo sentir pouco antes de me envolver nos inúmeros incidentes que resultaram em minha reputação de amaldiçoada.

— E então, o que vai ser? O futuro do garoto está em suas mãos.

Cerro os punhos e concordo com a cabeça, meus ombros afundam de derrota.

— Se garantir a segurança de Nathaniel, estou disposta a nos dar uma chance, Felix... seja lá o que for preciso.

Alívio cruza os olhos dele, e o Imperador assente.

— Muito bem. Contudo, não estou acostumado a dividir as coisas, Arabella. Se você se comprometer a nos dar uma chance, não vou deixar que fique pensando nele. Até o dia em que eu a libertar, cada pedacinho de você é meu. Está me entendendo?

Eu o encaro, contemplando as veias grossas e escorregadias que obscurecem seu rosto por completo, o cabelo escuro, o fogo em seus olhos. Meu coração se enche de remorso enquanto assinto.

— Estou.

Felix me analisa, aparentemente satisfeito com o que encontra, e volta a se recostar na cadeira.

— A outra parte da maldição pode ser mais fácil de desvendar. Suspeito de que a chave esteja na sua magia. A profecia a escolheu por ser especial de alguma maneira. O que sabe fazer?

Eu me encolho, o pânico me invade de imediato conforme as lembranças assaltam minha mente. Cada castigo que passei, a dor nas costas, as lágrimas da minha irmã.

— Arabella — chama Felix, me arrancando dos meus pensamentos. — A magia não é proibida aqui. É celebrada. Você nunca vai ser punida por ser poderosa. Nunca. Eu juro.

Assinto, sabendo que é verdade, mas ainda achando difícil depositar minha confiança nele.

— Pode me contar qual é o tipo de magia que possui? Prometo que nenhum mal lhe acontecerá. Você é minha esposa, Arabella. Ninguém ousaria tocar em você.

Felix fala comigo com uma gentileza inesperada, e meu pânico se dissipa. Ele tem razão. Sou casada com o Imperador Sombrio. O alquimista mais famoso que já existiu. O lugar mais seguro em que posso estar é ao lado dele.

— É por isso que não posso ajudar — admito, com a voz tão baixa que mal passa de um sussurro. — Não tenho poderes, Felix. Minha mãe era feiticeira, e sempre torci para ter herdado um pouco da magia dela, mas não aconteceu.

Ele segura minha mão por cima da mesa e a aperta de leve.

— Sei que tem poderes, Arabella. Já vi como fica olhando sempre que alguma alquimia ou feitiço é realizado. Sei que consegue enxergar os rastros de energia, e esse é um talento raro.

Encaro Felix, incrédula.

— Não é normal enxergar a magia?

Ele sorri e nega com a cabeça

— É um indicativo de imenso poder, querida. Nós vamos resolver isso, está bem? Juntos.

Felix

— Os desastres naturais triplicaram na última quinzena — revela Elaine enquanto caminhamos juntos na direção do átrio, franzindo a testa de preocupação. — Nunca esteve tão ruim, Theon. A cada dia que passa, fico apreensiva. É quase como se a maldição soubesse que você se casou com a imperatriz, e não sei dizer se o aumento de incidentes é um bom sinal ou não.

Penso em minha conversa com Arabella na semana anterior e balanço a cabeça.

— Também não tenho certeza — admito.

Arabella e eu temos trabalhado juntos a fim de pesquisar sobre a maldição e investigar qualquer poder mágico que ela possua, mas ainda não achamos nada.

— Consultei Pythia, e ela insiste que será Arabella a quebrar a maldição, embora eu ainda não saiba como — complemento.

Minha mente se volta para a expressão de Arabella quando lhe expliquei o aspecto do amor verdadeiro na maldição, basicamente insinuando que dormíssemos juntos, mesmo que apenas para descartar a possibilidade. Para dizer o mínimo, ela pareceu apreensiva e relutante.

Tenho dado espaço para ela, me certificando de não ir para a cama até ter certeza de que Arabella está dormindo, assim não sobrecarrego nem afasto minha esposa. A cada noite, porém, está ficando um pouco mais difícil manter a distância. Nunca fui de desejar intimidade, mas dormir ao lado dela tem sido surpreendentemente reconfortante. Todas as manhãs, acordo com Arabella em meus braços, preso em uma teia de membros e cabelos compridos. Ela me aperta um pouco mais forte quando tento me levantar, pressionando os lábios no meu pescoço, falando meu nome em um sussurro suave e sonolento que invariavelmente me faz permanecer na cama por mais tempo do que deveria. Minha imperatriz está me enfeitiçando com uma única palavra, aquela que foi reservada somente para ela. Meu nome.

— Parece intencional — comenta Elaine enquanto caminhamos rumo aos campos de treinamento. — Os incidentes estão acontecendo em extremos opostos do império, quase como se a maldição desejasse separar o exército. Estou preocupada com a segurança da imperatriz.

Balanço a cabeça para acalmá-la.

— Ela está segura aqui no palácio, contanto que não entre na ala leste. Você sabe disso tão bem quanto eu. E, caso Arabella saia, será acompanhada por mim.

Elaine assente, mas vejo a aflição estampada em seu rosto. Nunca tivemos uma chance real de quebrar a maldição, e sei que ela teme ver nossa única oportunidade escapando por entre os dedos.

Elaine segue me atualizando sobre as notícias do império, mas tudo em que consigo me concentrar é na pessoa vestindo preto à minha frente. Algo sombrio e primitivo me percorre cada vez que vejo Arabella usando roupas claramente desenhadas para complementar as minhas, mesmo sabendo que é o palácio quem as fornece, e não um traje que ela tenha escolhido por vontade própria.

Observo Arabella contemplar as roseiras que sobem pelas paredes do palácio com os olhos cheios de tristeza. Ela mudou um pouco nos últimos dias; está mais gentil, mais paciente. Até sorriu para mim algumas vezes enquanto estudávamos os livros, procurando maneiras de extrair sua magia e, para minha surpresa, descobri que ela fica ainda mais deslumbrante sorrindo. Quando Arabella ri, seus olhos ficam suaves e cintilam de um jeito bonito, e ela inclina a cabeça de leve enquanto me olha.

— Você está sorrindo só de vê-la — comenta Elaine, parecendo eufórica.

— Não estou — minto.

Elaine sorri e dá um passo para trás.

— Você devia ir falar com Arabella. Parece que ela tem perguntas sobre as rosas. E ninguém as conhece melhor do que você.

Lanço uma careta de decepção fingida para a feiticeira antes de procurar Arabella. Minha esposa ergue o rosto, nossos olhares se encontram, e ela faz aquilo de novo – sorri para mim. Não há mais hostilidade em suas feições e, embora isso não seja um grande avanço, parece ser.

— Felix — cumprimenta ela, a voz tão melódica e doce que não consigo evitar sorrir de volta. — Felix! — chama ela novamente, dessa vez em pânico enquanto levantava as mãos.

Olho para cima no instante em que estalactites de gelo se desprendem de uma das torres do palácio, enormes pingentes congelados caindo em minha direção, que estacionam suspensos a poucos centímetros da minha cabeça.

— Graças às Fúrias — exclama minha esposa, levando a mão ao peito. — Graças às Fúrias que você segurou isso.

Ergo uma sobrancelha e nego com a cabeça.

— Não fui eu, Arabella.

— Q-quê? — gagueja ela, a confusão estampada em seus olhos.

Segundos depois, o gelo desaba, e faço careta quando os fragmentos cortam minha pele, o sangue espirrando por toda parte antes que meu corpo tenha a chance de se recuperar.

— Felix! — grita Arabella, a voz ecoando puro terror enquanto ela corre até mim.

Seguro seus braços e me forço a sorrir em meio à dor. Só porque minha pele se cura sozinha não significa que eu não sinta primeiro cada pontada de dor.

— Estou bem — tranquilizo-a. — Estou bem, Arabella. Cuidado para não tocar no meu sangue, não faça isso em hipótese alguma. Não sei por que ele não a queimou da última vez, mas prefiro não arriscar.

— Desculpe, desculpe — repete ela sem parar, com lágrimas escorrendo pelo rosto. — É tudo minha culpa. Me desculpe, Felix. Eu não... Eu devia ter contado a verdade.

— Que verdade? — pergunto, mantendo o tom gentil enquanto transmuto o sangue que está em minha pele e sobre a neve para longe dela.

Arabella me encara com um remorso tão grande em seus lindos olhos que tudo o que eu quero fazer é acomodá-la em um abraço.

— S-sou amaldiçoada, Felix. — Ela começa a soluçar, enterrando o rosto entre as mãos. — O infortúnio m-me segue por toda parte. Incêndios. Inundações. Tornados. Terremotos. Aquela avalanche... Sei que a culpa é minha, e agora i-isso também...

Seguro o rosto dela com delicadeza, minha mente gira.

— Olhe para mim — imploro. — Por favor, Arabella.

Ela abre os olhos, e chego mais perto, meu coração martelando no peito. Se o que ela está dizendo for verdade, tudo finalmente faz sentido, e uma esperança cautelosa me invade.

— Você não é amaldiçoada, meu bem. Para uma maldição ser forte o suficiente a ponto de causar desastres naturais, teria levado décadas para ser criada. Estudei maldições extensivamente por mais de um século. Os rumores de que a magia se volta contra seus usuários? Tudo mentira. É por isso que aqueles que se refugiam aqui não sofrem nenhum tipo de infortúnio. Porque tal maldição não existe. — Ela me olha como se quisesse acreditar, mas não conseguisse. — Pense bem em como os pingentes de gelo não me atingiram de imediato. Acho que sei o que você empunha, Arabella, e você tem razão. Não é magia.

— E-eu não sou amaldiçoada? — pergunta ela.

— Não é — tranquilizo, sorrindo. — Você não tem idade suficiente para que qualquer maldição ligada à sua pessoa tenha se tornado tão forte, e não existe maldição entre as linhagens mágicas. Você não é amaldiçoada, Arabella. Muito pelo contrário. Você não faz ideia do que acabou de fazer, não é?

Ela nega com a cabeça, e eu a encaro com admiração. Mesmo com os cílios congelados de lágrimas, ela é de tirar o fôlego.

— Você empunha o ar, Imperatriz.

Arabella

Sento-me na cama e encaro o relógio que Elaine me deu de presente alguns dias atrás, depois que reclamei da escuridão eterna e da minha incapacidade de contar o tempo como faria em Althea. Está amanhecendo, e Felix ainda não voltou ao palácio. Ele saiu para cuidar de outra avalanche logo depois que descobrimos que eu talvez tenha o poder de controlar o ar, e estou ficando preocupada. Quando ele sai com Sirocco, costuma retornar ao anoitecer, mas já se passaram três noites e ele ainda não voltou.

Três noites que nunca pareceram tão longas. Eu não queria admitir para mim mesma, mas me acostumei a acordar durante a noite e encontrá-lo me abraçando apertado, o subir e descer de seu peito forte trazendo uma sensação de conforto que eu não conhecia.

Todas as noites, me pego fingindo dormir ao menor sinal de barulho no corredor, na esperança de que Felix entre e se junte a mim na cama. Ele acha que não percebo suas tentativas de me dar espaço e, a cada noite que passo sozinha em nosso quarto, desejo com mais fervor ter admitido o quanto me sinto segura em seus braços. Talvez assim ele não tivesse ficado fora por tanto tempo.

Mordo o lábio e tento me concentrar outra vez no livro, mas meus pensamentos voltam para Felix. Vasculhei a biblioteca em busca de livros que falassem sobre poderes elementais, mas encontrei pouca coisa. Acontece que poderes elementais são incrivelmente raros – o último portador viveu há cerca de mil anos.

Suspiro enquanto me recosto ao travesseiro. Felix deve estar errado. Não tem como alguém igual a mim possuir um talento tão raro e poderoso e, se fosse o caso, eu já deveria saber. Se sou tão poderosa, por que meus dons nunca me salvaram dos castigos do meu pai?

Até tentei fazer objetos levitarem, do jeito que Felix afirma que fiz com as estalactites de gelo, mas foi tudo em vão. Quanto mais tento, mais tola me sinto. Pareço tão desprovida de poderes quanto antes, e a esperança que eu nutria começou a se apagar.

Levo um susto quando a porta do quarto se abre e Felix entra, nossos olhos se encontram por um momento. Meu coração dispara ao vê-lo, e me sento na cama por instinto, mal conseguindo conter o desejo de ir até ele.

— Ainda está acordada — diz ele, baixando a cabeça por um momento.

Suas roupas estão sujas de terra e sangue, e a derrota preenche a atmosfera entre nós dois. Felix respira fundo ao passar pela cama na direção da banheira, que já começou a se encher, e fico corada ao ouvir o som de suas roupas caindo no chão.

— Como foi lá? — pergunto com cautela, me sentindo estranhamente tímida.

Sinto como se tivesse esperado uma eternidade para que ele voltasse em segurança, mas, agora que ele está aqui, as palavras me fogem. Cada momento de intimidade que compartilhamos foi sob o manto da noite, pequenos momentos roubados dos quais fingi não ter consciência.

Mordo o lábio quando o ouço afundando na água.

— Perdemos muita gente dessa vez, tanto soldados quanto civis. Nunca vi nada parecido. Elaine está certa. É como se a maldição soubesse que encontrei você, como se soubesse que estamos mais perto do que nunca de nos livrarmos dela.

Não tenho coragem de dizer a Felix que acho que ele está errado ou que, no fim das contas, não tenho poderes. Está claro que ele precisa de esperança e palavras de conforto, e não desejo nada além de oferecer exatamente isso, mas estaria mentindo se o fizesse.

— Fico feliz que tenha voltado para casa são e salvo — comento em vez disso, sendo sincera. — Fiquei preocupada com você.

Ele se levanta da água, e meu coração começa a bater um pouco mais depressa enquanto fecho o livro com discrição. Felix caminha até a cama usando apenas um calção preto, e encaro minhas mãos para não olhar para ele. Já decorei a sensação de seu corpo e, por uma ou duas vezes, deixei minhas mãos vagarem durante a noite. Mesmo assim, olhar diretamente para Felix parece escandaloso.

O colchão afunda quanto ele se junta a mim, e dou uma espiada, incapaz de me conter.

— Você está ferido — murmuro, horrorizada.

Fico de joelhos e estico as mãos para ele sem nem pensar, surpresa em ver cicatrizes recentes em sua pele que as veias movediças não conseguem esconder. O sangramento parou, mas está claro que as feridas não estão desaparecendo como de costume.

Eu as contorno com a ponta do dedo, e Felix agarra meu pulso. Ele pressiona minha palma contra o peito, e olho em seus olhos, encontrando uma expressão que nunca vi em seu rosto – nem mesmo na noite em que eu o esfaqueei e ele me puniu por isso. Seus olhos estão cheios de vulnerabilidade e saudade.

— As feridas não cicatrizam tão rápido quando são infligidas pela maldição. Dessa vez, ela tentou me enterrar em uma avalanche. Os machucados são por causa das pontas afiadas de gelo. Assim como as roseiras que encontramos, o gelo também parecia senciente.

Um arrepio percorre minha coluna e, com delicadeza, uso o polegar para contornar o tecido cicatricial que se forma depressa.

— As feridas sumirão até o amanhecer, mas não desaparecem de imediato. Já me perguntei se conseguiria morrer caso deixasse a maldição me machucar o suficiente, mas ela sempre para um pouco antes de eu sucumbir. Está claro que ela sabe que morreria comigo. Eu queria poder acabar com isso. Estou cansado de ver meu povo sofrer, sabendo que a culpa é minha. Se eu tivesse deixado a floresta nos aprisionar como sempre tentou fazer, talvez eu e meu povo tivéssemos perecido juntos e, então, tudo estaria acabado.

— Não adianta ficar pensando nas inúmeras possibilidades. Se é verdade que fui profetizada, então a maldição não teria deixado você morrer mesmo que tivesse tomado decisões diferentes. Nós vamos resolver isso — digo a ele, repetindo as palavras que ele me falou.

— Talvez — responde Felix, pegando meu cabelo. Ele coloca as mechas com delicadeza por trás da minha orelha, seu olhar percorre a camisola de renda que o palácio me forneceu para esta noite. — Estou tão cansado, Arabella. Cansado dessa luta sem fim, dos efeitos da maldição no meu corpo e na minha mente, e também…

— Do quê? — insisto.

Minha respiração falha quando Felix segura a alça fina da camisola em meu ombro, seus olhos se aquecem. Meu peito começa a subir e descer depressa, e Felix puxa o ar com força, de um jeito trêmulo.

— Da solidão interminável — sussurra ele, soltando a mão.

Seguro seus dedos e, com alguma hesitação, os coloco de volta em meu ombro.

— Mas você não está mais sozinho — murmuro, com o coração batendo em um ritmo que não reconheço.

Algo quente e pesado se instala no fundo do meu ventre sob o olhar que ele me dá, a esperança batalhando contra o desejo em seus olhos encantadores.

— Só porque não estou mais sozinho não significa que esteja menos solitário — responde ele com a voz embargada. — Você é minha esposa, mas nunca será minha. Você não estaria aqui se tivesse escolha.

— Eu *sou* sua — sussurro, usando a mão dele para afastar a alça do meu ombro. — Prometi te ajudar, então me deixe fazer isso. Você me pediu para dar uma chance honesta ao nosso casamento, não foi? Essa sou eu tentando.

Seu olhar fica sombrio, e Felix engole em seco enquanto os olhos percorrem meu corpo, se demorando na forma com que o tecido da camisola se agarra ao meu torso, a alça pendurada no ombro.

— Preciso que me diga explicitamente o que está tentando fazer.

Mordo o lábio com força, o nervosismo toma conta.

— Acho que devíamos consumar nosso casamento.

Felix

Encaro minha esposa. Seus olhos estão cheios de incerteza, como se ela também não acreditasse no que acabou de dizer.

— Nosso casamento não é legítimo até ser consumado — lembra ela, com a voz trêmula. — Talvez seja o que a maldição quis dizer com uma *união de verdade.*

— Você não quer fazer isso — sussurro, fechando os olhos.

A mão dela ainda está pressionada em meu peito, e tenho dificuldade para soltar seu pulso. Arabella não faz ideia do que está falando, do que está pedindo. Eu a desejo com uma paixão mais ardente que a mais escaldante das chamas, mas não quero que as coisas sejam assim entre nós. Eu planejava provocá-la, seguir extraindo pedacinhos que ela sempre mantinha escondidos, até que ela realmente me desejasse.

— Eu quero — responde ela, com uma confiança serena estampada no rosto. — Enquanto você esteve fora, pesquisei mais sobre a maldição e os poderes em potencial que talvez eu tenha e que podem ajudar, mas, quanto mais penso nisso, mais sinto que precisamos tentar o óbvio primeiro.

Suspiro ao segurar seu rosto. Suponho que, tecnicamente, este seja um dever que nós dois devamos cumprir, e talvez eu esteja sendo tolo por desejar algo mais.

Arabella coloca a mão sobre a minha.

— Não me faça buscar minha adaga novinha em folha — avisa, com os olhos brilhando de malícia.

Não consigo evitar uma risada, e me pergunto se Arabella entende que fazia anos que eu não ria, não até que ela entrasse em minha vida, e que agora o riso me vem tão fácil.

— Talvez devesse fazer isso — sussurro. — Me faça perder o controle do jeito que só você consegue.

— Como faço você perder o controle? — pergunta ela baixinho. Arabella arrasta nossas mãos unidas, devagar, me deixando explorar sua pele macia, até chegar na clavícula. — Assim?

Eu gemo e agarro sua cintura, girando o corpo de modo a ficar por cima dela.

— Isso — quase rosno. — Assim.

Arabella ofega quando enfio o joelho entre suas pernas, e eu a observo com atenção, procurando o menor indício de que ela talvez não queira isso.

— Felix — murmura ela, a respiração acelerando um pouco conforme ela acaricia minha têmpora com a ponta dos dedos, nossos olhares se encontram.

Já faz algum tempo que ela não se afasta de mim ou tem problemas para manter o contato visual, assim como tantas outras pessoas. De vez em quando, é como se Arabella realmente me enxergasse, e tais momentos são um vício, são de enlouquecer.

Suspiro e chego mais perto, roçando o nariz no dela.

— Nunca vou conseguir resistir a você — sussurro contra sua boca. — Nunca conheci um desejo tão arrebatador, até conhecer você.

Ela desliza as mãos pelo meu cabelo no instante em que diminuo a distância entre nossos lábios a fim de saboreá-la. Arabella responde ao beijo de imediato, a coluna arqueando de leve conforme ela se empurra contra mim, puxando meu cabelo com mais força. Eu me questionava se o comportamento dela seria apenas farsa, se tudo desmoronaria no instante em que eu a tocasse, mas sua paixão é genuína e inebriante.

Ela está ofegando quando levo os lábios até sua orelha, o corpo inquieto sob o meu.

— Sonhei com isso mais vezes do que devo admitir — sussurro em seu ouvido, antes de beijá-la no ponto logo abaixo. — Fiquei imaginando como você soaria caso murmurasse meu nome enquanto seu corpo transborda com uma necessidade que apenas eu seria capaz de satisfazer.

Estalo os dedos. Nossas roupas desaparecem à medida que os lençóis nos cobrem, e a mera sensação do corpo de Arabella contra o meu quase me leva ao limite. Gemo enquanto corro os dentes pela curva suave do ombro dela, mordendo de leve, desejando marcá-la, mas sabendo que preciso ser gentil.

Me apoio nos antebraços para admirá-la, meu coração bate mais forte assim que a olho. Respiro fundo enquanto observo a forma como seu cabelo escuro e comprido se espalha nos travesseiros, e arrasto os olhos para baixo, catalogando os detalhes da clavícula e a curva dos seios. De algum modo, ela está ainda mais linda do que na noite de núpcias, e suspeito de que tenha tudo a ver com a maneira como Arabella me olha neste momento.

Continuamos nos encarando enquanto baixo a boca devagar até seu mamilo, e um arrepio percorre minha coluna ao vê-la abrir os lábios conforme minha língua acaricia o bico do seio, que endurece depressa. Ela arqueia as costas, e rio ao me render aos seus apelos silenciosos, deliciando-me com o jeito como Arabella se contorce por baixo de mim, com a maneira como ela geme.

Quando começo a descer, deixando uma trilha de beijos em sua barriga, ela puxa meu cabelo com mais força.

— Felix — geme, incerta.

Abro suas pernas e as levanto sobre meus ombros.

— Me deixe fazer isso — imploro, meu hálito acaricia sua pele enquanto beijo a parte interna de suas coxas. — Estou desesperado para provar você de novo.

Arabella relaxa um pouco, mas em seguida joga a cabeça para trás quando minha língua separa suas dobras. Ela geme meu nome enquanto circulo o clitóris com a língua, e gemo contra sua pele, meu pau pulsando de forma dolorosa ao ouvir os sons que ela produz. Suas unhas raspam meu couro cabeludo enquanto me demoro em torturá-la, levando

Arabella ao limite e mantendo-a ali, apenas para empurrar gentilmente dois dedos para dentro e estimulá-la ainda mais com movimentos provocantes de vaivém.

Suas pernas começam a tremer, e sorrio enquanto me entrego a ela, lambendo até que ela esteja ofegante e repetindo meu nome sem parar. Ela é o mais doce dos venenos. Cada pequeno suspiro e cada toque apenas me corrompem ainda mais, até que toda a razão se perde e me vejo à sua mercê. Arabella não percebe o poder que tem sobre mim, pois, se percebesse, me manteria preso entre suas pernas, me comandando como bem quisesse.

— Por favor — implora ela. — Por favor, Felix.

Aperto suas coxas com mais força e dou o que ela deseja, quase delirando com seus gemidos. Seus músculos se contraem, e solto um grunhido de prazer quando ela aperta as pernas ao meu redor. Não há nada mais lindo do que vê-la perder o controle – por *minha causa.*

Deito a cabeça em sua barriga conforme ela volta do êxtase, meu coração transbordando de satisfação enquanto faço os lençóis desaparecerem, suor cobre o nosso corpo. Posso jurar que o quarto ficou mais quente quando ela atingiu o clímax, e não consigo deixar de me perguntar se o poder de Arabella teria alimentado o fogo de maneira inconsciente.

– Isso foi… Eu…

Seus arquejos enchem ainda mais meu peito de prazer, e sorrio ao me mover para cima, mudando de posição até alinhar meu pau na altura certa.

— Isso foi *o quê*? — pergunto enquanto me empurro contra ela, sem penetrá-la ainda.

Arabella me observa com os cílios semicerrados, os olhos cheios de desejo. Ela está deslumbrante, com um rubor rosado se estendendo até o peito, o corpo inteiro exposto para mim.

— Foi perfeito — sussurra ela, quase como se não quisesse que eu ouvisse sua resposta.

Respiro fundo, trêmulo, sem compreender o jeito como meu coração reage àquelas palavras.

— Diga que deseja mais.

Ela assente, o rosto cheio de certeza. Sorrio ao convocar minha sombra para mais perto, de modo que Arabella consiga sentir minha língua contra seu clitóris inchado mesmo enquanto a penetro alguns centímetros. Ela geme e morde o lábio, inclinando os quadris em uma demanda silenciosa por mais, e eu a atendo com obediência, garantindo que ela continue sentindo as carícias suaves e lânguidas enquanto seguro seu rosto.

— Você faz ideia do quanto esperei por isso? – sussurro, penetrando um pouco mais fundo. — Quantas noites dormi ao seu lado, fantasiando sobre poder fazer *isso* um dia?

Sua respiração falha quando a penetro até a metade, e ela geme baixinho.

— É grande demais — fala ela, a mão envolvendo minha nuca.

Paro de me mexer e me inclino para dar um beijo suave em sua bochecha.

— Você está indo tão bem — asseguro. Arabella está encharcada, sei que consegue me receber. — Meu pau está entrando como se fosse feito para você. — Eu não acharia possível, mas Arabella cora em um tom ainda mais profundo de vermelho, e eu a encaro, maravilhado. — Pode aguentar um pouco mais para mim, meu amor?

Arabella assente, e respiro fundo antes de me empurrar com força para dentro dela, arrancando um gemido de dor de sua linda garganta.

— Me desculpe — sussurro, beijando seu pescoço.

O remorso me invade. Continuo parado e encosto a testa em seu ombro. Eu esperava que não fosse doer nada, considerando o quão molhada Arabella está. Se eu soubesse, teria ido ainda mais devagar.

— Estou bem, Felix — garante minha esposa, acariciando minhas costas com a ponta dos dedos, seu toque suave e reconfortante. — Só doeu por um momento.

Me apoio nos antebraços para olhá-la nos olhos, encontrando apenas acolhimento. Ela segura meu rosto, nossos olhares fixos um no outro, e algo no gesto parece se estender para além do tempo, se costurando às minhas memórias. Mil anos poderiam se passar, e eu ainda me lembraria deste momento com ela. Tenho certeza disso.

— Que tal assim? — sussurro, me balançando para a frente e para trás com gentileza.

Um som suave e necessitado escapa de seus lábios, e Arabella vira o rosto, quase como se estivesse envergonhada do próprio desejo.

— Não se esconda de mim — murmuro, minhas estocadas se tornando um pouco mais profundas, um pouco mais rápidas. — Me mostre que estou te dando prazer, Arabella, eu imploro.

Ela volta a me encarar, os olhos percorrendo meu rosto com avidez enquanto a sensação das carícias da minha língua se intensifica com as estocadas. Embora tente se conter, os mais lindos gemidos escapam de seus lábios.

— Isso — arquejo para ela, vendo sua respiração acelerar conforme meus próprios movimentos se tornam mais erráticos. — Me mostre, querida. Quero ver você perdendo o controle por mim.

Não consigo evitar gemer quando os músculos dela se contraem ao meu redor, e assim, de forma involuntária, Arabella me leva junto de si ao limite, e sou tomado por onda após onda de um desejo transbordante, diferente de tudo que já experimentei.

— Arabella — gemo, desabando por cima de seu corpo, minha mente preenchida com nada além dela.

Ela me abraça forte, e suspiro feliz ao beijar seu pescoço repetidas vezes, minha total saciedade cria um contraste com a certeza de que nunca me cansarei dela.

Arabella

Começo a me mexer e me revirar nos lençóis em busca de Felix, mas ele está ao pé da cama, arrumando uma mala.

— Arabella — murmura ele, seu olhar me percorrendo com afeição. — Você acordou.

Me sento e agarro os lençóis, me cobrindo enquanto dou o meu melhor para encará-lo, com a mente ainda inundada pelas lembranças da noite anterior.

— Sinto muito, querida — diz ele com um suspiro. — Um furacão destruiu o estábulo de um dos criadores de cavalo mais importantes do império. — Felix continua arrumando a bagagem. — Gostaria de não ter de ir, mas é necessário. Eles fornecem a maior parte das montarias do exército, e preciso minimizar os danos.

— Vou com você — respondo, tentando ignorar a sensibilidade entre as pernas. — Se tiver razão e eu for capaz de controlar os elementos, então é melhor que eu pratique ao ar livre até ter certeza de que consigo controlar meus poderes. E se eu criar um tornado sem querer? Além do mais, acho que ninguém além de você conseguiria me ensinar.

Felix inclina a cabeça com um olhar pensativo.

— Vamos ficar fora por pelo menos duas semanas, e não vai ser confortável.

Assinto ao sair da cama, ainda enrolada nos lençóis.

— Entendido. Quanto tempo tenho para fazer as malas?

Felix encara os próprios pés por um momento, como se não tivesse certeza se me levar junto seria a escolha certa.

— Preciso comparecer a uma reunião estratégica antes de sairmos, então você deve ter cerca de uma hora. Arrume uma mala suficiente para quinze dias, mas não se preocupe caso esqueça alguma coisa. Contanto que se lembre exatamente de onde deixou o item, consigo buscá-lo para você.

Concordo com a cabeça e lhe ofereço um sorriso reconfortante, e Felix suspira ao se virar para sair do quarto, me dando um pouco de privacidade para trocar de roupa e fazer as malas. Eu estava preocupada, imaginando se as coisas ficariam estranhas entre nós pela manhã, mas, felizmente, não parece ser o caso. Ainda assim, a ideia de ficar sozinha com Felix durante quinze dias me enche de um tipo novo de nervosismo.

Faço as malas o mais rápido que consigo, mas, quando desço, minha mente ainda está recheada de memórias de tudo o que Felix fez e sussurrou para mim na noite passada, e não tenho dúvidas de que minhas bochechas estão coradas. Eu havia decidido prosseguir com a consumação porque parecia a coisa certa a se fazer, mas, no fim da noite, ele me fizera implorar por mais. O que aconteceu entre nós dois não pareceu uma mera formalidade, embora devesse.

— Excelência — cumprimenta Elaine, sorrindo conforme me aproximo dos grandes portões do palácio. — Espero que façam uma boa viagem juntos.

Tento ao máximo retribuir o sorriso sem demonstrar quanto me sinto afobada nesta manhã, mas o jeito como Elaine ri entrega que estou falhando.

— Pronta? — pergunta Felix.

Assinto, e ele pega as malas antes de tocar em minha capa e transformá-la na mesma versão simples que usamos tantas noites atrás.

— Será que algum dia farei algo assim? — pergunto, sem conseguir esconder a admiração.

— É pouco provável — murmura Felix, seus dedos envolvem meu capuz e o puxam para cima. — Pelo que sei, sou o único alquimista ainda vivo. O manejo elemental e a alquimia são poderes muito diferentes. O manejo elemental permite que você invoque os elementos e os dobre à sua vontade. E, se os poucos registros que encontrei estiverem corretos, não requer nenhuma troca como a alquimia. Para transformar sua capa, precisei trocar um tipo de tecido pelo outro e realizar várias transmutações seguidas, mas isso não é possível com poderes elementais. No entanto, você poderia invocar o ar à vontade para criar um tornado, por exemplo, enquanto eu, no máximo, faria as coisas flutuarem transmutando o ar e movendo-o de um lugar para o outro. A depender do que esteja tentando fazer, meus poderes são muito mais limitados do que os elementais.

Felix para quando chegamos a Sirocco, e meus nervos me dominam ao perceber que terei de cavalgar com ele outra vez. Estar assim tão próxima me deixa ansiosa de um jeito diferente de antes. Continuo pensando em tudo o que ele me fez sentir na cama, em como me tocou e em como foi incrível. Sei que Felix não pode ler meus pensamentos, mas tenho a sensação de que ele conseguiria adivinhar no que estou pensando.

Ele envolve minha cintura com as mãos, me assustando enquanto me ergue até a sela de Sirocco. Ele para, nossos olhares se encontram por um momento, antes de se afastar e subir na sela atrás de mim, conectando o corpo com o meu.

Em segundos, Sirocco dispara a uma velocidade tão grande que eu ficaria apavorada caso não estivesse tão concentrada na presença de Felix atrás de mim. Ele está com o braço ao meu redor, e o jeito como seu antebraço roça a parte inferior dos meus seios faz minhas bochechas arderem e meu coração disparar. Ele não está mantendo tanta distância como da última vez em que cavalgamos juntos.

Minhas costas estão pressionadas contra seu peito, meu traseiro preso entre suas pernas. Não me lembro de achar essa posição tão íntima da última vez, mas agora é só no que penso. Levo um susto quando Felix se inclina, encostando os lábios em minha orelha.

— Fique quieta, Arabella. Você está dificultando muito as coisas para mim, como fez da última vez.

Eu me viro para olhá-lo, assustada de novo com tanta proximidade. Meus lábios quase roçam os de Felix, mas ele não se afasta. Apenas me olha com uma expressão que me faz pensar no mesmo instante em como ele me provocou na noite anterior.

— Só mais uma hora — fala ele, a voz rouca. — Tente não me torturar mais do que já faz. Manter o encantamento de Elaine está ficando cada vez mais difícil à medida que nos afastamos do palácio. Minha magia é muito fraca em comparação com a dela.

Observo seus olhos, hipnotizada pelos belos pontinhos dourados.

— Que encantamento? — pergunto.

Felix sorri, mas há algo de sinistro no gesto, algo perigoso.

— Aquele que a impede de sentir o tipo de efeito que causa em mim, esposa. Já que concordamos em dar uma chance ao nosso casamento, não vou mais esconder tais coisas de você, mas também não pretendo chocá-la após os primeiros minutos de nossa jornada.

Me viro depressa, encarando o horizonte em uma tentativa de esconder o quanto fico atônita. Felix está... excitado? Pensar nisso faz minhas bochechas esquentarem. Não consigo parar de pensar nas coisas que a língua dele fez comigo, e o desejo me percorre de forma involuntária.

Estou tão abobalhada que, quando Sirocco para, não tenho certeza se consigo olhar para Felix. Em vez disso, me viro para a mulher que corre em nossa direção, com as faces coradas. Seu sorriso diminui um pouco quanto ela me nota, como se esperasse que o Imperador viesse sozinho.

Felix desmonta e se vira para mim, segurando minha cintura como fizera antes. Ele leva um tempo para me tirar da sela, as mãos se demorando mais do que o necessário.

— Alison — cumprimenta ele, virando-se para a mulher assim que meus pés tocam o chão. — Conheça minha esposa, Arabella.

Alison me encara com uma expressão chocada. É a primeira vez que Felix me apresenta a uma pessoa que não ficou imediatamente feliz em me conhecer. Alison parece estar bem longe disso. Na verdade, ela parece abatida.

A mulher faz uma reverência, e eu a examino. Cabelos loiros compridos, olhos azuis e brilhantes. Ela é linda, e não consigo deixar de me perguntar se é esse o tipo de mulher por quem Felix normalmente se interessa, alguém com feições tão distantes das minhas. Não sou assim tão ingênua. Reconheço o ciúme que vejo nos olhos de Alison, e tenho a sensação de que ele não é injustificado.

— É uma honra conhecê-la, Imperatriz — fala ela com a voz trêmula. — Excelência — acrescenta, virando-se para Felix. — O estábulo desabou, e perdemos alguns dos nossos cavalos.

Felix assente e segura minha mão, deixando Alison tensa, mas ele não parece notar. Em um dia normal, eu o enxotaria, mas, em vez disso, me pego apertando seus dedos com mais força.

— Alison e sua família são os melhores criadores e treinadores de cavalos que o império tem a oferecer. Podemos não ter plantações, mas temos muita gente talentosa. Os cavalos daqui são um dos principais motivos pelos quais conseguimos atravessar a floresta.

Assinto em concordância. Eles precisaram ser criativos e aprimorar suas habilidades de modo a ganhar a vida. Ao contrário da maioria dos países, aqui não há agricultura, e mesmo o comércio é arriscado. O que mais aprendi a amar em Eldiria foi seu povo. Eles nunca cansam de me impressionar. Passei semanas observando em silêncio as centenas de pessoas trabalhando no palácio, os soldados treinando com diligência, e nunca vi gente mais esforçada.

— Vou sozinho até lá — diz Felix para Alison. — Volte para dentro.

A expressão da mulher revela que ela preferia ficar, mas ela não contraria Felix. Com um último olhar demorado para ele, ela dá as costas e segue na direção de uma construção alta que fica ao longe.

Luto para esconder o choque quando alcançamos o que costumava ser o estábulo. Mesmo Felix parece abalado. Há madeira por toda parte, e não há nada no espaço com quilômetros de extensão que ainda pareça estar de pé. Vejo os ombros de Felix se afundarem, e reajo segurando seu braço. Ele se vira para me olhar, abrindo um sorriso triste.

— Este aqui não vai ser fácil, mas tem conserto. Só vai demorar um pouco mais do que eu esperava. Apenas observe e veja se consegue sentir ou enxergar minha alquimia, está bem?

Concordo com a cabeça e, para minha surpresa, Felix remove a capa. Ele se vira para mim e a deposita em meus ombros, me envolvendo com seu cheiro e calor. Fico assustada, e ele sorri. O jeito com que Felix sorri para mim é diferente agora. Quase íntimo. A noite passada transformou a nós dois.

— Pensei que você nunca tirasse a capa fora do palácio — sussurro.

Ele assente.

— Não tem ninguém por perto pelos próximos quilômetros. Vestirei a capa antes de entrarmos.

Ele se vira e, assim que levanta o primeiro pedaço de madeira no ar, a neve começa a cair. Felix encara o céu com uma expressão desanimada no rosto. Parte meu coração vê-lo trabalhar tão duro junto de seu pessoal apenas para que tudo seja destruído repetidas vezes, o tempo todo.

Durante horas, Felix trabalha de maneira incansável, recolocando o estábulo no lugar pedaço por pedaço. Presto atenção o tempo todo, e fica claro que, embora ele faça parecer fácil, a tarefa não é nada disso. Seu uniforme está encharcado de suor, e uma carranca se formou em seu rosto. Assim como Felix pediu, tento ao máximo me concentrar no funcionamento de sua alquimia, mas é difícil compreender os rastros de energia que estou vendo e sentindo.

Felix vem até mim quando a nevasca ganha mais força.

— Melhor você entrar, Arabella. A neve está forte demais. Não quero que fique com frio.

Balanço a cabeça.

— Estou bem — digo a ele. — As duas capas estão me mantendo perfeitamente aquecida. Vou continuar aqui com você.

Ele me observa com uma carência que nunca vi em seus olhos. Jamais vi Felix tão desolado. No palácio, a maldição é algo com que todos parecem ter aprendido a conviver. Mas acho que casos como este reabrem antigas feridas. Nunca pensei que seria solidária a ele, ou que algum dia iria querer entendê-lo... mas agora me pego desejando poder compartilhar seus fardos. Sou corroída pela culpa quando penso na maneira como tratei Felix, em como o apunhalei e lamentei sua existência, como se eu pudesse lhe causar mais mal do que ele já enfrenta todos os dias.

Ele dá um passo à frente, a mão tremendo ao levá-la ao meu rosto. Fecho os olhos quanto seus dedos gelados envolvem minha bochecha, e ponho a mão por cima da dele.

— Vá — diz ele. — Ela não vai me deixar ajudar meu povo. Ela não vai facilitar as coisas. Não quero que você precise assistir a isso. Não sei o que estava pensando quando a trouxe comigo nessa viagem.

Ela? Franzo a testa, me sentindo tentada a perguntar de quem ele está falando, mas ciente de que não é disso que Felix precisa no momento. Ele sempre me pareceu indestrutível, mas, ali, diante de mim, reconheço uma alma quebrada que é muito parecida com a minha.

— Eu vou — sussurro. — Mas só se você vier comigo.

Ele balança a cabeça e faz menção de retrucar, mas apoio a mão em seu braço e o encaro.

— Entre, Felix. O trabalho não precisa ser feito em uma noite só. Está nevando e ficando cada vez mais frio.

— Você está preocupada — declara ele, parecendo surpreso. — *Comigo.*

Assinto. É difícil para mim aceitar isso. Nunca pensei que me importaria com ele, mas parte meu coração vê-lo tão derrotado.

— Sou sua esposa — respondo sem pensar. — Estou no meu direito.

Ele sorri e concorda.

— Muito bem, *esposa*. Vamos entrar.

Felix

Alison fica de pé em um pulo quando Arabella e eu entramos na mansão, seu olhar se demora em mim muito mais tempo do que seria apropriado. Se Arabella percebe, certamente não demonstra.

Encaro minha esposa, surpreso com a leve irritação que sinto ao ver sua indiferença. Como minha esposa, ela devia estar indignada, não indiferente. Consegui forçá-la a dar uma chance para a nossa união, mas não posso impor sentimentos. As chances de quebrarmos a maldição por causa disso são mínimas, mas eu não conseguiria viver em paz comigo mesmo caso não me entregasse por inteiro.

Não sei o que prefiro... se a Arabella cooperativa ao meu lado ou a versão que cortaria minha garganta com prazer durante o sono. Sua postura é tudo o que eu poderia desejar, mas me sinto tentado a provocar Arabella de modo a conseguir uma desculpa para castigá-la.

— Você deve estar com frio — fala Alison, aproximando-se de mim com um cobertor nos braços. — Já mandei meus pais para a cama. Espero que não se incomode.

Arabella se afasta um passo, sua expressão indecifrável.

— Também vou me recolher mais cedo — informo. — O estábulo ainda não está pronto, há muito o que fazer amanhã. Conversarei com seu pai depois que amanhecer. Temo que os reparos demorem mais do que o previsto. Vou precisar usar o escritório dele para lidar com alguns assuntos causados por esse atraso.

Alison assente, o olhar se demorando em mim de um jeito que teria me deixado excitado poucos meses atrás. Agora, me causa repulsa. Pego a mão de Arabella e entrelaço nossos dedos, e ela se sobressalta.

— Vamos nos deitar.

Quando Arabella olha para mim, não é indiferença que vejo. É raiva. Por mais estranho que seja, o fogo em seus olhos faz os cantos da minha boca se curvarem em um sorriso relutante. Talvez ela não seja tão indiferente quanto eu pensava.

Seus dedos estão rígidos nos meus, hesitando em me tocar enquanto eu a conduzo escada acima. Ela para na porta do quarto que costumo usar, a atenção vai parar na cama.

Observo Arabella ranger os dentes, e me pergunto por que motivo está franzindo tanto a testa. Ela caminha até a janela e se recosta na parede, uma tempestade silenciosa se forma em seu interior enquanto ela contempla a vista do quarto, mesmo que não haja muito para ver.

Fecho a porta às minhas costas, estranhamente nervoso. Ninguém nunca me fez me sentir assim. Nem consigo nomear a sensação. É algo totalmente novo.

— Você me trouxe para a casa da sua amante? — pergunta ela, a voz tão enganosamente suave que quase esconde a raiva por trás.

— Alison não é minha amante, Arabella.

Ela se vira e fica de frente para mim, cruzando os braços. Ali, parada sob o luar, com os longos cabelos escuros descendo em cascata pelo corpo, ela nunca esteve tão bonita.

— Você já dormiu com essa mulher?

Meu coração acelera, o que é outra sensação inédita. Meu coração raramente dispara fora do campo de batalha, embora seja tudo o que faz quando Arabella está por perto. Engulo em seco e confirmo com a cabeça enquanto encaro minha esposa.

— Você disse que cada pedacinho de mim lhe pertencia. Você ordenou que eu jamais pensasse no homem com quem achei que fosse me casar. Está me dizendo que esses termos não são recíprocos?

Eu me inclino contra a porta fechada, me deleitando com a experiência.

— Vivi uma longa vida antes de você chegar, Arabella.

Ela se cala, os olhos cheios do mesmo veneno que costumava me lançar antes de chegarmos ao nosso acordo.

— Você está com ciúmes — murmuro.

Arabella ergue o queixo e contrai o maxilar por um momento antes de falar:

— Não estou com ciúmes, Felix. Estou me sentindo desrespeitada. Você está me pedindo para dormir na cama em que se deitou com outra mulher, na casa onde mora uma antiga amante. Não espero muita coisa vinda de você, mas esperava um mínimo de cortesia. Mas está claro que eu estava equivocada em minhas expectativas.

Olho para a cama e balanço a cabeça em negativa.

— Faz anos que não levo uma mulher *para a cama*, Arabella. Detesto esse tipo de intimidade. Não dormi com ninguém nesta cama, embora não negue que tive algo com Alison cerca de um ano antes do nosso casamento. Concordo que o comportamento dela é inapropriado e que eu não deveria ter permitido tal coisa. No entanto, não sou culpado das outras acusações.

O gelo em seus olhos derrete um pouco, e suspiro de alívio. É esquisito ter alguém me desafiando e me questionando do jeito que Arabella faz. Estou tão acostumado a ser temido, a ter as pessoas obedecendo a cada um dos meus caprichos, que mal sei como lidar com ela.

— Se isso é verdade, então por que insiste para que eu durma na sua cama?

— Você é minha esposa — respondo com simplicidade. — Além do mais, minhas responsabilidades são inúmeras e, com o passar dos anos, as suas também vão aumentar. Compartilhar a cama é a melhor maneira de maximizar nosso tempo juntos.

Ela desvia o olhar, cerrando a mandíbula.

— Não vou ficar aqui por muitos anos.

Não tenho dúvidas de que Arabella está pensando no garoto outra vez. Se eu pudesse, arrancaria de dentro dela todas as recordações que tem de Nathaniel.

— Talvez não, mas você está aqui agora.

Ergo a mão e levanto Arabella no ar, trazendo-a para perto até que ela esteja bem diante de mim, com os olhos pegando fogo. Ela ofega e esperneia por um instante, como se para recuperar o equilíbrio, antes de cruzar os braços e me encarar com os olhos semicerrados.

— Arabella, aprecio que enfim esteja me tratando como marido. Aprecio de verdade, mas, meu amor, estou cansado e com frio.

Fico surpreso com minha paciência. Se ela fosse outra pessoa, eu já teria causado um estrago enorme na tentativa de silenciar suas queixas. No entanto, quando se trata de Arabella, não sinto tal impulso.

Sua expressão fica mais suave, e ela assente.

— Me desculpe — diz. — Não devia ter comentado nada.

Levo a mão ao rosto dela e acaricio sua bochecha, meus dedos gelados em contraste com sua pele, mas ela não se afasta.

— Não se desculpe por fazer o que qualquer esposa faria. Foi exatamente isso que eu lhe pedi. Não sei se conseguiremos quebrar a maldição desse jeito, Arabella, embora eu esteja decidido a tentar. E esse é um passo à frente em comparação ao ódio velado com o qual eu temia acabar me acostumando. Precisamos seguir com esses pequenos passos até, um dia, nos vermos fazendo o impossível.

Ela assente e dá um passo para trás.

— Você deveria tomar um banho quente — murmura. — Está congelando.

Assinto e me viro para sair, me sentindo esperançoso ao menos uma vez na vida. Ainda me lembro da expressão de Arabella quando a vi pela primeira vez no espelho de Pythia. Seus olhos repletos de esperança. Eu ficava me perguntando se ela também me contagiaria com aquilo.

E foi o que ela fez.

Arabella

Meu coração dispara quando me deito na cama estreita que dividirei com Felix. De algum jeito, a sensação é diferente. Em nosso quarto no palácio, há sempre tanta distância entre nós, e não apenas física. Mas é nítido que não temos esse distanciamento agora, e talvez seja um pouco mais do que isso.

Será que Felix tem razão? Estou mesmo com ciúmes do passado que ele compartilha com Alison? A simples ideia de Felix tocando outra mulher do jeito que me tocou me enche de raiva. Saber que ela tem mais intimidade com o corpo dele do que eu me enche de um desejo de pura violência. É apenas a possessividade esperada de qualquer esposa por seu marido ou seria algo mais?

— Arabella.

Ergo o rosto e me deparo com Felix na porta, com um robe mal-amarrado cobrindo o corpo. Seus olhos brilham com uma mistura de humor e curiosidade enquanto se aproxima da cama.

— Esposa, já está tramando minha morte de novo? Posso pedir que se abstenha de tentar me assassinar enquanto durmo hoje? Estou bastante cansado, querida.

Ele sorri ao se deitar de lado, virado para mim.

— Eu… não estava tramando nada.

Felix se apoia em um cotovelo e dá risada.

— Então por que seus lindos olhos cor de mel estão com todo esse instinto assassino?

Passo as vistas por seu peito, observando o robe que mal cobre sua pele. Imagens de Felix com Alison cruzam minha mente, e trinco o maxilar. Quando ele me disse que nunca havia compartilhado uma cama com ela, o que exatamente estava sugerindo? Será que estava insinuando que seus encontros com Alison eram tão apaixonados que os dois não conseguiam nem chegar na cama?

— Que instinto assassino? — retruco.

Viro as costas para ele, meu humor inexplicavelmente arruinado.

Felix chega mais perto e passa o braço por minha cintura, me envolvendo em um abraço.

— Não precisa se preocupar com Alison, Arabella. Muitas mulheres vieram e se foram, mas você sempre será minha imperatriz, minha *esposa*.

As palavras de Felix são doces, mas nós dois sabemos que, para ele, sou apenas um meio para um fim.

— Quando chegamos aqui, você disse que *ela* não deixaria seu povo ser salvo — acabo murmurando. — Quem é *ela*? A quem estava se referindo?

Felix me aperta e me puxa para mais perto, o nariz encostando em minha nuca.

— Minha mãe — responde ele, a voz cheia de tormento. — Foi minha mãe quem lançou a maldição.

Arregalo os olhos, um choque profundo se instala em meu peito.

— Que tipo de mãe amaldiçoa o próprio filho?

— Uma que nunca quis um bebê — murmura Felix, o corpo relaxado contra o meu.

Ele nunca me abraçou desse jeito, e eu gostaria de pensar que minha presença pelo menos lhe oferece um toque de conforto.

Uma maldição tão cruel ser lançada pela própria mãe… Chego a pensar que o relacionamento com meu pai não tenha sido tão ruim assim. Nem sei se consigo realmente entender a profundidade da dor que Felix sente. Eu o odiei desde o instante em que ele pisou em Althea, mas, quanto mais tempo passo com ele, mais questiono se Felix merece meu desprezo.

— Se alguém entende o prejuízo que um pai ou uma mãe pode causar é você, não é mesmo, querida? Mas saiba que você me tem agora, pelo tempo que quiser. Meu país é seu. Meu povo é seu.

Fecho os olhos, minha respiração falha. Mesmo em um momento como este, Felix está preocupado *comigo*. Me viro para ele, e ele me envolve em seus braços, me abraçando com força e me oferecendo o consolo que estou pedindo em silêncio. Como deve ter sido a vida dele? Sei melhor do que ninguém como é ser a única estranha no ninho, sentir-se sozinho em um lugar que você chama de lar... Não consigo imaginar como seria passar mais de um século desse jeito. A maldição deve ter arrancado muita coisa de Felix, e a culpa que ele carrega deve ser um fardo pesado.

— Você pode me contar sobre a sua mãe?

Ele me encara por um momento antes de assentir de modo hesitante.

— O nome dela era Myralis — sussurra, como se não ousasse dizer o nome da mãe em voz alta. — Diziam que era a mulher mais bonita de todos os sete mares, e meu pai insistiu em tê-la para si. O que ele fez com minha mãe foi semelhante ao que fiz com você. Ele propôs casamento chegando com um exército que poderia facilmente aniquilar o pequeno reino em que ela morava. Não apenas sou amaldiçoado, mas nasci de um monstro. Não importa o quanto eu me rebele, acabarei seguindo os passos do meu pai.

— Então sua mãe se casou para salvar o reino.

Felix assente.

— Ele a levou embora no mesmo dia, sem dar nenhuma chance para que ela rompesse o noivado. Veja bem, minha mãe estava prestes a se casar com o homem que amava, e meu pai chegou poucos dias antes da cerimônia. Ele a forçou a se casar no mesmo dia em que ela se uniria ao amor de sua vida, e ela nunca o perdoou por isso.

Felix se afasta de mim e passa a mão pelos cabelos, sua expressão me diz que ele está tão ciente quanto eu de que a história está se repetindo. Há arrependimento em seu semblante, e fico pensando em como ele realmente se sente em relação ao nosso casamento.

— Você pode obrigar uma pessoa a se casar, mas não pode fazer com que ela o ame. Meu pai aprendeu isso do jeito mais difícil. Minha mãe morreu pouco depois do parto, e me amaldiçoou com seu último suspiro. Meu pai dizia que ela queria amaldiçoar a única coisa que pensou que o marido amaria de verdade, o que só prova que ela não o conhecia. Meu pai nunca amou ninguém além de si mesmo. Ele mal me dava atenção quando criança, me deixava aos cuidados dos criados do palácio, mas, nos anos que antecederam sua morte, ele me chamava em seus aposentos todos os dias. A cada vez, me contava um pouco mais sobre minha mãe. No início, só falava do quanto ela me odiava e do quanto tentou desesperadamente se livrar de mim antes mesmo de eu nascer. Com frequência, ele se perguntava se ela teria sido mais feliz se eu nunca tivesse existido, e se teria conseguido conquistá-la não fosse por mim. Foi só perto da morte que ele me revelou como a havia obrigado a se casar e tudo o que lhe fizera. Como se meu pai achasse que, me contando a verdade, eu pudesse lhe conceder algum tipo de expiação. É nojento pensar que, por mais que eu tenha tentado evitar, me tornei igual a ele.

Felix parece tão atormentado. Gostaria de poder apagar algumas de suas mágoas. Se eu pudesse dividir aquela dor com ele, eu o faria. Eu o culpava por ter tirado meu futuro, mas o dele fora arrancado desde o nascimento. Sua vida inteira estivera nas garras da maldição, e seu casamento não seria diferente. Será que uma pequena parte dele se ressentia de mim por isso?

— Você está errado, Felix — respondo. — Nossas circunstâncias não são as mesmas. Sua mãe foi aprisionada pelo resto da vida. Mas você? Você vai me deixar ir embora depois que tudo acabar. Você me pediu ajuda, não submissão.

Ele assente, sua expressão endurece.

— Um dia, nós dois seremos livres — declara ele, a voz carregada de exaustão.

Nunca me ocorreu que o fim do nosso casamento também resultaria na liberdade de Felix. O que ele faria depois disso? Quando não estiver mais preso à maldição, com quem ele escolherá passar seus dias?

Arabella

— Feche os olhos — orienta Felix, e eu obedeço. — Está sentindo o ar se movendo ao seu redor?

Respiro fundo, tentando ao máximo me concentrar no que ele diz. Felix passou a última hora tentando explicar como usa seus poderes alquímicos para transmutar o ar, mas nada está ajudando, e não consigo acessar meus poderes. Começo a me perguntar se ao menos possuo algum poder, ou se as pessoas de Althea tinham razão e eu simplesmente fui amaldiçoada.

Estou tomando muito mais tempo dos afazeres de Felix do que esperava. O estábulo está apenas pela metade, e passamos dias praticando.

Tento ao máximo acalmar a mente e *sentir* as coisas de verdade, assim como vem acontecendo vez por outra nos últimos dias.

— Estou — sussurro, finalmente.

É sutil, mas já consigo sentir o zumbido no ar, quase como se a atmosfera ao redor fosse tangível.

Felix se posiciona por trás de mim e pega minha mão, estendendo meu braço até estarmos ambos apontando para o céu, nossos dedos entrelaçados.

— Consegue sentir o ar passando ao longo da pele quando você se movimenta?

Ele está bem atrás de mim, os lábios roçando minha orelha a cada palavra, e fecho os olhos outra vez.

— Consigo — murmuro, falhando em acalmar meu coração.

A sensação do corpo dele encostado no meu é sólida, e há intimidade naquela posição. Talvez seja por isso que estou com dificuldade para me concentrar.

— Repare na neve caindo, como ela perturba o ar. Olhe.

Abro os olhos e vejo a neve acumulada sobre nós, como se uma barreira dourada e translúcida a sustentasse.

— Você sente a concentração de ar por baixo da neve que estou segurando?

Ofego ao identificar a sensação e me viro para ele.

— Estou sentindo!

Ele sorri para mim, os olhos brilhando de satisfação, e não consigo evitar ficar corada.

— Estenda a mão.

Ergo a palma voltada para cima. A neve rapidamente cobre minha luva, e franzo a testa, irritada.

— Apenas fique quieta, querida. Sinta o ar que paira ao redor. Concentre-se nele. Tente imaginar uma camada de ar entre sua mão e a neve, depois respire fundo e puxe mais desse ar na sua direção, construindo uma camada adicional além da que você já tem.

Fecho os olhos na tentativa de me concentrar, fazendo o que Felix me pede. Mesmo pensar em magia me deixa em pânico. Ela me lembra dos castigos que meu pai costumava me aplicar, mas preciso superar isso. Inspiro de maneira trêmula, com o coração cheio de medo, enquanto me esforço ao máximo para visualizar o ar empurrando a neve para cima, como uma bandeja invisível. A sensação é diferente desta vez, quase como se o ar que tento mover não estivesse resistindo às minhas intenções. Ele apenas as aceita e me permite guiá-lo. Algo faísca no fundo do meu peito, quase como um sentimento de aceitação, e um sorriso me escapa.

— Abra os olhos, querida.

Faço o que Felix pede, chocada ao ver que a neve que se acumulava em minha luva agora paira um pouco acima dela. Não é nada em comparação ao que Felix fez, mas funcionou. Abro um sorriso, perdendo a concentração conforme me viro para encará-lo.

— Você viu isso? – pergunto, incapaz de conter a animação.

Nunca senti nada parecido, uma plena sincronia com o fluxo mágico.

— Eu consegui!

Eu realmente tenho poderes. Eu os tinha o tempo todo, só não sabia disso.

Felix assente, com um grande sorriso no rosto. Seus olhos brilham, e eu hesito, surpresa. Vê-lo ali, parado na neve, me encarando com tanto orgulho... aquilo mexe comigo. Desperta sentimentos que nunca senti, emoções que não conheço o nome.

— Vamos experimentar com as esferas de gelo agora — declaro, dando um passo para trás.

Estamos próximos demais. E Felix está diferente. Não tinha notado a diferença até agora, mas ele está mais relaxado. A testa não está franzida, e ele não aparenta ser tão assombrado. Parece ser apenas um homem, não o imperador de um reino que precisa desesperadamente de ajuda. Parado diante de mim, ele parece alguém que poderia ser meu marido.

Mordo o lábio, tomada pela culpa no mesmo instante. Felix pode ser meu marido no papel, mas é para Nathaniel que vou voltar, e está ficando mais difícil me lembrar disso a cada dia. Desvio os olhos, pegando um punhado de neve fresca.

— Arabella.

O jeito como Felix diz meu nome me faz olhar para ele, a neve cai entre meus dedos. A intensidade em sua expressão faz meu coração acelerar, e me esforço para desviar os olhos de seu semblante inquisitivo.

— No que estava pensando?

Abro os lábios para responder, mas nenhuma palavra sai. Em vez disso, sou invadida pela culpa e pela vergonha. Eu estava pensando em Nathaniel, e basta olhar para Felix para perceber que ele sabe disso.

Ele levanta a mão, e arquejo ao ser erguida no ar. Felix me mantém na altura de seu rosto, exibindo uma expressão que tenho dificuldade em decifrar.

— Me responda.

— Não é nada — me apresso em dizer. — Só estava pensando na técnica que você me ensinou, imaginando se consigo levitar algo mais pesado.

Felix me olha nos olhos e chega mais perto, pressionando o corpo contra o meu enquanto se inclina.

— Não minta para mim, Arabella — sussurra.

Ele segura minha nuca antes de enlaçar meu cabelo com força, mas sem causar dor. Felix vira minha cabeça, expondo meu pescoço. Ofego quando seus lábios roçam minha pele, e uma estranha excitação percorre minha coluna.

Ele beija meu pescoço, o toque suave, apesar da rispidez em sua voz.

— Lembre-se do nosso acordo. Você é *minha* esposa. Até o dia em que eu a libertar, não permitirei que pense em outro. Deixei você passar impune por uma ou duas vezes, na tentativa de manter a paz entre nós, mas agora chega. Eu *vou* erradicar cada um desses pensamentos dispersos se for necessário. Vou sobrescrever todas as lembranças até que eu seja a única coisa em que você consegue pensar.

Ele me ergue mais alto e beija minha garganta, seu toque quente em comparação com o ar frio ao redor. Felix aperta minha cintura com os braços, e engulo em seco enquanto faço força contra seu peito, o desejo que sinto apenas serve para alimentar a raiva.

— É só assim mesmo que você vai me ter, Felix. Presa e suspensa em pleno ar, sem condições de resistir ou de me soltar.

Ele congela, o movimento quase imperceptível.

— É o que continua me dizendo tanto nas palavras quanto nas ações — responde ele, falando baixo.

Felix me solta no chão, e ofego enquanto tento me equilibrar. Ele dá as costas e vai embora, sem olhar para trás uma única vez. Eu o observo, arrependida no mesmo instante pelas palavras que proferi em um momento de raiva, palavras nas quais acho que não acredito.

Felix

— Me desculpe, Felix.

Coloco o último pedaço de madeira de volta no celeiro antes de me virar para Arabella. Ela está parada diante de mim, a capa coberta de neve. Suas bochechas estão rosadas, e ela demonstra uma expressão genuína de remorso.

— Fiz uma promessa e não cumpri. Você tinha razão, eu estava pensando em Nathaniel. Não posso simplesmente parar de fazer isso, Felix. Estou tentando, juro, mas sou apenas humana. Ele é o homem com quem achei que iria me casar, alguém por quem passei vários anos apaixonada. Não posso só desligar isso, mas juro a você que estou tentando.

Acolho sua sinceridade e assinto. Quando lhe pedi tal promessa, nunca acreditei de verdade que houvesse uma chance de fazer as coisas funcionarem entre nós, mas, sempre que ela está diante de mim, acende uma centelha de esperança no fundo do meu coração estéril.

— Desculpas aceitas — digo apenas.

Não tenho coragem de admitir, mas não gosto de discutir com Arabella. Além do mais, sei que não devo ter esperanças de que ela realmente me queira e me escolha.

Arabella suspira de alívio e chega mais perto, seus olhos contemplando o estábulo pronto. Os reparos consumiram tanto da minha energia que temo ter de encurtar nossa viagem. Preciso retornar ao palácio em breve.

— Ficou ótimo — murmura ela. — Não acredito que você reconstruiu isso tudo em tão pouco tempo.

Balanço a cabeça.

— Demorou bem mais do que eu esperava.

Arabella se aproxima mais um passo, o que me surpreende. Não me lembro de em outra ocasião ela ter tomado a iniciativa de ficar ao meu lado dessa forma.

— Você deve estar com frio — diz ela, os olhos percorrendo meu cabelo, sem dúvida congelado. — Me disseram que esta região tem águas termais. Pelo que entendi, são grandes piscinas naturais ao ar livre. Isso pode ajudar. Por que não vamos até lá? Acho que não fica muito longe.

A ideia de água morna me traz um sorriso ao rosto.

— Não podemos ficar muito tempo — aviso. — Tenho que voltar para o palácio. Minha magia se esgotou, e me sinto esquisito. Estar no palácio vai me estabilizar.

Arabella assente e segura a ponta da minha manga. Ela não está exatamente segurando minha mão, mas com certeza está bem mais perto do que jamais esteve por vontade própria.

— Podemos voltar agora, se preferir.

Eu me inclino e afasto o cabelo dela do rosto.

— Não, vamos às termas. Elas são uma das poucas maravilhas que Eldiria ainda guarda.

Ofereço o braço, e Arabella o aceita sem a menor relutância. Me questiono se ela percebe que não me olha mais com nojo e ódio.

A neve cai pesada conforme caminhamos na direção da floresta, e ela fica quieta enquanto a conduzo por entre as árvores até uma área isolada. Arabella arqueja ao enxergar o vapor ao longe, a lua cheia iluminando o cenário com extrema beleza. Este é um dos poucos tesouros restantes em nosso império, e eu gostaria de poder mostrar para ela como eram as coisas antes. Eldiria sempre foi um país lindo, repleto de vegetação exuberante e maravilhas naturais. Mesmo se quebrarmos a maldição, acho que será impossível restaurar o que foi perdido.

— Você entra primeiro — digo a ela. — Posso virar de costas, caso a faça se sentir mais confortável.

Arabella arregala os olhos ao perceber as implicações de tomarmos banho juntos, e a vejo debater mentalmente se deve ou não sair correndo.

— Vá — insisto. — Estou ficando com frio, e não vou entrar se você não for.

Ela assente.

— Vire de costas — sussurra, e eu obedeço.

Não me lembro de sentir o coração disparado antes de nos casarmos, mas é o que acontece sempre que ela está por perto. Esperei por Arabella a vida inteira. E agora que ela está aqui… tudo parece tão surreal. Acho que, de certa forma, não é mesmo real. O único motivo pelo qual Arabella concordou em me ajudar é porque quer voltar para casa e para outro homem. Sua casa nunca será comigo.

Ouço Arabella andar pela floresta, e então ela arqueja. Sorrio para mim mesmo, desejando poder vê-la experimentar as termas pela primeira vez. Ainda me lembro da primeira vez em que mergulhei os pés nessas águas.

Assim que tenho certeza de que ela teve tempo o bastante para mergulhar, me viro e pego suas roupas, levando-as para mais perto da água. Paro junto à margem, prendendo o fôlego. Arabella está encostada contra o paredão de pedra, com os ombros mal passando da linha da água e um rubor rosado nas bochechas. Ela está linda.

Ela me observa enquanto desabotoo o uniforme preto, e amo o jeito como sua respiração acelera. Eu esperava que ela se virasse, mas seus olhos acompanham cada um dos meus movimentos. Ela morde o lábio quando levo as mãos à calça, e então nossos olhares se encontram. Ela parece perceber o que está fazendo e vira de costas depressa, me fazendo rir.

As coisas estão mudando entre nós. Não sei bem o que causou isso, mas fico grato. De vez em quando, Arabella me olha como se realmente me enxergasse – o homem por trás do mito.

Estou estranhamente nervoso quando entro na água. Ela me faz sentir tantas emoções que pensei estarem perdidas para sempre. Antes de

Arabella, eu me apegava aos últimos resquícios da minha humanidade. Estava entorpecido, sem viver de verdade. Fico arrasado só de pensar que esses momentos com ela não durarão para sempre. Só a terei enquanto a maldição estiver em vigor. Até no fim, a maldição fará com que eu sofra.

Eu me aproximo e pouso a mão em seu ombro. Arabella fica rígida e, por um momento, tenho certeza de que vai me afastar, mas então ela se vira e olha para mim. Sei que vou me lembrar desse momento para sempre. Apenas eu e ela nestas águas aquecidas, a neve pesada caindo ao redor. Quando tudo acabar, este momento me acompanhará até o fim. Ela é a única pessoa que já foi minha de verdade. É o que existe de mais próximo de uma família que jamais terei.

— Você parece cansado — comenta ela, e eu assinto.

— Usar meus poderes fora do palácio é muito mais exaustivo, e esse caso em particular não foi tão simples quanto eu imaginava no início.

Arabella me surpreende, colocando as mãos nos meus ombros, os olhos fixos em minhas clavículas enquanto massageia meus músculos doloridos. Nenhuma mulher fez algo assim por mim. Ela está tão próxima que eu poderia puxá-la para se encostar em mim. Imagino como ela reagiria caso eu fizesse isso. Pelas Fúrias, bastaria apenas um passo e ela sentiria como está me afetando.

Arabella ergue os olhos e me encara, sua respiração irregular.

— Eu não quis dizer aquilo — fala por fim, com a voz baixa.

— A que está se referindo?

— Quando falei que o único jeito de me ter seria presa e à força... não quis dizer isso. Eu não deveria ter falado algo assim.

Meus lábios se curvam em um sorriso, e eu a seguro, passando as mãos em sua cintura. Ela deixa escapar um arquejo suave, e me delicio com o som.

— É mesmo?

Arabella assente, as bochechas ficando vermelhas sob o luar que ilumina seu corpo. A água está escura demais para que eu enxergue suas curvas por completo, mas a mera sugestão já me deixa dolorosamente duro.

— Então prove — sussurro.

Ela arregala um pouco os olhos e depois chega mais perto, pressionando o corpo no meu. Seus braços envolvem meu pescoço, e eu gemo. Sentir seus seios apertados contra mim daquela maneira, meu pau encostado em sua barriga... Anseio por tomá-la nos braços e me enterrar fundo em sua umidade quente, mas preciso resistir.

— É um jogo perigoso este que você está jogando, esposa. Não subestime o quanto eu a desejo.

— Você me pediu para provar — sussurra ela, a voz trêmula.

Enfio a mão em seu cabelo e uso meus poderes para erguê-la um pouco mais alto, seus seios surgem por cima da água até ficarmos na mesma altura.

— Então prove.

A mão de Arabella treme ao vir me tocar. Ela segura meu rosto com delicadeza, o polegar roçando meu lábio inferior. Ela se inclina e me dá um beijo suave na bochecha, o que me pega desprevenido. Nunca fui tratado com tamanha ternura.

— Assim está bom?

Sorrio para ela e seguro seu queixo, inclinando seu rosto na direção do meu.

— Não é o suficiente.

Me inclino e roço os lábios nos dela, com carinho, com cuidado, dando chance para ela se afastar. Arabella fica tensa por um segundo, mas depois pressiona os lábios com mais força nos meus, tentando retribuir o beijo, ainda sem jeito. Sorrio antes de prender seu lábio inferior com os dentes, provocando-a antes de forçá-la a abrir a boca, beijando-a como fiz na noite anterior à nossa chegada.

Ela geme, o corpo roçando o meu enquanto tomo sua boca com força, meu pau deslizando entre suas pernas conforme aprofundo o beijo. A água começa a ficar mais quente – ou talvez ela esteja apenas fazendo meu corpo superaquecer de desejo. Seria tão fácil penetrá-la. Eu levaria apenas alguns instantes para tomar o que me pertence, mas não farei isso. Quero que ela se entregue por vontade própria, como aconteceu da última vez.

As mãos de Arabella deslizam pelo meu cabelo enquanto esfrego o pau nela, provocando-a. Será que eu conseguiria levá-la à beira de um orgasmo apenas assim? Convoco minha sombra e a deixo correr por seu corpo, fazendo Arabella sentir como se meus dedos estivessem acariciando sua boceta.

— Felix — geme ela. — Espere. Espere.

Meu coração se contorce, dolorido, mas paro de me mexer, respirando de maneira ofegante enquanto ela encosta a testa na minha. Nunca conheci tanto desejo, esse anseio de que ela me queira também.

Arabella passa a mão em meu cabelo, e gemo de surpresa e deleite quando ela me beija, afastando o sentimento de rejeição que eu sentia. Ela me abraça com força, me envolve com as pernas, e me inclino para trás enquanto a envolvo em meu abraço, aceitando tudo o que ela estiver disposta a me oferecer. Não consigo me lembrar da última vez que meu coração disparou desse jeito. Duvido já ter me sentido tão vivo. Arabella está destinada a salvar meu povo... mas suspeito de que ela já tenha me salvado. Ela me salvou de uma existência miserável e me deu algo pelo qual viver, e nem sequer percebe isso.

Nós dois olhamos para a lua, compartilhando um momento que nunca pensei que fôssemos ter juntos. Houve um tempo, não muito no passado, em que o silêncio entre nós doía. Quando foi que ele se tornou tão reconfortante?

Felix

— Como foi a viagem? — pergunta Elaine com uma empolgação mal contida.

Ela está rondando minha escrivaninha já faz uma hora. Eu estava me perguntando quanto tempo levaria até ela perguntar.

— Foi boa.

Cerro os dentes e continuo assinando a montanha de papéis que ela depositou na minha frente, autorizando a compra de mais armas e o pagamento mensal dos soldados. O império parece estar prosperando, mas mal conseguimos manter nosso povo alimentado e nossos territórios externos sem descobrir quanto as coisas estão ruins. Graças ao fato de sermos um refúgio, inúmeros feiticeiros e feiticeiras estão nos ajudando a cultivar plantações e a desenvolver armas que depois são transportadas regularmente para Eldiria, mas, não fossem por eles e pelas rotas comerciais bem-conservadas, boa parte de nossa gente já teria morrido de fome.

Espio a carta no canto da escrivaninha pela centésima vez nesta manhã, sentindo o coração pesado. Pedi a Elaine que separasse a correspondência que viesse de Althea de modo que eu pudesse usar os poderes alquímicos para transportá-las durante a viagem, mas havia esquecido de propósito. Arabella estava diferente na viagem.

Tinha deixado eu me aproximar e, pela primeira vez desde que descobri sobre a maldição, eu acreditava de verdade que talvez o amor pudesse quebrá-la.

Esse envelope vai nos custar caro. Sei o que ele contém. Provas da libertação e reintegração de Nathaniel Orathis, exatamente como ordenei. Fui tolo. Na tentativa de apaziguar Arabella, também solicitei uma carta de sua irmã. Isso apenas reforçará o desejo de Arabella em voltar para casa, mas não posso esconder a correspondência dela.

— *Boa*? A viagem não foi um sucesso?

Largo a pena e olho para Elaine com um suspiro. Ela não vai me deixar em paz enquanto eu não contar o que quer saber.

— Aí depende do que você considera *sucesso* — comentei, em tom seco.

— A imperatriz — declara ela, a voz contendo um toque de reverência. — As coisas não estão progredindo com ela?

Volto a olhar os papéis, sem saber como responder.

— As coisas estão progredindo — digo. — Ela tem o dom de manipular o ar. O controle é fraco, mas ela é forte. Não tenho dúvidas de que vai ficar poderosa rápido e subjugar a magia com facilidade.

Elaine se apoia na escrivaninha e me encara.

— Que bom — murmura, perdendo o entusiasmo de antes. — Mas o que ela sente por você? Conseguiu algum progresso nessa área?

Elaine faz parte da maioria que acredita que o amor nos libertará. Apesar de sua reverência pela lógica e de sua mente estratégica, ela se recusa a ouvir a razão. Suponho que eu faria o mesmo em seu lugar. O amor épico que ela compartilhou com Raphael a sustenta até hoje, muito depois de sua partida. Consigo ver como um amor parecido com o deles seria capaz de realizar o impossível.

Me lembro de como eles eram juntos, sempre irradiando felicidade, os dois inseparáveis. Embora Elaine nunca tenha dito tais palavras, sei que o único motivo pelo qual ela não sucumbe à maldição é porque tem esperança de que quebrá-la traga Raphael de volta.

Entrego os papéis assinados e começo a ler outra pilha, tentando ao máximo ignorar o olhar ardente da feiticeira.

— Nada de progresso então — diz ela, cruzando os braços, sua decepção palpável. — O que você fez?

Me inclino para trás e passo a mãos nos cabelos.

— Por que está presumindo que fui *eu* a fazer alguma coisa?

Como explico para Elaine que Arabella não tem intenção de ficar aqui comigo? Quanto mais me lembro desse fato, mais meu coração dói. *Você vai me deixar ir embora depois que tudo acabar. Você me pediu ajuda, não submissão,* disse ela. Nós nos aproximamos ao longo da viagem, mas, no fim, é tudo inútil. A carta reforçará seu desejo de manter o coração protegido, se é que ela já não fez isso. Talvez seja o motivo de Arabella não ter deixado as coisas progredirem entre nós nas termas; talvez pense que já cumpriu seu dever ao consumar o casamento, e qualquer coisa além disso seria uma tarefa indesejada.

— Você é um dos melhores homens que conheço e, com o tempo, a imperatriz enxergará isso também. Por favor, tenha paciência com ela, seja gentil. Não a afugente só para se proteger.

Os olhos de Elaine estão brilhando de sinceridade, e me esforço para formular uma resposta. Antes que eu tenha chance de dizer alguma coisa, porém, uma batida suave nos interrompe.

A porta é aberta sem meu consentimento prévio, e me levanto fazendo cara feia, apenas para paralisar ao ver Arabella entrando com uma bandeja de chá.

Ela para no meio do caminho, o olhar se alternando entre mim e Elaine com uma expressão que nunca vi em seu rosto. Eu não esperava que viesse me procurar, ela nunca fez isso antes.

Elaine pega os papéis que assinei e abre um sorriso rígido antes de baixar a cabeça em reverência.

— Vou providenciar para que tudo seja resolvido — declara ela, antes de sair apressada.

A sala cai em silêncio depois que Elaine fecha a porta, e volto a encarar meus papéis, me sentindo em conflito. Preciso entregar a carta que está na mesa para Arabella. Eu devia ter feito isso ontem, quando voltamos. Não posso adiar para sempre.

Arabella deposita a bandeja na escrivaninha, e eu a olho de relance, evitando encará-la. Não quero contemplar seus olhos cor de mel, que nunca vão me olhar do jeito que ela, sem dúvida, olha para aquele rapaz.

— Você tem estado muito ocupado desde que voltamos — comenta ela. — Faça uma pausa.

Olho para ela, incapaz de resistir à tentação. Ela está linda com esse vestido vermelho. O cabelo escuro desce pelo corpo, e os lábios parecem cor de cereja, mas são os olhos que me hipnotizam.

— Chegou uma carta de Althea — digo para ela, falando baixo.

Ela arregala os olhos, saudade e esperança lutando pelo domínio em suas feições, e isso me atinge profundamente. A simples lembrança daquele garoto a deixa com um semblante que me inspira ciúmes, e fico tentado a atear fogo na carta.

Em vez disso, entrego o envelope.

As mãos de Arabella tremem enquanto ela pega meu abridor de cartas, e fico observando com atenção enquanto ela lê a correspondência.

Ela leva a mão ao peito e suspira aliviada, com lágrimas se acumulando nos olhos.

— Ah, graças às Fúrias — sussurra.

— Não deveria agradecer a elas. Se quiser, terei prazer em enviar uma resposta para sua irmã.

Ela se vira para mim ao ouvir aquilo, arregalando os olhos.

— Obrigada, Felix — responde, encarando os pés, como se tentasse esconder que seus pensamentos voltaram para ele outra vez.

Não importa o que eu faça ou diga, não consigo tirá-lo de sua cabeça. Posso até conquistar países inteiros, mas não consigo fazer o mesmo com minha esposa. Se ela achasse que poderia escapar ilesa, provavelmente voltaria correndo para ele agora mesmo.

— Está tudo bem — respondo. — Arabella?

Ela aperta a carta contra o peito ao olhar para mim, com um sorriso no rosto. Ela já sorriu desse jeito para mim? O garoto nem aqui está, e mesmo assim ganha os sorrisos de Arabella com tanta facilidade.

— Você se desculpou comigo nas termas, mas devia ter sido eu a pedir perdão. Prometi que seria paciente com você, e não fui. Eu não devia tê-la prendido com meus poderes e a beijado no pescoço contra a sua vontade naquele dia na neve. Perdi a paciência, e meu comportamento foi inaceitável.

Ela relaxa a postura e me olha com uma expressão inquisitiva.

— Sou sua esposa — diz, a voz mal passando de um sussurro. — Me tocar é um direito seu.

Eu a encaro, imaginando se as coisas poderiam ter sido diferentes caso tivéssemos nos conhecido em outras circunstâncias. Minha mãe nunca aprendeu a amar meu pai, e Arabella parece estar seguindo pelo mesmo caminho. Será que vai acabar me amaldiçoando? Será que forçá-la a se casar comigo colocou meu povo em um risco ainda maior do que já estava correndo?

— Não tenho nenhum interesse em exercer *meus direitos* — digo a ela, e estou falando sério.

Quero que ela venha voluntariamente. Não por obrigação, mas porque me deseja.

Arabella parece surpresa, o corpo fica rígido ao ouvir minhas palavras. Ela me olha com uma pitada de raiva no rosto.

— Entendi. Suponho que deva ficar grata por isso.

Tomo um gole do chá que ela me trouxe, sem saber o que dizer. Deixo meus olhos percorrerem seu corpo e me esforço ao máximo para suprimir a raiva que sinto ao pensar em Arabella com aquele garoto.

— Você fugiu com ele — murmuro sem pensar, meu tom suave escondendo a ira incontrolável que sinto. — Só vocês dois... Não deve ter sido a única vez que ficou sozinha com ele.

Arabella fica tensa, um breve lampejo de pânico cruza suas feições antes que ela consiga escondê-lo.

— Aquela foi a única. É claro que foi. Eu era a princesa herdeira de Althea. Era vigiada o tempo todo. — Ela vira o rosto para a esquerda, como sempre faz quando tenta mentir ou esconder algo de mim.

— Ele tocou em você, Arabella?

Ela dá um passo para trás, os olhos arregalados de medo. Ela pode até não dizer, mas vejo o modo como está me encarando. Para ela, sou o monstro que a arrancou de sua família e do rapaz que ela ama. Sou o monstro que a mantém prisioneira.

— Não — sussurra ela, baixando os olhos. — Você *sabe* que não fui tocada, porque nós… Por favor, não o machuque, Felix. Eu imploro. Juro que estou me esforçando ao máximo para controlar meus poderes. Estou fazendo tudo o que posso. *Por favor*.

Então ela imploraria por ele, não é? A princesa herdeira de Althea sacrificaria seu orgulho pelo filho de um duque. Seu desespero para mantê-lo seguro é palpável, chega a ser sarcástico.

— Não vou — respondo. — Não vou machucá-lo.

Não adianta. Mesmo que eu o matasse, o garoto se tornaria para sempre a pessoa por quem ela suspiraria. Matá-lo não me ajuda. Nada pode me ajudar. Não nesse sentido.

— Obrigada — sussurra ela.

Desvio os olhos, sem saber o que há nessa conversa para despertar tantos sentimentos que eu achava que não tinha. Estou com *ciúmes*.

— Retribua continuando a fazer seu melhor para ajudar meu povo. Me encontre no pátio amanhã, e retomaremos os treinos.

Arabella assente, parecendo hesitante.

— Isso é tudo? — pergunto.

Até aquele segundo, eu queria tê-la comigo por todo o tempo que Arabella permitisse. Agora, porém, tudo o que desejo é retornar para uma época antes de conhecê-la. Gostaria de voltar para um tempo em que eu ainda não tinha descoberto o que era esperança.

Arabella

Felix se abaixa e pega um punhado de neve, aparentando estar impassível enquanto a conversa do dia anterior ainda ecoa em minha mente. Ele está diferente, mais distante.

— Acha que consegue fazer essa bola de gelo flutuar? É mais pesada do que as outras coisas que tentamos antes, mas tenho certeza de que você é capaz.

Mordo o lábio e balanço a cabeça.

— Não sei dizer, mas posso tentar.

Felix assente e arremessa a bola para cima, onde ela permanece.

— Como você sabe, nunca ensinei nada disso para ninguém — admite. — Eu mesmo nunca aprendi. Foi intuitivo, e suspeito que também teria sido assim para você caso não tivesse sido forçada a suprimir seus poderes. Dê tempo a si mesma, Arabella.

Felix continua indiferente, mas não consigo deixar de sentir que ele está me evitando desde que voltamos. Elaine tentou desculpar o comportamento do Imperador explicando que ele estava ocupado revisando os relatórios que chegaram durante nossa ausência. Ela explicou que, a cada vez que Felix conquistava um território, ele deixava o antigo governante no cargo, oferecendo proteção e recursos de outros países em troca de impostos e comércio. Todos os dias, Felix precisa lidar com as demandas e relatórios de uma nação diferente. Anda tão ocupado que a única vez que o vi foi em seu escritório. Mesmo com toda essa explicação, a sensação incômoda continua no fundo do meu peito, me dizendo que ele está me evitando. O que é estranho, porque vai contra o que combinamos. É ainda mais estranho depois de eu ter pensado que havíamos nos aproximado ao longo da viagem.

Suspiro e me abaixo, enrolando uma segunda bola de gelo. Aperto as mãos enluvadas uma contra a outra. Assim que a esfera fica pronta, olho para ela, tentando ao máximo fazê-la flutuar como fiz com a neve, mas nada acontece. Suspiro, derrotada, e Felix se aproxima. Ele apoia a mão no meu ombro e sorri.

— Não desista tão rápido, Arabella. Estou sentindo a energia fervilhar ao seu redor. Você está progredindo, mesmo que não seja visível.

Assinto e tento me concentrar no gelo em minha mão, ciente do toque de Felix em meu ombro. Pelo menos ele não está mais ativamente me evitando. Nada acontece, e minha frustração só aumenta. Ele ri e me lança um sorriso doce que faz meu coração disparar e meu estômago dar cambalhotas. Um calor diferente de tudo que já senti percorre meu corpo e, um instante depois, o gelo derrete de repente, vazando água em minha mão.

Felix encara meus dedos, incrédulo.

— Você… *derreteu* a neve.

O jeito como ele me olha faz meu coração se apertar de medo. Ele está me olhando do mesmo jeito que o joalheiro, com esperança nos olhos.

— Felix — sussurro, chocada. — Não faço ideia de como fiz isso.

Ele chega um passo mais perto e segura meu rosto, os olhos fixos nos meus.

— Tudo bem, Arabella. Contanto que tenha a habilidade, conseguirá dominá-la. Estarei com você para ajudá-la ao longo do caminho. Sabe o que isso significa? Se conseguirmos aquecer o solo, poderemos cultivar plantações em Eldiria em vez de depender das rotas comerciais. Poderemos alimentar nosso povo sem precisar arriscar a vida para reunir suprimentos.

Concordo com a cabeça, uma pequena parte de mim torce para que ele esteja certo. Para que eu ao menos faça a diferença de verdade.

— No que estava pensando quando o gelo derreteu?

Fico tensa, minhas bochechas ruborizam depressa. Quero mentir, mas não consigo. Não quando há tanto em jogo. Encaro Felix, certa de que minhas bochechas estão vermelhas feito fogo, e me obrigo a falar.

— Em você — sussurro. — Estava pensando na sua mão no meu ombro. Isso me distraiu.

Felix parece surpreso por um momento, e então a expressão em seus olhos se transforma em algo mais profundo, algo que faz meu coração bater um pouco mais depressa.

— Se isso é o que acontece quando encosto no seu ombro, então está explicado por que a temperatura do quarto aumentou tanto quando a levei para a cama e por que as termas pareceram ficar mais quentes naquela noite.

Coro intensamente ao me lembrar das duas ocasiões. Parte de mim achou que aconteceria de novo quando voltamos, mas Felix tem me evitado e, a cada noite, adormeço sozinha.

Ele se abaixa e prepara uma nova bola de gelo.

— Tente de novo — comanda, a voz carregada de entusiasmo.

Sorrio e seguro a bola de gelo, tentando ao máximo me concentrar, mas nada acontece. Felix me observa com atenção, e o medo invade meu estômago, mas meu fracasso não parece perturbá-lo. Ele sorri e segura minha mão livre, tirando a luva lentamente, me pegando desprevenida.

Eu o encaro, o coração em disparada. O que ele está fazendo? Felix vira minha mão e a leva aos lábios. Seus olhos estão fixos nos meus conforme ele beija meus dedos. Engulo em seco, e mil sentimentos diferentes me percorrem, assim como uma espécie de calor que parece queimar tanto por dentro quanto por fora do corpo. Isso é… o que é? Nunca senti nada parecido.

— Veja — sussurra ele, apontando com a cabeça para a minha outra mão.

Observo meus dedos, encontrando apenas água sobre a luva de couro.

— O gelo sumiu.

Assinto, confusa de várias maneiras. Está claro que as emoções regem meus poderes, mas eu não deveria sentir nada por Felix. Não deveria ser possível, certo? Mas não é só desejo. É algo mais.

— Vamos tentar de novo? — pergunta ele, me arrancando dos pensamentos.

Afasto a mão de perto dele e a seguro contra o peito.

— Não — sussurro, dando um passo para trás.

Viro as costas e saio correndo, com o coração acelerado, e os pensamentos incontroláveis. O que está havendo comigo? Ontem mesmo eu estava tão aliviada por saber que Nathaniel estava livre e que as coisas iam bem em casa. Quando li a carta de Serena dizendo o quanto ela sentia minha falta, jurei a mim mesma que voltaria para eles o mais rápido possível. Foi o que prometi para ela em minha resposta. Então por que a cada vez que Felix me toca, ele me faz querer ficar?

Arabella

Olho fixamente para a carta da minha irmã, relendo meus parágrafos favoritos inúmeras vezes.

Nathaniel e eu sentimos muito a sua falta. Estou preocupada, Arabella. Nós dois estamos. Gostaria que voltasse para casa. Se eu pudesse tomar seu lugar, eu o faria.

Casa. Voltar para casa é no que eu deveria estar focando, mas nem mesmo a carta de Serena tira Felix da minha mente. Continuo pensando no jeito como ele me tocou nas termas, no desespero em seus olhos e na conexão que senti. Ele me fez sentir o mais intenso dos desejos, algo muito maior do que apenas luxúria.

Deixo a carta de Serena de lado e pego um pedaço de pergaminho em branco quando sinto a magia girar dentro de mim, ansiosa por vir à tona. Não importa o quanto eu tente, meus pensamentos continuam voltando para Felix. Me pego querendo tocá-lo outra vez, e quero que ele me olhe como fez naquela noite sob a lua cheia nas termas.

O pedaço de papel em minhas mãos pega fogo. Solto um arquejo, em pânico por um instante, antes de perceber que o fogo não me machuca.

Fico olhando para as chamas, hipnotizada. Elas estão queimando o papel, mas não me atingem.

Talvez Felix esteja certo. Se eu conseguir controlar o fogo, posso derreter a neve que nunca para de cair. Será que eu conseguiria aquecer o solo o bastante para as plantações crescerem? Se for possível, poderei salvar muitas vidas.

Talvez seja nisso que eu deva me concentrar. É assim que quebraremos a maldição. É assim que voltarei para casa. Suspiro ao encarar as cinzas em minhas mãos, sem saber como invocar os elementos certos. O fogo pode ser destrutivo caso eu perca o controle. Grande parte do palácio é feita de madeira. Eu poderia causar danos incalculáveis.

— Que cheiro interessante.

Me viro ao ouvir a voz de Felix, minhas bochechas esquentam. Ele está encostado na porta, com uma aparência impressionante no uniforme preto-azeviche. A expressão em seus olhos faz meu coração disparar, e dou um passo para trás.

— Felix — cumprimento, o tom agudo em minha voz traindo meu nervosismo.

Ele me oferece um sorriso travesso e se afasta da parede, andando em minha direção.

— Primeiro você foge, e agora tenta incendiar nosso palácio. Devo me preocupar? É mais uma tentativa frustrada de causar minha morte?

— Eu… só estava praticando.

— Você estava tentando fazer nosso quarto pegar fogo? Querida, tudo o que precisa fazer para conseguir isso é deixar que eu a toque.

Não consigo evitar um sorriso tímido, aliviada por seu humor parecer mais leve hoje do que nos últimos dias. Felix não tem sido o mesmo desde que voltamos, mas, quando ele beijou minha mão no átrio, consegui vislumbrar o homem de quem eu começara a sentir saudades, aquele que está parado diante de mim neste momento.

Felix segura minha mão e limpa as cinzas que sobraram, desenhando círculos em minha palma com o polegar.

— No que estava pensando para invocar o fogo?

Ele me lança um olhar suplicante, quase como se temesse minha resposta.

Percorro seu corpo com os olhos, parando em sua calça antes de me recompor e desviar o rosto, minhas bochechas em chamas.

— Em nada — sussurro. — Nada mesmo.

Felix chega mais perto, e eu recuo, esbarrando na cômoda às minhas costas. Ele sorri e segura minha cintura, me erguendo com facilidade para cima do móvel.

— Ah, é?

Assinto, mesmo sabendo que nunca consigo mentir para Felix sem que ele perceba. Seus olhos brilham de diversão, e me pergunto se ele sabe quanto fica bonito quando sorri desse jeito. Quanto mais tempo passamos juntos, mais fácil fica vislumbrar suas expressões através das veias em movimento que tentam escondê-las.

Engulo em seco conforme ele se aproxima de mim e abre minhas pernas, se posicionando entre elas. Ele está tão perto. A posição é semelhante àquela da noite nas termas, mas, ao mesmo tempo, completamente diferente.

— Segure isto — diz ele, me entregando outra folha de pergaminho. — Vamos ver se consigo ajudá-la a praticar.

Pego o papel com os dedos trêmulos, e Felix sorri, enfiando a mão no meu cabelo. Ele vira minha cabeça de lado, expondo meu pescoço antes de se inclinar, e um suspiro suave escapa dos meus lábios enquanto ele beija minha garganta com suavidade.

Meu coração dispara tão alto que tenho medo de Felix ouvir. Tento fechar as pernas em um esforço para conter o desejo, mas, em vez disso, o movimento apenas o puxa para mais perto, prendendo-o entre meus joelhos. Antes que eu tenha a chance de desfazer o erro, ele aperta minha coxa e ergue minha perna mais para cima.

O calor começa a ferver ao meu redor e por dentro do meu corpo, e Felix se afasta. Em vez de olhar para mim, porém, seu foco recai em minha mão. Ele sorri ao encontrar apenas cinzas e algumas brasas remanescentes.

— De novo — ordena, me entregando outro pedaço de pergaminho.

Pego o papel, meu coração disparado e o corpo tomado pelo desejo. Aperto o pergaminho com força enquanto Felix sorri e se inclina, seus dedos envolvem meu queixo. Ele segura meu rosto no lugar conforme se aproxima, roçando os lábios na curva do meu maxilar. Pressiona beijos suaves na minha pele, um após o outro, chegando mais perto do canto da minha boca a cada carícia.

Assim que alcança meus lábios, ele se afasta. Mais uma vez, seus olhos correm para minha mão, e ele sorri enquanto sopra as cinzas.

— De novo.

Tenho certeza de que minhas bochechas estão vermelhas quando ele me entrega outro pedaço de pergaminho. Estou tremendo de desejo ao pegar o papel, ansiando por mais do que Felix está fazendo comigo.

Ele sorri ao me abraçar, a mão envolvendo minha nuca. Prendo a respiração quando ele inclina a cabeça, mais uma vez beijando o contorno dos meus lábios.

Meu corpo se mexe por vontade própria, arqueando as costas, o movimento faz minha boca roçar na dele. Felix ri baixinho, o som reverberando pelo meu corpo quando ele finalmente me beija, os lábios capturando os meus por completo.

O beijo parece diferente hoje. Mais intenso. Sua língua roça meus lábios, e eu os entreabro por instinto, me perdendo nas sensações que Felix desperta em mim. A maneira como ele move o corpo contra o meu, sem nenhuma intenção de esconder o próprio desejo, apenas aumenta meus anseios. Seus dedos apertam minha coxa, o toque se tornando mais bruto, como se ele estivesse tão dominado pelo desejo quanto eu.

Assim que ergo as mãos para abraçá-lo, porém, ele se afasta, encostando a testa na minha.

— Então está provado. Você não me queimou. A única coisa que pegou fogo foi o pergaminho. Você tem mais controle do que imagina, Arabella.

Ele se afasta, o olhar fixo em meus lábios. Felix sorri para mim antes de se virar, e só me resta observar suas costas enquanto ele se encaminha para fora do quarto, meu corpo ainda aquecido por causa do beijo.

Felix

Ainda não parei de pensar no jeito como Arabella retribuiu o beijo – como parecia querer mais. Havia algo em seus olhos, algo que não consigo identificar, mas que também não posso ignorar.

Durante todos os anos que vaguei por esta terra, não houve muita coisa que realmente considerei me pertencer. Até o palácio em que vivo pertence ao reino, não a mim. Assim como a maioria dos meus pertences. Sendo o governante, não considero nenhuma das coisas que me cercam como minhas. Nada nem ninguém… até ela. Há algo em Arabella a que acho difícil resistir.

Hesito para entrar no quarto. Desde que voltamos, me certifico de que Arabella esteja dormindo profundamente antes de me juntar a ela na cama, minha mente traiçoeira lembrando o tempo todo que ela me interrompeu nas termas e que um dia vai partir. Sei que nunca fui quem ela deseja, mas, esta noite, não consigo me obrigar a manter distância.

Entro e encontro Arabella diante do espelho no canto do cômodo, as mãos segurando os laços do espartilho. Ela parece surpresa ao me ver, e abro um sorriso trêmulo. Reconheci o desejo em seus belos olhos cor de mel hoje à tarde, e sei que ela gostaria de não sentir isso. Posso dizer que Arabella está em conflito desde que leu a carta vinda de Althea.

Eu me encosto na porta e me inclino, encontrando seu olhar no espelho. Ela afasta as mãos do espartilho, a respiração acelerando de leve. Suas bochechas estão rosadas, e ela me olha do mesmo jeito que fez nessa tarde.

Ergo a mão, usando meus poderes para soltar o laço do espartilho. Arabella arqueja, arregalando os olhos, e disfarço o sorriso enquanto continuo a desfazer os nós. Observar suas expressões me traz um prazer imenso. Ela parece achar que sabe esconder seus sentimentos, mas os olhos… Eu amo os olhos de Arabella.

O espartilho se solta, caindo no chão antes de ela ter a chance de agarrá-lo e mantê-lo no lugar. Arabella segura o camisolão que veste por baixo, tentando ao máximo cobrir os seios, e sorrio ao passar para a saia. Esta, por sua vez, também tem uma infinidade de laços e nós.

Como as mulheres conseguem usar tais coisas está além da minha compreensão. Levo um minuto inteiro para abrir a maldita saia, e então a peça também cai, deixando Arabella apenas com o camisolão folgado. Quero tirar essa camada também, mas é melhor não abusar da sorte. Não tenho dúvidas de que a adaga que dei para ela está em algum lugar próximo, e não desejo vê-la apontada para mim.

— Pensei que não estivesse planejando me tocar. Você não *tinha interesse* em exercer *seus direitos*, não era isso?

Ela fica com as bochechas vermelhas, e por fim entendo. Arabella está brava porque falei que não exerceria meus direitos. Minha bela esposa pode não ter notado, mas ela me deseja mais do que deixa transparecer, mais do que admitiria para si mesma.

— Eu não *toquei* em você.

— Eu senti suas mãos!

Ergo as palmas com uma expressão inocente no rosto.

— Mas elas estavam bem aqui.

Vez por outra, Arabella solta as rédeas do próprio temperamento. É nesses momentos que ela age como imagino que uma esposa agiria. Adoro o fogo em seus olhos, a aspereza em sua voz. Adoro quando ela me trata sem medo, como se fôssemos iguais. Não há ninguém no mundo que ousaria fazer algumas das coisas que ela faz sem nem notar.

Dou as costas e me afasto antes que fique tentado a provocá-la ainda mais. Não tenho dúvidas de que minha esposa seja uma criaturinha letal, e é melhor não forçar além do ponto. Adoraria ter outra oportunidade para castigá-la, mas posso dispensar o derramamento de sangue.

— Venha — chamo, ignorando o bom senso. — Me ajude a tomar banho.

— Q-quê?

— Me ajude a tomar banho — repito, deixando minha capa cair no chão enquanto caminho para o banheiro. — Ou prefere que as criadas me ajudem?

Arabella fez menção de assentir, então acrescento:

— Ou talvez eu deva chamar Elaine.

Ela congela, e me viro para encará-la. Observo enquanto ela range os dentes, com um toque possessivo cruzando seu olhar. Arabella pode não nutrir sentimentos por mim, mas me considera *seu*. Não é muito, mas é melhor do que eu poderia esperar.

Começo a me despir, deixando que ela decida se vem atrás de mim ou não. Estou quase desabotoando o uniforme quando ouço seus passos, e não consigo conter o sorriso. Que estranho. Nenhuma mulher me fez sentir essas coisas, então por que Arabella? Por que ela tem tanto poder sobre mim?

— Me ajude a tirar as roupas — digo, me virando para ela.

Posso ter dito que não vou exercer meus direitos, mas tenho total intenção de provocá-la a me tocar.

Arabella me encara, as bochechas vermelhas enquanto os olhos percorrem meu peito e meu abdômen expostos. Ela chega mais perto, com as mãos tremendo ao segurar as lapelas do uniforme e o abaixar até meu ombro.

Eu a observo com atenção, imaginando o que ela está pensando. Será que Arabella considera meu corpo repulsivo? A maioria das pessoas acha que sim, mas, de alguma forma, me pego desejando que com ela seja diferente. A casaca do uniforme cai no chão, e ela continua mais para baixo, apoiando as mãos no cós da minha calça. Pelas Fúrias.

Seu toque está me afetando mais do que eu esperava. Pretendia apenas provocá-la um pouco, mas parece que sou eu quem está sofrendo agora.

— Vá verificar a temperatura do banho — digo a ela.

Arabella afasta as mãos, e fecho os olhos, rezando por compostura. Seria mais fácil se ela não fosse tão bonita? Ou se aquele camisolão não ficasse tão transparente à luz das velas?

— A temperatura está boa — declara Arabella enquanto termino de me despir, incapaz de esconder meu desejo.

Ela arregala os olhos ao me observar entrar na banheira, e suspiro de alívio quando me escondo dela. É isso que os sacerdotes chamam de carma? Uma punição instantânea por tentar seduzir minha esposa?

— Venha cá — chamo, sem querer reconhecer a derrota.

Ela se ajoelha ao meu lado, com a respiração irregular e o rosto profundamente vermelho. O que só a deixa mais bonita. Fico imaginando como ela ficaria por baixo de mim.

Entrego o sabonete para Arabella, que o segura com as mãos trêmulas. Achei que ela fosse se recusar e iria embora, mas há mais curiosidade em seus olhos do que qualquer outra coisa. Se não me engano, há um toque de desejo também. É tênue, mas está lá. Por *mim.*

Pensei que ela esfregaria o sabonete em minha pele, mas, em vez disso, ensaboa as mãos e larga a barra. Fico tenso quando ela apoia os dedos em meus ombros, se demorando ao massagear a espuma.

— Você já fez isso antes?

A simples ideia de que ela tenha tocado outro homem me deixa furioso.

— Para ninguém além de você, mas sou familiarizada com o conceito de um banho.

Contenho um sorriso, escondendo o fato de que aprecio imensamente seu humor ácido. Duvido que ela tenha noção de que ninguém mais ousaria fazer piadas comigo. Pensei que ser casado seria um incômodo, mas estou preenchendo um vazio que não sabia que existia.

— Junte-se a mim — murmuro.

Suas mãos interrompem o movimento, e me viro para ela, envolvendo sua cintura e a puxando antes que Arabella tenha chance de recusar.

Ela arqueja quando seu corpo é submerso na água, o camisolão branco ficando transparente depressa.

— Felix! — grita ela, e faço força para não rir diante da indignação em seu rosto.

— É mais fácil você me lavar estando aqui comigo — explico, mantendo minhas feições cuidadosamente impassíveis.

Ela me encara, como se tentando descobrir se estou sendo sincero, e me sinto mal no mesmo instante. Isso tudo é novo para ela. Não apenas eu e o casamento, mas todo esse ambiente. Ela acaba com a solidão que sempre senti, mas, em troca, só estou lhe causando sofrimento e desconforto.

— Peço desculpas — digo a ela, meu humor azedando. O tempo que passamos viajando juntos borrou os limites, e me permiti acreditar que este casamento é real, quando, na verdade, não é. — Você não precisa fazer isso.

Arabella se ajoelha entre minhas pernas e balança a cabeça.

— Você é meu marido — sussurra. — Quero ser a pessoa que faz isso para você. Não acredito que seja esse monstro todo que pensa que é, apesar das coisas inomináveis que continuam a sair da sua boca.

Suas palavras me desarmam, e me inclino para trás a fim de observá-la. Arabella apoia as mãos abertas em meu peito, a roupa de baixo molhada e grudada delineando seu corpo magnífico. Não me lembro da última vez que desejei uma mulher tanto quanto desejo minha esposa.

Seguro seus pulsos, mantendo-os no lugar.

— Eu…

Não sei bem o que estou tentando dizer.

Não sou como a maioria dos homens, Arabella.

Vou machucar você.

Corra enquanto é tempo.

Não me deixe entrar.

Meus olhos vagam por seu rosto, por seu corpo. Ela é perfeita. Não percebi da primeira vez em que a vi no espelho de Pythia, mas ela é a mulher mais linda que já encontrei. O cabelo escuro e comprido, os olhos cor de favo de mel. Os lábios que quero tanto voltar a provar.

Ela é linda, mas não é só pela aparência. É a energia que Arabella exala. Nunca conheci alguém tão pura. Isso me faz querer corrompê-la. Possuí-la. Profaná-la.

Eu me inclino, e ela fecha os olhos, a respiração acelerando. Seu torso sobe e desce, os mamilos duros à mostra para mim.

Eu não tinha nenhuma intenção de tentar quebrar a maldição através do amor. Essa opção sempre me pareceu ridícula. Mas, com Arabella, me vejo desejando o impossível.

Meus lábios roçam os dela, suaves, delicados, como se eu não tivesse certeza do que estou fazendo. Um suspiro baixo escapa de Arabella e, para minha surpresa, ela não se afasta.

— Retiro tudo — murmuro contra seus lábios. — Retiro o que disse. Estou exercendo meus direitos.

Diminuo a distância entre nós, beijando-a de leve. Ela se inclina para mim, e capturo seus lábios em movimentos suaves e lentos, quase como se o momento pudesse se quebrar a qualquer instante.

Arabella passa os braços pelo meu pescoço, e eu a ergo pela cintura até colocá-la sentada em meu colo, me montando. Enterro uma das mãos em seu cabelo e a beijo mais fundo, com mais intensidade, arrancando gemidos fracos.

Ela se move em cima de mim, e solto um grunhido, desejando mais. É como se o som a tirasse do transe, porém, porque ela congela e se afasta de mim.

O olhar em seu rosto só pode ser descrito como dividido, e eu me retraio em derrota enquanto ela se levanta depressa, fugindo antes mesmo que eu tenha a chance de impedi-la.

Esfrego a mão pelo rosto enquanto a porta do banheiro se fecha, luxúria e arrependimento se misturando em mais uma sensação desconhecida.

Me levanto para ir atrás dela, mas, quando chego ao quarto, Arabella não está lá, e a cama está vazia.

Felix

Minha querida esposa conseguiu me evitar durante três dias e, pela primeira vez em décadas, não estou entendendo ao certo o que passa pela cabeça de uma pessoa. Arabella segue me dando esperanças de que talvez também me deseje. Mais de uma vez, porém, ela fugiu no instante em que tomei alguma iniciativa.

Ergo uma sobrancelha e me encosto ao parapeito da janela enquanto a observo atravessar o átrio carregando uma grande pilha de lenha. O que estará planejando agora? Fiel à sua palavra, ela tem se esforçado dia e noite para controlar seus poderes.

Eu a vejo largar a pilha na neve, ficando com um único toco de lenha nas mãos. Ela fecha os olhos e fica em silêncio, como se comandando a madeira a pegar fogo sozinha.

— Excelência — chama um dos conselheiros. Me viro para ele, irritado com a interrupção. — Eles têm ouro. Acho que devemos considerá-los como um possível alvo de conquista.

Olho para o mapa e assinto. Estou cansado de conquistar e de, por consequência, ter que administrar tantos territórios apenas para manter meu povo vivo e proteger os incontáveis usuários de magia que continuam a ser perseguidos. E, ainda assim, não consigo salvar todos.

Dou mais uma espiada pela janela e vejo Arabella ainda de pé no meio do átrio, a neve acumulada tão alto que apenas metade dela está visível. Posso não ser capaz de salvar meu povo, mas *ela* é capaz. Quando Arabella apareceu pela primeira vez no espelho de Pythia, não tive certeza sobre ela. Agora enxergo com clareza. Seus poderes vão nos salvar.

Sempre soube que não seria o amor. Era uma ideia ridícula, mas, de qualquer maneira, fico decepcionado. A coisa certa a fazer seria manter a distância e me concentrar em ajudá-la com a magia, mas não consigo resistir.

— Assuma a reunião — digo para Elaine, e ela sorri.

Ela vem testemunhando a mudança entre nós, e suspeito de que esteja mais feliz com isso do que Arabella jamais ficará. Eu sei por que Arabella está se contendo. Ela ainda se apega à vida que tinha antes e ao homem para quem quer voltar.

Estou inquieto enquanto desço as escadas, a distância entre a sala de audiência e o átrio do palácio parece maior que nunca. Não me lembro da última vez que atravessei esses corredores tão depressa, mas estou impaciente para alcançá-la.

Dou um suspiro de alívio quando a vejo parada no meio do átrio. A neve cai pesada ao redor de Arabella, mas ela continua imóvel, tentando ao máximo se concentrar. Algo em minha esposa mexe com meu peito.

Caminho para mais perto e solidifico o ar acima dela, criando uma proteção contra a neve. Ela olha para cima e então se vira. Parece etérea, e valeu a pena esperar por sua chegada. Quando seus olhos pousam nos meus, meu coração dispara, como sempre parece acontecer quando ela está por perto.

— Felix — sussurra ela, as bochechas ficando vermelhas depressa.

— Não vai ter para onde fugir hoje, lindeza.

— Não estou fugindo — nega Arabella.

Sorrio e ponho as mãos em seus ombros, virando-a de modo que fique de costas para mim.

— Tem certeza? — pergunto, me inclinando até pressionar o peito em seu corpo. Estico os braços e a abraço por trás.

— É claro que tenho — declara ela, mas sem conseguir esconder o tremor na voz.

Sorrio e a aperto com mais força.

— Tenho a impressão de que você não está tendo muita sorte com a lenha — murmuro, roçando os lábios em sua orelha.

Arabella estremece, e dou risada.

— Me deixe ajudar. Feche os olhos, meu bem.

Parte de mim acha que ela me desafiaria, mas ela fecha os olhos sem reclamar.

— Vou contar o que acontece quando *eu* fecho os olhos. Vejo você, Arabella, sentada à minha frente em nosso banho, a água deixando sua roupa de baixo transparente. O tecido grudado na pele, seus mamilos escuros ficando duros e claramente visíveis. Na minha imaginação, eu me inclino, beijando sua boca primeiro antes de seguir para o pescoço.

Movo meus lábios, posicionando-os logo abaixo da orelha de Arabella.

— Nos meus pensamentos, beijo você bem aqui. — Deposito uma carícia suave em seu pescoço, apreciando a forma como isso a faz estremecer. — Depois eu desço, beijando sua clavícula, até chegar ao seio. A sua roupa de baixo? Eu a rasgo ao meio, até que você fique totalmente exposta, completamente pronta para ser minha.

Arabella treme em meus braços, a respiração acelerada. Posso não ser dono do seu coração, mas terei seu corpo. Vou aceitar isso primeiro, até que ela se renda e me dê tudo. Quero cada pensamento, cada desejo. Quero seu amor. Mas, primeiro, preciso seduzir minha esposa. Talvez não seja certo, mas nunca fui um homem honrado.

— E então, finalmente, sinto o gosto do seu corpo. Fecho os lábios sobre seu mamilo e fico ouvindo você gemer por mim enquanto eu o chupo.

Ela ofega, e sorrio ao virar a mão para dentro, mantendo o abraço enquanto seguro seu seio entre os dedos, meu polegar roçando o mamilo.

— Vou descendo em uma trilha de beijos, até chegar no seu ventre. Depois, levanto você no ar e…

Antes que eu possa terminar a frase, a lenha em suas mãos irrompe em chamas. Arabella a solta, e a madeira chia até apagar. Ela se vira em meu abraço, passando as mãos em meu pescoço, e sorrio para ela.

— Você conseguiu.

Ela faz que sim.

— Você viu isso? Fiquei tão surpresa que deixei cair. Mas eu consegui mesmo!

Abro um sorriso, sua empolgação é contagiante.

— São os pensamentos, meu amor. É possível alimentar a magia com os pensamentos. O desejo parece ser um canalizador para o seu fogo.

Eu a abraço pela cintura, mantendo-a próxima para que ela não tenha chance de escapar. Faz alguns dias que não ficamos assim tão perto, e não vou desperdiçar a oportunidade.

— Tente de novo — peço. — Há pedaços de lenha no chão. Canalize seus pensamentos e ateie fogo neles.

Arabella hesita.

— Estou preocupada, Felix. E se eu colocar fogo em outra coisa?

— Não vai. A cada vez que beijei você, apenas o pergaminho foi incendiado. Você poderia facilmente ter me queimado, mas não o fez. Hoje, de novo, foi só a lenha que pegou fogo. Contanto que você tenha um alvo em mente, a magia encontrará o caminho. Você precisa confiar nela.

Arabella assente e desliza os braços até segurar as lapelas do meu uniforme. Ela fecha os olhos, e observo suas bochechas ficando rosadas, os lábios se curvando em um sorriso discreto. Gostaria de saber no que ela está pensando. Fico tenso ao perceber que pode não ser em mim. Quando ela fecha os olhos, pode muito bem estar pensando naquele garoto.

Será que Arabella ficaria nos meus braços enquanto pensa em outra pessoa? Minha raiva aumenta quando vejo a neve por trás dela derreter, uma grande chama surgindo. Era o resultado que eu esperava, mas a vitória parece amarga.

Arabella abre os olhos e sorri, mas sua alegria não dura muito. Seu sorriso se desfaz conforme ela me observa, e resisto à vontade de fazer a pergunta para a qual preciso de uma resposta.

— Não consigo mais me segurar — digo a ela.

Arabella morde o lábio, o semblante cheio de fogo.

— O que isso significa? — sussurra.

— Significa que vou garantir que, toda vez que você fechar os olhos, vou ser a única coisa que você enxerga. Vou explorar seu corpo e aprender cada pequena coisa que a faz gemer, até você ter tantas memórias que não vai precisar fantasiar para invocar seu fogo. Vou invadir cada pensamento seu até que você sussurre meu nome enquanto dorme.

Vou apagar todas as lembranças daquele garoto e substituí-las por pensamentos sobre mim.

Vou fazer você se sentir tão bem que nunca mais desejará outro.

Vou tomar seu corpo, repetidas vezes, até você me entregar seu coração.

— Vou fazer com que seja minha.

Arabella

Estou mais do que nervosa enquanto corro os dedos pela renda na manga do meu vestido. Passei o dia inteiro pensando nas palavras de Felix. O olhar em seu rosto quando ele disse que me faria sua... as coisas que falou. Parte de mim suspeita de que ele só está agindo assim porque sabe que me ajudará a aprimorar os poderes de que seu império precisa, mas outra parte torce para que seja mais que isso.

Quando foi que parei de enxergar Felix como um monstro? Quando foi que comecei a considerá-lo meu marido não apenas no nome? Foi durante a viagem, quando ele me mostrou uma vulnerabilidade que, com certeza, nunca exibiu para ninguém? Ou talvez tenha sido quando me entregou a carta de Serena. Pouco depois, ele se ofereceu para continuar levando e trazendo cartas para mim, e fez isso sem uma única reclamação. Talvez tenha sido o jeito como ele me beijou durante o banho, ou como me protegeu da neve hoje à tarde. A cada interação, ele mina minhas reservas, abrindo espaço para si em um coração que eu julgava estar ocupado.

— Sempre me pergunto no que você está pensando.

Me viro ao ouvir sua voz, levando a mão ao peito em um esforço para acalmar meu coração em disparada.

— Não ouvi você entrar.

Felix caminha pelo quarto e abre a casaca, deixando-a cair no chão.

— Me chamam de Imperador Sombrio por um motivo, meu bem.

Ele se aproxima e segura meu rosto com gentileza, e paro por um momento para estudar os pontinhos dourados em seus olhos. Nunca vi nada parecido e, a cada vez que olho para suas íris, elas me hipnotizam ainda mais.

Felix esfrega devagar o polegar em meu lábio. Observo sua expressão mudar da admiração para o desejo, e me lembro das palavras que ele sussurrou em meu ouvido mais cedo.

— Eu estava falando sério hoje.

Assinto.

— Eu sei.

— Me diga que também quer isso, Arabella. Diga que deseja meu toque tanto quanto eu desejo seu corpo.

Hesito, com as palavras presas na garganta, o nervosismo e o medo roubam minha voz.

— Fale que não, meu amor. Fale que não e eu a deixarei em paz. Não vou mais forçar meu afeto. Eu disse uma vez que nunca a tomaria contra a sua vontade, e essa promessa ainda é verdadeira, independentemente do nosso acordo.

Balanço a cabeça, e Felix congela, me interpretando errado. Sua mão escorrega do meu rosto, mas eu a seguro antes que ele tenha a chance de fugir. Entrelaço nossos dedos, apoiando nossas mãos unidas em meu peito. As veias em seu rosto se movem em padrões, revelando partes diferentes do rosto a cada poucos segundos. Apenas alguns meses atrás, o rosto de Felix me causava repulsa, mas agora me flagro procurando vislumbres dele através das veias pretas que deslizam por sua face.

— Eu quero — sussurro. — Eu... eu também quero.

Não devia, mas quero. Estou cansada de me sentir culpada pelo meu desejo. Cansada de fingir que não quero mais das sensações que ele incutiu em mim, cansada de lutar contra tudo isso.

Fico na ponta dos pés e pressiono os lábios nos dele, tão atrapalhada que temo ter cometido um erro. Antes que eu me afaste, porém, Felix segura meu cabelo e me beija de volta.

Ele geme contra meus lábios e me puxa para mais perto, até colar o meu corpo ao dele. O jeito como sua língua se move na minha me causa arrepios.

Felix envolve minha cintura com as mãos, e ofego quando ele me ergue para cima da mesma cômoda em que nos beijamos.

— Estou com vontade de fazer isso desde aquele dia — murmura.

Seus dedos traçam as alças do meu vestido, e ele me encara enquanto empurra uma delas para longe do meu ombro.

Felix sorri e se inclina, os lábios pairando sobre os meus.

— Fiquei com vontade de fazer muito mais do que somente te beijar. — Seus lábios capturam os meus, e gemo enquanto ele se demora, me beijando com carinho e delicadeza. — Fiquei com vontade de fazer tudo o que falei para você hoje, e muito mais. — Ele desce até meu pescoço, e ofego quando ele suga minha pele, experimentando uma sensação estranha. Chega a doer um pouco, mas há algo na rudeza do gesto que faz meu corpo tremer. — Fiquei com vontade de te marcar como minha.

Felix se inclina para trás e admira meu pescoço com satisfação, me fazendo levar os dedos ao local por instinto. Seja lá o que ele tenha feito, o jeito como me olha faz meu coração disparar.

Ele sorri antes de se inclinar de novo, os lábios roçando minha garganta. Ele deposita beijos suaves em minha pele, desacelerando enquanto eu desejo *mais*. Não sei exatamente o que estou querendo, mas sei que preciso de mais.

— Felix — murmuro em protesto, fazendo-o rir.

Ele segura minha cintura e me puxa para mais perto, nossos corpos pressionados enquanto os lábios encontram os meus. Me perco em seu toque, na maneira como ele se movimenta e nas sensações que ele me faz experimentar. Nunca me senti tão viva, tão desejada, tão completa.

Sou erguida da cômoda, mas a boca de Felix não abandona a minha. Ele me carrega até a cama, e eu o envolvo com as pernas, a saia sobe até se acumular na altura dos quadris. Achei que ele me colocaria na cama, mas, em vez disso, ele me pressiona contra um dos apoios do estrado.

— Você me deixa louco — sussurra em meus lábios. — Antes que a noite acabe, quero que você se sinta tão desesperada quanto eu. Quero você delirando, cada um dos seus pensamentos preenchidos por mim.

Me inclino para o estrado, encontrando seus olhos. Nossa respiração está pesada, ambos perdidos no momento.

— Você já invadiu todos os meus pensamentos, Felix, quer eu goste disso ou não.

Apoio a mão trêmula em sua bochecha e me inclino para pressionar os lábios nos dele. Felix geme, a ereção pressionada entre minhas pernas, aliviando uma ânsia desconhecida. Ainda assim, o gesto não leva embora meu desejo. Sinto o calor fervilhar ao redor de mim e direciono a magia para longe, rezando para não atear fogo no quarto. A lareira já está queimando mais forte do que antes.

Felix me beija com mais vontade, os movimentos rudes e menos controlados. Vê-lo perder sua postura gélida por minha causa é uma das coisas mais sensuais que já experimentei, e quero mais disso.

— Estou tentando me demorar com você, querida, mas você torna isso impossível.

Felix estala os dedos, e meu vestido desaparece junto do espartilho, ambos reaparecendo no chão um segundo depois. Ele olha para baixo e morde o lábio por um segundo antes de se inclinar, depositando beijos em meus mamilos endurecidos através do tecido do camisolão. Respiro fundo, o calor em seus lábios produz calafrios em meu corpo. Felix se afasta e sorri, como se estivesse satisfeito com a minha reação. Ele me encara enquanto estala os dedos de novo, e ofego ao sentir minha roupa de baixo sumindo, me expondo para ele.

Tento cobrir os seios, mas ele nega com a cabeça.

— Não. Não se esconda de mim, Arabella. Uma beleza assim jamais deveria ficar oculta.

Ele segura meus seios e roça os polegares pelos mamilos nus, a aspereza do toque cria uma explosão forte de desejo em meu ventre.

— Felix — gemo, a luxúria tomando conta do meu cérebro.

Deixo minhas mãos percorrerem seu peito, puxando o uniforme, a impaciência domina cada movimento que faço. Felix me encara e sorri ao estalar os dedos de novo, revelando o peito nu. Engulo em seco enquanto observo seus músculos fortes, enfim me permitindo tocá-lo livremente. Veias grossas deslizam sobre sua pele, deixando a maior parte do corpo preta feito tinta, os músculos obscurecidos. Ainda assim, corro as mãos por cima dele, ansiosa pelos poucos momentos em que as veias se movem e me mostram um pequeno vislumbre dele.

Quase suspiro de alívio quando Felix me põe na cama. Fico sentada com as pernas penduradas na beira do colchão enquanto ele se posta diante de mim, nossos olhos se encontram. Felix estala os dedos mais uma vez, e fico completamente nua.

Ele se ajoelha na frente da cama e afasta minhas pernas, meu constrangimento e insegurança aumentam a cada segundo.

— Felix — murmuro, sem jeito.

Ele me olha com uma expressão afogueada.

— Confia em mim? — pergunta, e eu assinto. — Venho fantasiando fazer isso com você de novo há semanas. Deite-se, meu amor. Você não gostou da última vez?

Obedeço, mordendo o lábio quando ele se inclina e me dá um beijo suave bem no meio das pernas, no ponto em que mais o desejo. Sinto a energia vibrar no fundo do peito, por toda a minha pele e, mais uma vez, tento ao máximo empurrá-la pela janela, ansiosa por canalizá-la, mas com medo de incendiar alguma coisa esta noite.

Um gemido me escapa quando sinto sua língua, uma sensação que não parece com nada que já experimentei. Talvez seja diferente esta noite porque agora eu o desejo com mais urgência. Felix desenha círculos com a língua, aumentando devagar a pressão que estou sentindo, até que faço o que ele queria. Gemo seu nome, repetidas vezes, sentindo como se estivesse perdendo o controle do meu corpo. Enquanto isso, ele aumenta o ritmo até me levar ao limite, me afogando em prazer e desejo, seu nome em meus lábios.

Ele se afasta e se levanta, com o semblante cheio de satisfação, embora eu duvide de que ele possa estar se sentindo tão bem quanto eu neste momento. Ele volta a estalar os dedos e, agora, fica nu diante de mim.

Sou um misto de nervosismo e desejo quando Felix ergue a mão e me reposiciona na cama, de modo que eu fique completamente deitada. Ele sorri ao se juntar a mim, apoiando-se nos braços. Ele afasta minhas coxas com os joelhos e se abaixa até que nossos corpos se toquem, e fechos os olhos quando ele se pressiona contra mim.

Felix abre um sorriso, e arregalo os olhos ao sentir seus dedos se movendo do jeito que sua língua acabou de fazer, mas ele não está se mexendo. Ele se inclina e beija minha testa antes de se afastar, me encarando enquanto se empurra para dentro de mim, me esticando de maneira quase dolorosa.

Ele para de se movimentar por um instante, nossos corpos totalmente conectados, me permitindo ter um segundo para me ajustar. Enquanto isso, a sensação de seus dedos me distrai, e a combinação de Felix dentro de mim enquanto seus dedos me circulam me deixa louca.

— Você está bem, meu amor?

Assinto, minhas bochechas queimam. Contemplo seus lindos olhos, meu coração em disparada. Há algo neste momento que sei que vou lembrar para sempre. Felix sorri e volta a se mexer, se empurrando devagar para dentro de mim, os olhos registrando cada expressão em meu rosto. Seu sorriso aumenta quando um gemido escapa dos meus lábios, e ele acelera o ritmo.

— Isso é música para os meus ouvidos, querida.

— Felix — gemo, as sensações quase insuportáveis.

Ele aumenta o ritmo, os movimentos ainda lentos, porém firmes. Mais uma vez, começo a perder o controle do meu corpo, incapaz de suportar a combinação de seus dedos quando já estou tão sensível e a forma como ele me penetra.

— Não aguento mais — gemo. — Felix, *por favor*.

Ele está sorrindo, mas consigo enxergar o tormento em seus olhos.

— Goze para mim, Arabella — ordena, e eu obedeço.

Nunca pensei que experimentaria essa sensação duas vezes, mas, agora, ela é ainda mais avassaladora.

— Pelas Fúrias — grunhe Felix, seus movimentos também se tornam erráticos.

Ele me toma com força e rapidez, e os gestos somam às sensações que me dominam. Fecho os olhos enquanto onda após onda de prazer me invade.

Felix encosta a testa na minha, nós dois ofegantes e ainda conectados.

— Como isso pode ter sido ainda melhor do que nos meus sonhos? — sussurra ele. — Arabella, você é a realização de tudo que já sonhei.

Ele me abraça apertado e nos faz rolar até que eu esteja por cima dele, as mãos me segurando. Descanso com os lábios encostados em seu pescoço, meu coração ainda acelerado.

Não ouso admitir, mas ele também é a realização de todos os meus sonhos. Quando cheguei a Eldiria, tudo o que eu queria era ir embora. Eu estava desesperada para voltar para casa e para a vida que tinha deixado para trás. Neste exato momento, porém, não consigo imaginar querer estar em outro lugar que não nos braços de Felix.

Ele se vira para olhar pela janela e fica rígido.

— Arabella — murmura ele. — Olhe lá fora.

Me viro em seus braços, arregalando os olhos ao perceber que não há neve nas partes externas iluminadas. É provável que não dure muito. Pela manhã, uma nova camada de neve cobrirá o chão, mas, por alguns instantes, conseguimos nos livrar dela. Mordo o lábio, orgulho e vergonha se misturando a uma emoção que nunca senti.

— Está vendo, Arabella? Você e eu vamos mudar os rumos do futuro de Eldiria.

Volto a me virar em seu abraço, a convicção em seus olhos me tira o fôlego.

— Sim — respondo. — Nós vamos.

Pela primeira vez desde que chegamos ao acordo, eu acredito de verdade nisso.

Arabella

— Achamos que isso pode ajudar a aquecer o solo permanentemente, mas ainda há muitos fatores a se considerar. Por enquanto, acho prudente começarmos com uma pequena área em nossos campos particulares, assim podemos avaliar o que funciona e ver se a maldição deixará tudo intacto — diz Elaine. — O fato de você ter conseguido derreter a neve inspira mais esperanças do que pode imaginar. Venho lançando feitiços para derreter a neve há anos, mas a maldição é imune à minha magia.

Cruzo os braços em volta do corpo e assinto de maneira educada, tentando ao máximo esconder meu constrangimento. Elaine veio me encontrar mais cedo hoje, em choque por testemunhar que meses de neve acumulada ao redor do palácio tinham desaparecido. Fiz um esforço para me explicar, e acabei dizendo a ela que eu estava apenas praticando e perdi o controle, mas temo que Elaine tenha captado as entrelinhas.

Assinto para os desenhos que ela me mostra, o nervosismo se espalhando em meu peito.

— Isso vai ser difícil de fazer, e vai dar muito trabalho para Felix.

— Vai mesmo — admite Elaine. — Mas ele esperou a vida inteira por uma chance como esta. Se funcionar, o fardo que nosso povo carrega ficará muito mais leve. Não sabemos bem o motivo, mas você parece ser imune aos efeitos da maldição. Ela não a assombra do jeito que faz conosco. Todo usuário de magia neste império sente sua atração. Cada vez que acessamos nossos poderes, uma pequena parte se esvai. É como se revelássemos nosso paradeiro para a maldição, a própria magia trabalhando contra nós para destruir tudo o que tentamos fazer.

Mordo o lábio, o medo domina meus pensamentos enquanto encaro a planta dos canos subterrâneos. Felix levou dias para reconstruir o estábulo que a maldição soterrara, e agora vamos pedir a ele que ajude a transformar aço em mais canos do que nossos operários conseguem produzir, e então transportá-los para o subsolo. Depois disso, preciso aquecer os canos e torcer para que a temperatura do solo aumente o bastante para que possamos cultivar vegetais. Isso se a maldição não causar nenhum estrago; ela pode destruir os canos antes que eu tenha a chance de aquecê-los, ou a temperatura pode cair ainda mais, compensando o calor criado por mim. E ainda há a chance de que eu não consiga aquecer coisa nenhuma. Até agora, tudo o que consegui fazer de forma consciente foi incendiar pequenos objetos. Ainda preciso conseguir bem mais que isso. Elaine está trabalhando nesse plano desde o dia em que contei a Felix sobre meus poderes de fogo, mas temo decepcioná-la.

Sou arrancada com um susto das minhas divagações ao ouvir a voz de Felix.

— Está deixando seus pensamentos dominarem você, Arabella?

Me viro na direção do som e o encontro parado na porta da sala de audiências, onde Elaine e eu passamos a manhã. Seus olhos percorrem meu corpo sem pressa, e calor sobe por minhas bochechas conforme lembranças vívidas da noite anterior me vêm à mente. O jeito como ele me olhou enquanto se mantinha por cima de mim, a forma como gemeu meu nome e como fechou os olhos ao me penetrar. Entre todas as lembranças, minha favorita é a reverência com que ele me olhou a noite inteira. Felix está com a mesma expressão agora.

— Você vai conseguir. Tenho fé em você — declara ele, a voz suave.

Felix se aproxima e passa o braço em minha cintura, inclinando a cabeça em minha direção. Ele nunca me tocou assim em público e, embora eu fique surpresa, não estou achando ruim.

Felizmente, não há constrangimento entre nós. Tenho certeza de que minhas bochechas estão ruborizadas, e vejo um novo olhar de cumplicidade em seu rosto, mas não há falta de jeito entre nós. Na verdade, é um tipo novo de intimidade. Uma intimidade que eu não sabia que existia.

— Também tenho fé em você. Mas isso não vai ser fácil.

Felix chega mais perto e ajeita uma mecha do meu cabelo por trás da orelha.

— Sei que não vai ser, mas vamos fazer isso juntos.

Ele mantém o braço em torno de mim enquanto se inclina para examinar a planta sobre a mesa.

— Nunca transformei tanto metal — murmura, com uma pitada de insegurança no rosto.

Me apoio nele, oferecendo um conforto silencioso, e Felix me aperta com mais força.

— Eu acredito em *vocês dois* — declara Elaine. — Juntos, podemos muito bem levar a melhor nessa luta. Vamos começar pelo átrio e, se funcionar, avançamos para porções mais amplas da cidade. A cada passo, faremos pausas a fim de avaliar eventuais danos que a maldição possa causar, mas, até agora, a maldição não tocou na imperatriz. Espero que isso se estenda aos seus poderes elementais também.

— Embora isso possa funcionar na teoria, não sei como manter o fogo aceso. Sempre que minha concentração se perde, as chamas se apagam.

— Treinaremos juntos — promete Felix, oferecendo um olhar tranquilizador. — E, se não funcionar, tentaremos outra coisa. Sendo sincero, é uma ideia com poucas chances de sucesso e que depende muito de você. Estamos pedindo demais.

— Farei o que for necessário — asseguro a ele, desejando poder transmitir mais certeza.

O polegar de Felix roça minha cintura, desenhando círculos vagarosos, e mordo o lábio. O que seria necessário para que eu criasse um calor permanente como o que precisamos? Só de pensar em Felix, já estou invocando meu fogo, mas seria o suficiente?

Encaro meu marido, certa de que ele tem um cronograma de treinos em mente ao qual não conseguirei resistir. Felix disse uma vez que eu incendiaria o palácio caso ele me levasse para a cama, e quase fiz exatamente isso ontem à noite.

— Qual a previsão de chegada do metal? — pergunta Felix, mal conseguindo tirar os olhos de mim por mais do que alguns segundos. — Prefiro começar logo. Suspeito de que vá ser uma quantidade enorme de trabalho para todos nós.

— Em duas semanas — responde Elaine, e Felix assente.

— Gostaria de me acompanhar até a sala de audiências? — pergunta ele.

Abro um sorriso. Na época em que cheguei no palácio, Felix teria dito "*Você virá comigo*", me dando ordens como o bruto que o mundo pensa que ele é.

— Claro — respondo. — Eu adoraria.

Para minha surpresa, a mão de Felix desliza até a minha, e ele entrelaça nossos dedos ao me puxar. Sua mão é grande em relação à minha, mas a sensação é perfeita. Ele me olha e estala os dedos. Minha capa surge ao redor dos meus ombros. Fico corada ao ouvir o som, inundada pelas lembranças de ontem à noite, e Felix dá risada, entendendo tudo.

— Vou pegar suas luvas mais tarde — diz ele. — Por enquanto, quero segurar sua mão.

Mordo o lábio a fim de esconder um sorriso e assinto para ele, sentindo o coração disparar. Felix está diferente hoje. Não sei bem o que eu esperava depois da noite passada, mas suponho que parte de mim temia que se comportasse com indiferença. Eu temia que a noite não tivesse sido tão especial para ele quanto foi para mim. Afinal, estou longe de ser a primeira mulher com quem ele esteve.

Felix faz uma pausa quando dobramos o corredor que leva ao átrio, virando-se para mim com um sorriso no rosto. Algo em seus olhos me faz dar um passo para trás, e me vejo pressionada contra a parede, meu coração martelando no peito.

— Senti sua falta esta manhã, Arabella — murmura ele, diminuindo a distância entre nós. — A manhã inteira, só consegui pensar em você.

Participei de inúmeras reuniões estratégicas, finalizando a anexação de Romtheo, um pequeno país repleto de ouro, mas só pensava na cor de mel dos seus olhos e em como eles ficavam cheios de desejo quando você sussurrava meu nome. — Ele se inclina, o corpo se encostando ao meu. — Faz ideia de como foi difícil para mim deixá-la sozinha na cama esta manhã?

Minha respiração está trêmula enquanto o encaro, nervosa, ansiando por *algo*. Felix parece ler minha mente, porque sorri e inclina a cabeça, capturando meus lábios nos dele.

Um gemido baixo me escapa quando ele me beija, e passo os braços em seu pescoço por instinto, aprofundando a carícia. Estou sem fôlego quando ele se afasta, e Felix sorri antes de puxar o capuz por cima da cabeça.

— Vamos, meu amor. Quanto mais cedo eu terminar o trabalho de hoje, mais cedo posso levá-la de volta para a cama.

Arabella

Levo a mão ao peito quando uma carta surge cintilando na escrivaninha do nosso quarto. Nunca vi nada parecido. Arregalo os olhos ao ver meu nome escrito na caligrafia de Felix, e desdobro o papel com cuidado. Desde que o aço foi entregue, ele e eu mal passamos tempo juntos. Não achei que fosse possível, mas sinto *saudade* dele.

Amada,

Me encontre para jantar.
Sala de audiências. Em uma hora.

Com amor,
Felix

Sorrio diante do tom brusco da carta. Quase consigo ouvir a voz dele. Meus dedos traçam a palavra "*amor*", e quase fico sem ar. Mesmo naquele bilhete curto, sinto sua tentativa de ser gentil comigo. Quando fizemos nosso acordo, Felix me pedira para dar uma chance honesta ao casamento, para ver se conseguiríamos quebrar a maldição através do amor. Na época, cedi porque era o único jeito de conseguir o que eu queria em troca. Mas agora? Não tenho mais certeza. Sei que ainda não cheguei lá, mas sinto coisas que nunca experimentei. Anseio pelos momentos em que estaremos juntos e me pego procurando por Felix nos dias em que sei que ele não conseguirá vir para a cama antes do amanhecer.

Uma batida na porta do quarto me afasta dos pensamentos, e me viro para a entrada.

— Excelência — diz uma das feiticeiras do palácio, parada na porta. — Meu nome é Molly. O Imperador me enviou para ajudá-la a se arrumar para o jantar.

Assinto para que ela entre, e a feiticeira faz uma reverência profunda diante de mim. Quando se levanta, seus olhos estão cheios de entusiasmo, e acabo sorrindo de volta. A postura dos funcionários do palácio é muito contrastante com a maneira como eu era tratada em casa. Lá, as pessoas zombavam de mim, com medo de que eu as infectasse com meu azar. Aqui, elas me olham como se eu fosse um mito encarnado. Acho que nunca vou me acostumar com isso.

— É uma grande honra servi-la — declara a jovem, um pouco trêmula.

Era assim que Serena sempre era tratada, mas nunca eu. É estranho como um lugar pode começar a se parecer com um lar tão depressa quando as pessoas *apreciam* a sua presença. Molly se aproxima, estudando meu rosto.

— A senhora mal vai precisar de algum embelezamento, Excelência. Sua pele é saudável, com brilho natural, e seu cabelo é grosso e escuro. Que tal se eu escurecer seus cílios e sobrancelhas, e talvez acentuar as maçãs do rosto? O que acha de adicionar um pouco de vermelho aos lábios?

Concordo com a cabeça, sem saber o que dizer. Nunca fui servida por uma feiticeira do palácio. E uma vez que a magia é estritamente proibida em Althea, não tenho experiência com ela. Nunca usei nada além dos unguentos disponíveis em Althea.

— Faça como preferir — digo a ela. — Confio em seu julgamento.

Um pequeno arquejo escapa de seus lábios, como se a jovem mal conseguisse conter a animação, e me esforço para esconder a risada. Molly é excepcionalmente meiga, e me faz lembrar de Serena.

— Não vou decepcioná-la, Excelência — promete ela.

É evidente que ela se orgulha muito do próprio trabalho, e não consigo evitar um sorriso.

— É uma honra estar na sua presença — comenta Molly, uma magia cintilante flutua de seus dedos. Ela os passa pelas minhas sobrancelhas, me instruindo a fechar os olhos. — Eldiria esperou pela senhora por gerações. O Imperador nos avisou para não a pressionar demais, mas eu só queria que soubesse o quanto somos gratos por sua presença aqui. Ainda me lembro de quando minha avó me contou pela primeira vez sobre a profecia em que nossa imperatriz quebrava a maldição, e aqui está a senhora. Alguns achavam que o Imperador havia inventado a profecia para nos manter com alguma esperança, mas eu sempre soube que era verdade.

Sinto a magia de Molly fluir por minha pele, uma sensação nova.

— Sabe, Excelência... Pensei que eu não tivesse mais nenhuma chance de gerar uma criança. Eu já tinha desistido, mas então a senhora chegou. Sei que vai nos salvar. Consigo sentir.

Fico feliz por ela ter me instruído a fechar os olhos, porque acho que não conseguiria encará-la. Receio não ser a salvação que todos pensam, e tenho medo de decepcioná-la.

— O dia em que a senhora chegou foi o primeiro em que sonhei com ela. Sonhei que estava grávida, com minha bebê deitada no peito. Depois vi cenas em que eu a ninava até dormir e beijava sua testa. Os sonhos têm vindo todos os dias desde a sua chegada. É tudo tão real. Às vezes, posso jurar que sinto o cheirinho dela. Não acho que sejam sonhos, Excelência. Acho que são visões. Visões do futuro que a senhora nos trará.

Meu coração se contrai de forma dolorosa, e sinto calafrios na coluna. Não desejo para Molly nada menos do que ela descreveu, mas não tenho o poder de garantir todas essas coisas. Estou com medo de não ter o dom de quebrar a maldição. Felix e eu nem sabemos ao certo se conseguiremos aquecer o solo.

— Prontinho — declara Molly.

Abro os olhos, e ela me vira para o espelho. Solto um arquejo. Ainda pareço comigo mesma, só que... diferente. Estou mil vezes mais bonita do que no dia do casamento. Levo a mão ao rosto, incrédula.

— É magia — sussurro.

Até meu cabelo está perfeitamente arrumado, algo que não seria possível em tão pouco tempo.

Molly franze a testa para mim ao assentir.

— Claro. O que mais seria?

Percebo, com atraso, que a palavra "magia" não é usada como uma expressão por aqui, e o olhar curioso que Molly lança em minha direção me deixa na defensiva. É provável que ela ache que eu seja uma feiticeira experiente, e não sei o que Felix anda dizendo a seu povo. Fica claro que ele está me usando como um farol de esperança, e mal posso culpá-lo por isso.

— É só uma coisa que dizemos em Althea — respondo para ela, abrindo um sorriso sereno na tentativa de esconder meus pensamentos turbulentos.

Molly assente e dá um passo para trás.

— Ah! É claro — diz ela, rindo. — Agora, quc tipo dc vestido vamos colocar na senhora?

Meu guarda-roupa se abre, e um vestido dourado flutua para fora dele. Sorrio para mim mesma. Estou acostumada aos caprichos do palácio, e passei a confiar em seu senso de moda também.

— Que roupa linda — sussurra Molly, pegando o vestido no ar.

Vários minutos depois estou pronta, vestida com o traje dourado que o palácio selecionou. Observo-o brilhar sob a luz a cada movimento meu, temendo que talvez seja demais para um jantar tão simples, mas Molly está tão empolgada que não tenho coragem de dizer nada.

Enquanto caminho pelo corredor comprido, me pego imaginando o que Felix vai pensar de mim neste vestido. Pela segunda vez no dia, me flagro pensando em amor. Se nós dois nos apaixonássemos, isso realmente quebraria a maldição? Seríamos capazes de realizar os desejos de Molly?

Mordo o lábio e hesito diante da sala de audiências. Respiro fundo em um esforço para me recompor, mas, antes que eu tenha tempo de empurrar as portas, elas se abrem sozinhas.

Felix congela ao me ver, e meu coração dispara. Em um só momento, tudo desaparece. Só consigo me concentrar na expressão nos olhos dele. Só quando alguém fala com ele que percebo que estamos na presença de vários homens que reconheço vagamente como seus conselheiros. Dou um passo atrás, preocupada em estar interrompendo, mas então Felix entrega os documentos que estava segurando para Elaine.

— Com licença — diz ele. — Não posso deixar minha adorável esposa esperando nem mais um minuto.

Felix caminha até mim, o capuz caído sobre seu rosto. Entendo por que o chamam de Imperador Sombrio. Deve ter começado por causa da maldição, mas também pela maneira como ele se move e se veste.

— Arabella — diz ele, me oferendo o braço.

Eu o aceito, e ele me conduz.

— Sinto muito, acabei me atrasando. Espero que me perdoe.

— Estou feliz por você ter conseguido separar um tempo na sua agenda. Sinto como se mal tivéssemos nos visto desde…

Felix se vira para mim e sorri.

— Desde quando?

Fico vermelha ao me lembrar da noite que passamos juntos. Pouco depois, o aço de que precisamos para o plano foi entregue e, desde então, fomos ambos forçados a nos concentrar em nossos papéis individuais, praticando e refinando nossa estratégia de modo incansável. Eu tinha passado inúmeras horas canalizando o fogo e moldando-o à minha vontade, até que, por fim, comecei a precisar de pouca concentração para manter as chamas acesas em todas as lareiras do palácio durante vários dias. Felix, por outro lado, passara suas horas de vigília ajudando os homens a fabricar os canos de que precisamos. Seus poderes alquímicos são muito mais rápidos do que qualquer operário, mas, embora eu saiba que ele acha gratificante ajudá-los, também sei que isso o esgota. Senti saudade de Felix, mas admitir tal coisa e solicitar um pouco de seu tempo me pareceu egoísta quando tínhamos tanto para fazer.

— Tenho um lugar especial em mente — diz ele.

Sua mão desliza para a minha, entrelaçando nossos dedos, e Felix desenha círculos em minha pele com o polegar. Olho para ele, desejando que meu marido parasse de usar o capuz o tempo todo. É estranho, mas sinto falta de seus olhos dourados. Mesmo quando passo por ele de relance ao longo do dia, raramente o *vejo* de verdade.

— Aqui estamos — diz Felix, a voz suave.

Ele dá um passo à frente e segura a porta aberta para mim. Paro na entrada, arregalando os olhos enquanto observo o sol brilhante e a vegetação ao nosso redor.

— Isso não pode ser real — sussurro.

Não vejo a luz do sol desde que cheguei em Eldiria, e não tinha percebido o quanto sentia falta dela.

— Não é — responde Felix, e me viro para encará-lo.

Ele ergue o capuz e remove a capa, revelando um terno que eu nunca tinha visto. Mesmo no dia do casamento, ele estava com o uniforme de sempre. O terno que está usando é todo preto e parece algo pertencente à realeza. Felix costuma manter seu físico escondido, mas a roupa destaca seu corpo forte.

— É um feitiço — acrescenta ele. — A maldição torna difícil sustentar um encantamento desse porte. Mesmo quando é uma ilusão, parece que não temos permissão de desfrutar da luz do sol. Só vai durar algumas horas.

— Você fez isso? — pergunto, confusa. — Você criou tudo isso... *para mim*?

— Tecnicamente, implorei à Elaine para criar o feitiço, mas fui eu que transmutei todas as flores para você. São verdadeiras.

Felix pega minha mão e me conduz até uma mesa no meio de um pavilhão. Há milhares de peônias rosadas crescendo ao redor, tornando a cena bastante romântica. Olho para ele, achando difícil acreditar que o mesmo homem que um dia ameaçou minha vida e a de meus entes queridos fez tudo isso por mim.

— Imaginei que estivesse sentindo falta do sol — murmura ele, puxando uma cadeira para mim. — Eu com certeza sinto.

Fico olhando enquanto ele contorna a mesa e se senta à minha frente.

— Mas você pode sair, não pode?

Ele balança a cabeça.

— Não por muito tempo. Ficando no palácio, continuo humano. Quanto mais tempo passo fora, menos humano me torno. Fisicamente, minhas unhas viram garras e meus dentes se tornam afiados como navalhas. Minha pele muda, ficando mais áspera, mais animalesca. E isso não é o pior. Ainda tem a sede de sangue. Se eu passar muito tempo fora, minha humanidade desaparece. O palácio tem um efeito calmante sobre mim, desfazendo os piores efeitos da maldição. O máximo de tempo que consegui permanecer afastado foi pouco menos de um ano. Estou preso aqui.

Felix hesita, depois desvia o rosto, um suspiro escapa de seus lábios.

— Se não quebrarmos a maldição, é esse o futuro que me aguarda. A mudança é mais lenta dentro do palácio, mas consigo senti-la lá no fundo. A cada dia, fico menos humano. Tenho dificuldade para sentir emoções como acontece com outras pessoas… exceto quando estou *com você*. — Ele me olha e, por um instante, é como se não fosse a mim quem ele vê. — Entendo que não acredite em mim, mas realmente acho que você estava destinada a salvar meu povo. Pythia, a vidente que mencionei, não pode mentir. Não tenho certeza, mas talvez, só talvez, você possa me salvar também.

Mais do que nunca, me pego desejando ser capaz. Não faço ideia de como realizar algo assim. Sou arrancada dos pensamentos quando pratos surgem à nossa frente, e fico surpresa ao perceber o que estou vendo. É um prato tradicional de arroz de Althea.

Encaro fixamente a comida, uma dor familiar se instala em meu peito. Essas lembranças de casa são um gesto gentil, mas que só me fazem sentir ainda mais saudade da minha irmã.

— Se conseguirmos aquecer o solo e plantar, você vai me deixar voltar para casa?

As palavras deixam meus lábios antes que eu perceba o que estou dizendo e, por um momento, temo a resposta de Felix. Ele desvia os olhos, as feições se tornam cautelosas.

— Nunca quebro minhas promessas, Arabella. Faça tudo o que puder, e vou deixá-la partir mesmo que a maldição não seja quebrada.

Você não será uma prisioneira. — Ele volta a me encarar, seus olhos escurecem. — Mas é melhor lembrar o que me prometeu. Até que eu a deixe ir, você é minha. Cada um dos seus pensamentos, Arabella.

Mordo o lábio, meu coração dispara. Há um ciúme tão profundo em seus olhos... Embora eu devesse tranquilizá-lo, não consigo deixar de me deleitar com a sensação. Quando Felix me olha desse jeito, é como se nada mais existisse, como se ele não fosse um imperador amaldiçoado precisando de mim, mas apenas um marido que quer que a esposa tenha olhos apenas para ele. E eu tenho. Pelas Fúrias, eu tenho.

Felix estala os dedos, e a mesa desaparece. Ele se levanta do assento e me lança um olhar suplicante.

— Me diga, querida. Quando perguntou se eu a deixaria partir, em quem estava pensando?

Respiro com dificuldade, meu coração em disparada enquanto Felix se aproxima. Ele segura meu rosto, o polegar roçando meu lábio.

— Eu avisei, meu bem — murmura ele, a voz suave. — O que devo fazer, amor? Como devo castigá-la por quebrar nosso acordo?

Felix faz um gesto com a mão, usando as sombras para me deitar em uma cama de pétalas cor-de-rosa e vermelhas, prendendo minhas mãos acima da cabeça com sua força invisível. Ele sorri, mas não há graça em seus olhos conforme ele se ajoelha ao meu lado.

— Felix — sussurro, com um arrepio subindo pela coluna.

Adorei a forma como ele fez eu me sentir na noite de núpcias, e estou tentada a provocá-lo a me punir do mesmo jeito.

Ele se inclina e recolhe o tecido do vestido nas mãos, levantando-o aos poucos.

— Estava pensando nele?

Nego com a cabeça e olho para Felix, sem conseguir me conter. Não quero mentir, mas adoro o jeito como ele está agindo. Felix chega mais perto e ergue minha perna, apoiando-a em seu ombro. Depois vira o rosto e beija minha coxa, causando arrepios. Ofego ao sentir seus poderes roçando meus seios, quase como se ele estivesse me acariciando com a ponta dos dedos.

— Ele consegue fazer isso com você? — sussurra Felix, pouco antes de começar a subir os dedos por minhas coxas. Ele abre minhas pernas e sorri. — Molhada, como eu imaginava.

Ofego quando Felix enfia um dedo em mim, usando o polegar para me provocar. A combinação de sensações quase me domina, e já consigo sentir a pressão aumentando. Ele me solta, mas as sensações não param. Ele leva as mãos à calça, mas eu ainda as sinto me tocando.

— *Felix* — gemo, e ele sorri de satisfação, se acomodando entre minhas pernas.

— Implore — ordena. — Você me quer, não quer?

Concordo com a cabeça.

— *Por favor* — sussurro. — Eu imploro, Felix. *Preciso de você.*

Estou tão perto, e os sentimentos que ele desperta em mim são viciantes. Preciso dele com um desespero que não consigo sequer expressar em palavras. A mesma magia que senti da última vez vibra em meu entorno, e novamente me esforço para direcioná-la para fora. Imagino vividamente o átrio e rezo para não incendiar as flores ao nosso redor.

Felix sorri para mim e levanta a mão no ar, estalando os dedos. De repente, meu corpo é rotacionado, e aterrisso de joelhos. Ergo o rosto e me vejo olhando diretamente para um espelho.

— Assista enquanto você sucumbe a mim. Observe como implora por isso. Aquele garoto nunca vai fazer você se sentir desse jeito. O prazer que posso lhe proporcionar é incomparável.

Felix agarra meu quadril e me penetra devagar, mantendo os olhos nos meus através do espelho. Ele para no meio do caminho, e eu gemo.

— Não! — sussurro, desejando que ele me penetre até o fundo, e Felix ri.

— Implore — ordena de novo.

— Por favor, Felix. *Por favor!* Pare de me torturar, marido.

Ele parece ficar surpreso, a expressão se suaviza.

— Então você entende que *eu* sou o seu marido?

Nossos olhares se encontram no espelho, e Felix se retira quase completamente do meu corpo, me deixando maluca.

— Você é o único que sempre desejei, Felix. O único que sempre vou desejar — digo a ele e, no fundo do meu coração, sei que é verdade.

Os sentimentos que tenho por Felix são diferentes de tudo que já conheci.

Ele me encara fixamente, parecendo satisfeito com o que vê. Por fim, me penetra, me tomando com o mesmo desespero que estou sentindo.

Temo o poder que Felix exerce sobre mim. A cada dia que passa, fica mais difícil enxergar um futuro sem ele. Tenho medo de que um dia eu realmente o perca para essa maldição. Não posso deixar isso acontecer.

Arabella

Passei o dia todo sorrindo. As lembranças de ontem mantiveram a lareira da biblioteca acesa durante horas, mesmo enquanto eu lia. Isso me dá esperanças de que o plano de Elaine realmente se concretize.

Suspiro feliz, me lembrando do cômodo que Felix criou para mim. Percebi como ele ficou cansado depois disso, mas ele não reclamou nenhuma vez. O sol, as peônias… e Felix. O modo como me tocou na noite passada, o ciúme e a possessividade em seus olhos. Ele fez eu me sentir tão desejada. Nunca imaginei que houvesse tanto poder em sentir que pertencemos a alguém, mas há.

— Sonhando acordada, Excelência?

Fecho o livro com um baque e pulo de susto ao ouvir a voz de Elaine, as chamas tremulando. Mal consigo manter a lareira acesa quando a feiticeira se senta à minha frente, minha concentração diminui. Elaine ri ao ver o título do romance que estou lendo.

— Tenho vários desses no meu quarto. Os da biblioteca são os mais puritanos — fala ela, me dando uma piscadela.

Dou uma risadinha e aperto o livro contra o peito.

— Talvez eu deva lhe pedir alguns desses emprestado.

— Claro, Excelência. Mandarei os melhores para o seu quarto.

Elaine se recosta na cadeira e suspira baixinho ao admirar a biblioteca.

— Sabe, meu noivo amava este espaço tanto quanto eu. Na verdade, foi o amor mútuo pela leitura que nos uniu.

— Noivo? — repito, confusa.

Nenhum dos livros que estudei mencionava Elaine como uma pessoa comprometida, mas, por outro lado, há pouca coisa que nossos livros de história tenham acertado.

— Raphael — sussurra ela, o nome como uma prece em seus lábios.

Penso nas conversas que tive com Felix. Tenho certeza de que ele já mencionou Raphael.

— Isso é algo que poucos sabem, mas Raphael e eu somos herdeiros de reinos rivais conquistados por Theon. Nenhum dos reinos era próspero, e ambos os territórios se beneficiaram das melhorias que Theon fez, de modo que nem eu nem Raphael guardávamos rancor. Na verdade, ficamos bastante gratos por ele ter salvado nosso povo em algo que nossos pais estavam falhando, de modo que, quando Theon pediu, viramos seus conselheiros. Para ser sincera, eu agarrei a oportunidade. Meu reino mal me tolerava por causa da minha magia poderosa, enquanto aqui eu era apreciada de um jeito que jamais imaginei que poderia ser. Veja bem, embora eu tenha herdado a magia da minha mãe, sempre me ensinaram a escondê-la, o que só me fez desejar explorá-la ainda mais. Nem eu nem Raphael sabíamos que o outro também serviria como conselheiro, e nenhum de nós ficou satisfeito quando nos encontramos na corte. Nós nos odiávamos.

Elaine sorri para si mesma, perdida em pensamentos, e percebo que é a primeira vez que a vejo tão relaxada. Durante todos os meses que estou aqui, é a primeira vez que vejo felicidade genuína refletida em seus olhos.

— Nós brigávamos o tempo inteiro, destruindo partes do palácio que depois Theon precisava consertar. Em certa altura, eu tinha certeza de que o Imperador nos chutaria para fora. Exceto que… Theon enxergou algo que nenhum de nós conseguiu ver.

A feiticeira sorri para mim com um olhar cúmplice.

— Agora eu entendo. Hoje entendo como Theon podia ter tanta certeza de algo que nem eu nem Raphael éramos capazes de enxergar.

A história de Elaine parece muito romântica, mas meu coração dói, sabendo que ela termina em tragédia.

— Então como foi que a leitura uniu vocês?

— Suspeito de que o motivo pelo qual Theon não nos expulsou, quando com certeza merecíamos, foi porque nos tornamos amigos dele, e o Imperador nos valorizava de maneira igual. Assim, quando Theon me pediu para ler vários livros sobre maldições de modo a tentar evitar alguns danos que estávamos enfrentando, concordei. Sem que eu soubesse, Raphael tinha sido incumbido de ler os mesmos volumes. Acabamos ficando juntos na biblioteca durante horas todos os dias. Naquela época, este lugar ainda era cheio de acadêmicos, então não tínhamos como discutir um com o outro como costumávamos fazer. Embora não tenha sido por falta de tentativa. Raphael e eu trocamos muitos retalhos de pergaminho com insultos escritos, mas, com o passar do tempo, o tom dos bilhetes foi mudando, até se transformarem em cartas pelas quais nos permitimos conhecer um ao outro de verdade.

Sorri, suspirando com alegria.

— Vocês se apaixonaram.

Elaine assente.

— Nos apaixonamos. Ficamos tão nervosos em contar para Theon que tentamos manter o relacionamento em segredo. Quando reunimos a coragem necessária, todo mundo já sabia. Apenas nós dois não percebemos. Theon nos deu sua bênção, e esse deveria ter sido o início de nosso futuro.

Ela se abraça e desvia os olhos.

— Sabe, Excelência... Raphael tinha um segredo que não compartilhou comigo nem com ninguém. Suspeito que ele temesse ser visto de modo diferente, mas eu jamais faria isso. No fim, foi sua licantropia que tornou a maldição difícil demais de suportar. Ela é diferente para aqueles de nós com suprimentos regulares de magia, mas é ainda pior para os licanos. Pelo que Theon e eu descobrimos, parece que os licanos estão em uma situação mais vulnerável que os humanos. Os humanos pelo menos têm uma resistência natural contra a atração da maldição. Raphael deve ter lutado muito, mas, no fim, foi derrotado.

Elaine morde o lábio, visivelmente emocionada, e meu coração se parte por ela. Essa maldição tomou tanto das pessoas ao meu redor.

— Ele é o motivo pelo qual eu a impedi de fugir naquela noite nas cavernas, Excelência — declara ela, com a voz embargada. — É que... você é minha última esperança, e eu não podia... Pelas Fúrias, espero que um dia me perdoe por isso.

Seguro a mão dela e a aperto de leve.

— Eu já a perdoei faz muito tempo. Se não fosse por você, eu teria perdido várias experiências que ficarão para sempre em minha memória, e eu não as trocaria por nada neste mundo. Eu nunca teria aprendido a controlar meus poderes, e teria passado a vida acreditando ser amaldiçoada e indigna de existir.

Elaine me encara com os olhos brilhando.

Me inclino para ela e limpo suas lágrimas.

— Como você mantém o ímpeto de lutar? — pergunto baixinho.

Não consigo imaginar por quanta dor ela passou, ou quanta dor está sentindo o tempo inteiro devido à força da maldição.

— O único jeito de eu ver Raphael de novo é quebrando a maldição. Quando ele sumiu, uma nova rosa floresceu no átrio, e tenho o pressentimento de que ele não se foi de verdade para sempre. Continuo lutando porque é a única maneira de chegar até ele.

Capto as palavras não ditas e encaro meus próprios pés.

— Tenho medo de não ser capaz de quebrar a maldição, Elaine.

Ela sorri para mim, os olhos cheios de uma confiança silenciosa.

— Você está errada, Excelência. Consigo enxergar o que Theon também viu um dia. Você pode não perceber ainda, mas está se apaixonando pelo nosso imperador. Realmente acredito que o amor seja a força mais poderosa deste mundo. Com o tempo, você também vai acreditar.

Suas palavras tanto me assustam quanto me surpreendem. Me apaixonar por Felix nunca pareceu ser uma opção, mas, em poucos dias, a ideia cruzou minha mente centenas de vezes.

Será que nós dois poderíamos encontrar o amor? E, se encontrarmos, será que isso salvaria as pessoas que amamos?

Arabella

Estou sob o abrigo perto do átrio, no início da trilha que sempre é mantida o mais livre possível da neve. Mantenho os olhos fixos na outra extremidade do espaço, a parte que estou tentando limpar apesar da neve pesada me pressionando.

— Lembre-se, a concentração está acima de tudo — diz Felix. — Seus poderes irão para onde a sua atenção os direcionar.

Assinto e encaro o céu. A neve está caindo com tanta força quanto de costume, e uma pontada de insegurança me faz hesitar. Já aprendi a alimentar o fogo, mas ainda não dominei completamente o ar, embora não por falta de tentativas. Para que o plano de Elaine funcione, preciso controlar meus poderes de ar. Preciso ser capaz de alimentar as chamas com oxigênio para que o fogo se espalhe depressa.

Mordo o lábio e fecho os olhos, parando um momento para sentir os arredores. O calor do corpo de Felix, a brisa que move o ar, as pequenas perturbações que a neve está causando na direção natural do vento. Espero até o zumbido do ar ficar mais claro, e então tomo posse da energia ao redor, canalizando-a para meus propósitos. Empurro o ar para o alto, criando uma barreira invisível acima de mim, e respiro aliviada quando funciona.

Fico olhando enquanto a neve se acumula acima da minha cabeça, e prendo a respiração ao dar um passo à frente, comandando a barreira a se mover comigo. Suspiro de alívio ao permanecer seca, sem que um único floco de neve me atinja.

— Continue — murmura Felix baixinho, e eu assinto.

O fogo nunca exige tanta concentração. Ele sempre vem com facilidade, fluindo para onde quero sem resistência alguma. Com o ar é diferente. Ele não quer ser controlado, deseja fluir livremente. Quando tentei explicar isso para Felix, ele pareceu não entender. Na experiência dele, o ar é controlado puramente pela alquimia e não tem vontade própria. Mas nunca foi assim comigo.

Dou mais um passo cauteloso, tremendo de leve. Preciso fazer isso direito. Não posso decepcionar Elaine. O mínimo que devo fazer é garantir que seu plano dê certo.

Ofego quando uma pilha de neve cai sobre mim, me deixando instantaneamente gelada. Solto um gemido alto, erguendo o rosto para o céu.

— Pelas Fúrias! — exclamo, profundamente frustrada.

Felix ri e usa os próprios poderes para me livrar da neve. Uso minha magia de fogo para me aquecer, e um fino rastro de chamas me envolve por um segundo.

— Tenha paciência, Arabella. Se passaram apenas algumas semanas. Você não vai aprender da noite para o dia.

Balanço a cabeça e me viro para ele.

— Mas eu preciso — sussurro, o desespero tornando minha voz rouca.

Felix se aproxima e segura meu rosto, roçando meus lábios com o polegar.

— Por que precisa, meu amor? Ainda temos tempo.

Agarro sua capa e deslizo as mãos por dentro dela, segurando as lapelas de seu uniforme.

— O povo de Eldiria já esperou demais. Não posso decepcioná-los. Para alguns, talvez eu seja a última esperança. Tenho que me esforçar mais. Não posso... Não posso decepcionar Elaine. Já não é ruim o bastante que não estejamos tentando quebrar a maldição? Como posso viver comigo mesma se não me esforçar ao máximo para aderir ao plano dela para o átrio?

Felix assente, compreendendo.

— Eu estava mesmo me perguntando o que ocupava seus pensamentos esta manhã. Imagino que ela tenha contado a você sobre Raphael?

Faço que sim com a cabeça, mas desvio os olhos, meu coração pesado.

— Faz dias que estou pensando na história deles, e não consigo imaginar uma maneira de trazê-lo de volta. Precisamos quebrar essa maldição, Felix.

Ele suspira e se inclina, me puxando para um abraço. Descanso a cabeça em seu peito e inspiro, trêmula, incapaz de evitar a dor em mim. Estou cheia de tristeza, de mágoas que nem sequer são minhas para carregar.

— Querida — sussurra Felix. — Você é a coisa mais maravilhosa que já encontrei em toda minha vida. Seu coração… é diferente de qualquer outro. — Ele beija o topo da minha cabeça e me aperta mais forte. — Arabella, meu bem, não é sua responsabilidade quebrar a maldição. As pessoas podem acalentar expectativas, mas você não é obrigada a atendê-las. Essa responsabilidade lhe foi imposta sem o seu consentimento e, como tal, você pode se afastar dela quando quiser. Ninguém poderia exigir mais do que você já está oferecendo.

Balanço a cabeça e ergo o rosto para encará-lo.

— Não é o suficiente, Felix. Você entende, não é? Se houver mais coisas que possamos fazer, então é nosso dever fazê-las. Estamos falando do nosso povo. Eles são *nossa* responsabilidade.

Ele me encara, arregalando os olhos de leve.

— Sim, minha amada Imperatriz. Eles são nosso povo, mas já não estamos entregando tudo que temos para eles? Me diga com honestidade, acha que há mais alguma coisa que possamos fazer?

Nego com a cabeça e enterro a testa no peito dele. Felix enrosca os dedos no meu cabelo e suspira.

— Raphael era meu melhor amigo, Arabella. Talvez meu único amigo, com exceção de Elaine. Vê-los juntos me trazia muita alegria. Eles me davam esperança de que talvez o amor verdadeiro existisse. Não desejo nada mais do que trazê-lo de volta, apertar sua mão e tomar uma daquelas bebidas horrendas que ele mesmo fermentava. Sinto saudade de Raphael, Arabella, todos os dias. Mas também sei que estou fazendo tudo o que posso. Você também está. A única coisa que podemos fazer por eles é continuar aprendendo, continuar nos fortalecendo e seguir lutando. É tudo o que podemos fazer, meu amor, e é o que estamos fazendo todos os dias, certo?

Assinto e engulo em seco.

— Me desculpe — sussurro. — Tudo isso tem sido muito mais pesado para você do que jamais seria para mim, mas eu...

— Não — interrompe ele. — Isso não é uma competição entre nós dois, querida. Você tem todo o direito de sentir o que está sentindo, e eu a adoro ainda mais por isso.

Concordo com a cabeça e me afasto dos seus braços.

— Se tudo o que posso fazer é me esforçar mais, então vou fazer isso.

Felix afasta o cabelo do meu rosto e anui.

— Muito bem. E eu estarei aqui a cada passo do caminho.

Sorrio para ele e recuo, voltando a fechar os olhos. Dessa vez, o ar chega até mim com mais facilidade. Ele ainda resiste ao meu chamado, mas não tanto. É quase como se concordasse com os meus propósitos, oferecendo um auxílio silencioso. Mordo o lábio enquanto tento manter a neve acima da cabeça, andando a passos curtos pela trilha. A barreira permanece intacta, e sorrio para mim mesma, aliviada, mantendo os olhos fixo na fogueira ao fim do caminho. Ela é o alvo que estou tentando acertar a manhã inteira, e mantê-la acesa é muito mais fácil do que convocar o ar ao meu redor. Expiro quando alcanço as chamas, engolindo em seco. Este é o verdadeiro teste: manter a fogueira acesa e a cabeça protegida da neve, tudo isso enquanto também alimento as chamas com oxigênio para fazê-las aumentar.

— *Por favor* — sussurro, antes de respirar fundo.

Expiro e canalizo o ar, empurrando-o na direção das chamas do jeito que imaginei. E, para minha surpresa, a coisa funciona.

Felix ri conforme a fogueira aumenta, e me viro para ele com a neve acumulada acima da cabeça, um sorriso largo no rosto.

— Consegui! — declaro, mantendo a voz baixa, como se falar alto demais pudesse fazer tudo desmoronar.

— Conseguiu mesmo — responde Felix, orgulhoso.

Um passo de cada vez. Isso pode ser tudo o que consigo fazer por enquanto, mas farei o melhor que puder. As pessoas de Eldiria merecem.

Felix

— Está pronta, meu amor? — pergunto, com o coração disparado de ansiedade.

Arabella assente, e chego mais perto para prender sua capa. Após semanas de prática e planejamento, estamos o mais prontos possível.

— Felix — murmura ela, com a voz suave. — Mesmo se falharmos em aquecer o aço hoje, podemos tentar de novo. Vamos tentar até acertar.

Sorrio para ela, mas o sentimento é agridoce. Muito tempo atrás, eu me sentia tão esperançoso quanto ela. Eu tinha certeza de que vencer a maldição era apenas questão de tempo, mas a verdade não é tão simples assim. Tivemos muita sorte até agora. Todas as outras tentativas de nos rebelar contra a maldição terminaram em desgraça. Arabella ainda não testemunhou a derrota esmagadora que se segue a um plano quase perfeito. Rezo para que ela não perca o ânimo como eu perdi; como todos nós perdemos. Ela pode ser um farol de esperança para meu povo, mas minha querida esposa é muito mais do que isso para mim. Não sei o que faria caso a encontrasse aos prantos por causa da maldição. Não quero que Arabella experimente o desamparo que todos nós sentimos.

— Claro que sim — respondo.

Acaricio sua bochecha e admiro seus olhos cor de mel, meu coração transbordando de uma sensação indescritível. Roço os lábios nos dela, uma, duas vezes, antes de beijá-la por completo. Quem me dera eu pudesse preservar esse momento. Tenho medo do que está por vir, tenho medo de ver decepção e dor nos olhos dela, mas não há como evitar.

Arabella fica na ponta dos pés e aprofunda o beijo, segurando minha capa, enrolando o tecido nos punhos. Somente quando ouvimos os suspiros ao redor que nos afastamos. As bochechas de Arabella ficam rosadas, e ela puxa o capuz sobre a cabeça. Por um segundo, nós esquecemos as pessoas em nosso entorno, a miríade de soldados e funcionários que se voluntariaram para nos ajudar.

O átrio está lotado de esperança e entusiasmo e, pela primeira vez em muito tempo, não há neve caindo sobre nós. Gostaria de poder interpretar isso como um bom sinal, mas não ouso ser tão otimista. Contemplo os rostos familiares que nos cercam, me sentindo inquieto. Eles estão acostumados à derrota e já aceitaram que mesmo minhas melhores tentativas produzem apenas uma pequena vantagem, mas é diferente com Arabella. Eles a enxergam como uma salvadora, e temo o modo como a olharão se não tivermos sucesso hoje. Mais ainda, temo como isso a afetaria. Demorou algum tempo, mas finalmente ela passou a considerar Eldiria como um lar. Espero que as coisas continuem assim.

— Theon, estamos prontos — chama Elaine, com a voz falhando.

Olho em seus olhos e encontro minhas próprias preocupações refletidas ali. Elaine sorri, mas não consegue ocultar o desconforto que sente. Assinto para tranquilizá-la, depois encaro minha esposa. Embora eu saiba que as probabilidades estão contra nós, tenho certeza de que Arabella sairá vitoriosa. Se alguém é capaz de enfrentar a maldição com sucesso, esse alguém é minha esposa.

Arabella assente para mim, e eu devolvo o gesto antes de seguir para minha posição na extremidade oposta do átrio. Respiro fundo e me viro para ela, as inúmeras barras de aço na minha frente, já colocadas na posição correta por meus homens. Tudo o que preciso fazer agora é transportá-las para o subsolo. Fico de joelhos e apoio as mãos na terra fria, fixando a atenção no aço diante de mim. Faz anos que não forço meus poderes alquímicos a esse ponto, e temo que isso vá me deixar esgotado, à mercê da maldição. Se for o caso, o palácio inteiro estará em risco. Arabella estará em risco.

Respiro fundo e esvazio a mente, focando a tarefa em questão e deixando todos os outros pensamentos desaparecerem. Olho para minha esposa e a vejo me observando, seus olhos repletos de uma confiança silenciosa. Ela sorri para mim e acena, e começo a transmutação do metal.

As barras de aço começam a brilhar, e o suor escorre em minha testa à medida que se tornam translúcidas. Receio não conseguir segurá-las por tempo suficiente para enterrá-las no chão. A cada segundo que aguento, fico mais fraco.

— Está quase lá, Felix.

Ouço a voz dela com clareza através do zumbido de energia ao redor, e me agarro à esperança em sua voz ao avançar. Inspiro mais uma vez, fechando os olhos enquanto visualizo a profundidade em que as barras devem ser posicionadas. Assim que expiro, elas somem de vista, embora eu ainda possa senti-las. Fico enjoado ao empurrá-las para baixo, minha visão fica turva conforme eu as afundo um pouco mais, até que as barras, enfim, estão no lugar.

Olho para Arabella e faço que sim com a cabeça, dando permissão para ela agir. Vejo a preocupação em seu rosto e forço um sorriso. Ela me encara, talvez tentando determinar se deve ou não confiar no meu sorriso, mas então Elaine apoia a mão em seu ombro. Solto um suspiro aliviado quando Arabella assente para Elaine, e me forço a ficar de pé, desejando oferecer para minha esposa o mesmo apoio que ela me ofereceu.

Observo Arabella fechar os olhos e abrir os braços. O fogo a envolve, faíscas brilham ao seu redor enquanto ela respira fundo, projetando sua atenção. Me pego imaginando qual lembrança ela escolheu para alimentar seus poderes hoje, estou decidido a descobrir essa informação mais tarde. O vento sopra em seus cabelos e, por um instante, temo que o tempo mude, que a maldição traga uma tormenta da qual não podemos escapar, mas nada parecido acontece.

As pessoas arquejam ao meu redor quando a neve no chão começa a derreter, revelando os padrões do piso de pedra. Encaro em choque os paralelepípedos, lembrando-me de como eram na minha infância, antes de os efeitos da maldição ficarem tão ruins quanto os de hoje. Pelo que consigo me lembrar, este pátio sempre esteve cheio de gelo e neve, exceto pelas passarelas, que sempre mantemos limpas. Faz décadas que não vejo este átrio sem um único floco de neve, mas é exatamente o que está acontecendo.

Olho outra vez para Arabella. Ela ainda está do outro lado do átrio, com os olhos fechados, as bochechas coradas e um sorriso leve no rosto. Seu cabelo escuro e comprido balança com o vento, e duvido que ela já tenha parecido mais etérea do que isso.

Arabella abre os olhos, e seu foco recai no mesmo instante em mim. Ela sorri antes de examinar os arredores. Dou risada quando ela gira em círculos, pura alegria ilumina seu rosto.

— Felix! — grita ela, e meu coração dispara.

Ela abre os braços, como se dissesse "Olhe em volta", mas continuo imóvel, encarando-a, incrédulo. Arabella de Althea. Não mereço chamá-la de esposa, mas sou mais do que abençoado por poder fazer isso de qualquer maneira.

Ela dá um passo em minha direção antes de acelerar e correr. Me apresso até ela, encontrando-a no meio do caminho, e Arabella se joga em meus braços. Aperto sua cintura e a levanto, girando-a no ar, lhe arrancando uma risada.

— Conseguimos! — exclama ela.

Balanço a cabeça.

— *Você* conseguiu — corrijo, baixando-a devagar, seu corpo deslizando contra o meu.

Arabella passa os braços ao redor do meu pescoço, comprimindo os lábios para demonstrar sua insatisfação.

— Eu não teria feito nada sem você, Felix. Sem você, não haveria barras de aço para aquecer. Nós conseguimos isso juntos.

Assinto. *Juntos*. Gosto de como a palavra soa vindo dela.

— Certo. Fizemos juntos.

Ela sorri, parecendo satisfeita com minha resposta. Seus olhos descem para meus lábios, e meu coração dispara quando ela inclina a cabeça, chegando mais perto. Toda vez que Arabella toma a iniciativa de me beijar, torna qualquer momento especial ainda mais perfeito.

Seus lábios roçam nos meus, e solto o ar de forma trêmula, impaciente por mais. Abraço seu corpo com força, e Arabella me beija, deixando escapar um gemido baixo. Seu beijo é profundo e tranquilo e, para minha surpresa, ela não se afasta, nem mesmo quando aplausos irrompem ao nosso redor.

Quando ela enfim se inclina para trás, meu coração está transbordando de novo, e começo a me perguntar se a emoção que estou sentindo pode ser a única coisa que nunca imaginei experimentar. Me pergunto se pode ser *amor*.

Felix

O sorriso de Arabella não abandonou seu rosto desde que saímos do átrio, e sua felicidade é contagiante. Não me lembro da última vez que o palácio se encheu de tanta alegria genuína. Não somos apenas nós, são todos os funcionários.

Há pessoas andando descalças pelo átrio. Algumas dançam e cantam, enquanto outras trouxeram nossos estoques limitados de bebida. Faz anos que meu povo não sente esperança como hoje, e devemos tudo a Arabella.

— Eu sabia que conseguiríamos — fala ela. — Você não acreditou em mim. Pode não ter dito nada, mas vi nos seus olhos.

Interrompo o passo no corredor, surpreso por ela ter enxergado através das minhas tentativas de esconder a preocupação.

— Ninguém jamais conseguiu ler minha mente desse jeito — respondo.

— Eu consigo, Felix.

Arabella parece orgulhosa e geniosa, com uma expressão de censura nos olhos. Há algo tão etéreo em sua figura nesse momento. Ela me olha como uma esposa olharia para o marido, com intimidade e um nível de compreensão que apenas um casal de verdade compartilha.

— É mesmo? — pergunto, abrindo um sorriso. — Então me diga no que estou pensando agora, querida esposa.

Deixo os olhos vagarem por seu corpo. Me imagino desamarrando seu espartilho. Arabella arregala os olhos, e suas bochechas ficam rosadas conforme ela se afasta de mim, dando mais um passo em direção ao nosso quarto.

— Não faço a menor ideia! — responde ela, com a voz estridente.

Amo vê-la corando. Acho que escandalizar minha esposa pode muito bem ser meu novo hobby favorito. Fazê-la corar e arregalar os olhos... isso mexe comigo.

— Tem certeza de que não sabe no que estou pensando? — pergunto, indo atrás dela.

Arabella espia por cima do ombro em uma tentativa de me olhar feio, mas consigo enxergar o desejo mal disfarçado em seu rosto. Dou risada e conto os passos até nosso quarto enquanto a observo caminhar na minha frente. Resolvo que não consigo mais esperar e uso meus poderes para desamarrar seu espartilho pelas costas.

Arabella ofega e me encara por cima do ombro.

— Felix! — repreende, e sorrio diante do olhar arregalado que ela me lança.

Ela é linda.

Continuo desfazendo os laços do espartilho, e Arabella ri baixinho. Ela olha para mim de novo, depois começa a correr.

Fico paralisado de surpresa por um segundo, mas sorrio e vou atrás dela. Suas risadas ecoam pelo corredor, e meu coração quase transborda. Quando foi a última vez que esses corredores estiveram repletos de felicidade?

Arabella escapa do meu olhar ao entrar no quarto, e sigo seu rastro.

— Onde pensa que vai, esposa?

Preciso dela com um desespero que não posso conter, e estou ficando sem paciência.

Arabella ri e corre até a cama. Ela se encosta em uma das colunas e me olha, a respiração falhando. Seus olhos estão fundos de desejo, e meu coração dispara ao vê-la baixar a vista para o meu corpo.

Apoio as costas na porta e a observo, erguendo a mão para desfazer o resto do espartilho. Ela entreabre os lábios, o que desfaz seu sorriso, e é minha vez de rir.

— Se escondendo de mim, meu amor?

— Talvez — sussurra ela, a voz rouca.

Giro os dedos e engulo em seco quando o espartilho se abre. Encaro Arabella nos olhos, imaginando o que ela fará, e fico tenso quando ela deixa a peça cair no chão.

Respiro com dificuldade enquanto desfaço o nó na parte superior de sua saia. Arabella também deixa a saia cair no chão, seus olhos repletos do mesmo desejo que os meus.

Ela fica diante de mim apenas com a roupa de baixo, encostada no pilar da cama, me encarando. Ainda está me olhando quando dou um puxão forte em seu camisolão, rasgando a peça. O tecido escorrega por seus ombros e se junta ao resto das roupas a seus pés.

Arabella ergue os braços a fim de tapar o corpo nu, mas balanço a cabeça em negativa enquanto diminuo a distância entre nós.

— Não. Você é linda demais para se esconder.

Seguro os braços dela com meu poder e os prendo acima da cabeça, fazendo-a ofegar.

— Felix! — sussurra ela, e abro um sorriso.

— Gosto do jeito como meu nome soa em seus lábios, meu bem. Vou gostar ainda mais de fazê-la gritar.

O jeito como Arabella me olha faz minha calça ficar apertada, mas, mais do que tudo, quero me demorar com ela. Quero agradar minha esposa e deixá-la tão maluca quanto ela me deixa. Quero meu nome em sua boca, de novo e de novo, até que as responsabilidades do amanhã nos separem.

Eu me aproximo dela e seguro seu queixo, erguendo seu rosto para beijá-la. Me demoro, entrelaçando nossa língua de um jeito que já aprendi que a faz tremer de desejo.

— Felix — murmura ela com os lábios grudados aos meus, seu tom suplicante.

Arabella faz força contra minha sombra e, para minha surpresa, meu poder se desfaz, soltando seus pulsos. Ninguém jamais foi capaz de fazer algo assim. Sorrio enquanto ela passeia com as mãos em meu corpo, puxando meu uniforme. Minha linda esposa não tem ideia do quanto é forte. Nem posso imaginar o quanto ficará mais forte ainda.

— Você já me provocou o suficiente — declara ela, abrindo meu uniforme.

Sou pego de surpresa quando ela se inclina, beijando meu pescoço. Arabella nunca foi tão ousada, e estou adorando cada segundo. Embora seu corpo sempre traísse seu desejo, isso é diferente.

Arabella se aperta contra meu peito, e dou um passo para trás, curioso. Ela sorri e me empurra na direção da cama, até me deixar bem de costas para o colchão.

— Talvez não seja tão divertido assim ser jogado de um lado para o outro, não acha, marido?

Sorrio quando ela empurra meu peito de novo, me fazendo cair de costas na cama. Me apoio nos cotovelos para olhá-la e balanço a cabeça.

— Pelo contrário, esposa. Estou gostando bastante.

— Você vai ver — garante Arabella. — Elaine me emprestou alguns de seus romances. Eram bem mais explícitos do que os que nós temos na biblioteca.

Será que ela percebe que passou a se referir a tudo em termos de "*nós*"? Ela chama meu povo de seu, e meu palácio recebeu o mesmo tratamento. Será que Arabella também *me* considera dela? Nunca senti ciúmes de meus próprios cidadãos antes, mas agora é exatamente o que estou sentindo. Estou com ciúmes.

— Elaine, hein? Tenho a sensação de que estou prestes a ficar muito grato pelos livros perversos que ela emprestou.

Arabella ri, o som fazendo meu coração transbordar de sentimentos aos quais não ouso dar nomes. Durante muito tempo, associei o amor à maldição, e agora não quero macular o que sinto por Arabella.

— Acho que você pode estar certo. Mas não tenho tanta certeza. Tudo parecia muito incrível nos livros, mas pode não ser tão fácil assim na realidade.

— Que bom que temos bastante tempo — murmuro, desejando que fosse verdade. — Eu ficaria feliz em me sujeitar ao que, estou certo, vão ser grandes práticas de tortura.

Arabella cai na gargalhada, e não consigo evitar rir também. Nunca experimentei nada parecido: alegria misturada a luxúria, humor misturado ao desejo.

— Tortura… se eu fizer direito, pode muito bem ser isso.

Ela se inclina sobre mim e passa a mão no meu peito.

— Amada — sussurro. — Não sou tão paciente assim. Se quiser que eu tire a roupa, é só dizer.

Ela me fita com os olhos semicerrados e assente, um sorriso tentador surge em seu rosto. Estalo os dedos, e minhas roupas vão parar em cima das dela, me deixando nu e inteiramente à mercê da minha esposa.

Ela se ajoelha na minha frente, apalpando minha ereção sem hesitar, e solto um gemido.

— Pelas Fúrias, Arabella…

Ela me olha enquanto abaixa a cabeça, e quase perco o controle quando ela envolve meu pau nos lábios, sua boca úmida e quente. Arabella move a cabeça para cima e para baixo em uma carícia hesitante, mas ao mesmo tempo determinada. Ela vai me deixar louco, o que certamente era seu objetivo esse tempo inteiro.

Ela gira a língua do jeito que gosta de fazer ao me beijar, e eu gemo, sem poder continuar.

— Meu amor — digo a ela. — Continue assim, e vou acabar sujando essa sua boquinha linda.

Arabella não tem ideia do que está fazendo comigo. Não tem ideia de como está incrível, com os seios à mostra enquanto me toma tão fundo.

Eu a ergo no ar, posicionando-a de modo que ela fique por cima de mim.

— Felix — protesta Arabella, mas balanço a cabeça.

Não consigo suportar mais nenhum segundo do tormento que ela está me fazendo passar.

— Segure — ordeno, e ela obedece, me guiando para dentro de seu calor úmido e escorregadio. — Monte em mim, meu amor. Me use como quiser.

Ela começa a se mover por cima de mim, e sorrio enquanto uso as sombras no lugar dos dedos, provocando Arabella até sentir seus músculos se contraírem ao meu redor.

Não me canso dessa mulher. Concordei em deixá-la partir se conseguirmos mitigar os efeitos da maldição, mas não tenho certeza se consigo. Perder Arabella não é algo a que eu sobreviverei.

Felix

Não consigo me livrar do mal-estar profundo que sinto ao caminhar em direção à ala leste, com o vento gelado cortando minha pele. É quase como se nos últimos dias eu estivesse existindo em dois universos completamente diferentes, um deles permitindo que eu me perca em Arabella do jeito que gostaria de fazer o tempo todo. Ela acalma minha alma inquieta e faz isso com nada além de inteligência e sorrisos. Quanto mais ela me dá, mais ganancioso me torno e mais temo perdê-la para a maldição.

Inspiro de maneira entrecortada enquanto observo os quadros esfarrapados que apunhalei muitos anos atrás, o veneno roubando os resquícios de paz que despertar ao lado de Arabella tinha me concedido. Quando arrebentei aquelas telas, me perguntei se o palácio as consertaria, assim como fazia com a maior parte dos outros itens de valor. Parte de mim tinha certeza de que o palácio gostaria de preservar algumas peças relacionada à minha mãe. Esta era, afinal, a ala dela.

A maldição se limitou principalmente a esta área, quase como se não conseguisse se estender para outras partes do palácio com a mesma facilidade com que corre pelo meu império. Sempre que os tentáculos de escuridão se espalham, muitas vezes consigo enviar a energia de volta para a ala leste. A maldição atinge seu ponto mais forte aqui, mas o dano que causei não foi desfeito.

Cerro os dentes quando o espelho de Pythia aparece, e a aversão me percorre conforme admiro os delicados ornamentos florais em dourado. Quando Pythia apareceu em meu palácio, quase cinquenta anos atrás, implorando por refúgio da maldição em troca de uma profecia que pudesse salvar meu povo, ofereci a ela um feitiço vinculativo, prendendo-a ao espelho e sua respectiva dimensão, mantendo-a a salvo. Pythia enxerga diferentes versões do futuro e, em todas, exceto uma, ela se viu sucumbindo à maldição. Me oferecer a profecia em troca do feitiço era a única maneira de ficar em segurança. Pensando bem, gostaria que ela tivesse escolhido qualquer coisa que não este espelho, o mesmo que minha mãe supostamente amava e que tinha feito com as próprias mãos.

— Pythia — chamo, o pavor habitual percorre minha coluna quando ela aparece. — Os planos que eu e Arabella traçamos... vão dar certo?

Ela fica em silêncio por um instante, com mais trepidação em sua linguagem corporal do que o habitual.

— Em todas as versões do futuro que vi, vocês falharão em quebrar a maldição com esse plano. É, no entanto, um passo necessário que vocês dois devem dar.

Assinto e desvio os olhos, acostumado a ter minhas tentativas fracassadas. Eu teria ficado mais surpreso se ela dissesse que assim quebraríamos a maldição. Seria simples demais.

— A vida do povo de Eldiria vai melhorar com isso?

Levanto uma sobrancelha quando Pythia parece hesitar. Como parte do feitiço vinculativo, ela se sente compelida e me responder, desde que suas respostas não influenciem negativamente o futuro. Mas, mesmo assim, ela muitas vezes tenta lutar contra a compulsão.

— Embora seja um alívio temporário, tudo faz parte de um plano maior. Seus esforços vão inspirar esperança e causarão grandes impactos positivos na vida do povo de Eldiria, mas tudo isso trará um enorme custo pessoal.

Meu coração afunda e um novo tipo de medo me invade. Nunca tive nada a perder, não de verdade, mas agora tenho. A ideia de perder Arabella para a maldição me abala profundamente, causando um terror genuíno talvez pela primeira vez em minha longa existência.

— Me mostre.

Pythia desaparece, e uma visão de mim surge. Só que meus olhos estão completamente escuros, como se a maldição tivesse me dominado. A negação me invade, e cerro os dentes, jurando que isso jamais vai acontecer. As visões que ela me mostra nem sempre se realizam. O futuro é fluido, nada é imutável.

— Por quanto tempo posso ficar afastado?

Pythia aparece.

— Varia em cada versão do futuro que enxergo, indo de semanas a meses. É a sua proximidade com a imperatriz que acelera sua vulnerabilidade à maldição.

Assinto, correndo a mão pelo cabelo. Isso significa que terei de me monitorar com atenção. No segundo em que começar a perceber que estou perdendo o controle, precisarei me afastar de Arabella. Não posso jamais deixá-la me ver transformado no monstro que surge quando a maldição me domina temporariamente, como já aconteceu no passado, nos campos de batalha. Não posso mostrar para ela a sede de sangue, a obsessão.

Contraio o maxilar e passo um dedo pela borda do espelho, observando as ondulações que brotam ali, ainda que a superfície pareça sólida e impenetrável.

— Terei de levar você comigo — aviso. — Para que eu continue monitorando minha mudança enquanto instalamos os canos. Não vou arriscar a vida da minha esposa.

— Você passou a amá-la — declara Pythia, em um tom ao mesmo tempo zombeteiro e animado. — As rodas do destino estão girando, e nem você pode detê-las.

Cerro os dentes e bato com o punho na beirada do espelho. Depois, uso alquimia para remover as arestas afiadas do caco que quebrei. O rosto de Pythia fica pálido, e eu sorrio, satisfeito por ter pegado a vidente de surpresa. A cada ano que passa, ela se ressente mais de mim. Mal posso culpá-la. Não fosse por mim, Pythia não precisaria continuar presa ao espelho, e a maldição não teria feito dela um alvo como aconteceu. A maldição devia saber que ela tinha uma pista de como quebrá-la e, como resultado, soterrou sua aldeia com uma avalanche, levando sua casa e sua família. Quase matou Pythia também, mas morrer não era o que as Fúrias haviam reservado para a vidente. Não era o momento. Não quando ela tinha uma profecia a revelar.

— E nem você — lembro a ela. — No entanto, você vai me ajudar a alcançar o melhor futuro possível, um em que tanto Arabella quanto meu povo sejam felizes. — Levanto o caco do espelho e observo o desprazer em seus olhos quando o deixo deslizar para dentro da capa. — Você responderá quando eu chamar, não importa onde eu esteja, e vai me guiar. Nada de ruim acontecerá com Arabella.

A expressão de Pythia se torna tempestuosa por um momento antes de ela desaparecer. Fico tentado a chamá-la de volta, apenas para reforçar meu argumento, mas sei que não devo irritar ainda mais uma vidente. Pythia pode ser obrigada a me responder, mas, quanto mais a chamo, mais enigmáticas e inúteis suas respostas se tornam.

— Theon? — Ergo os olhos e vejo Elaine parada na entrada da ala leste, como se estivesse me esperando. — Me diga que isso vai funcionar.

Penso nas palavras de Pythia e assinto.

— Vai causar grandes impactos positivos na vida do nosso povo — respondo, omitindo todas as advertências que Pythia me deu.

Os ombros de Elaine cedem de alívio, e ela me encara com tanta esperança nos olhos que sinto remorso no mesmo instante. Precisarei fazer tudo o que estiver ao meu alcance para garantir que este plano dê certo.

Arabella

Mordo o lábio ao deixar a pena de lado, meu coração dói. Hoje é o aniversário da minha irmã, e é a primeira vez que ela terá de passá-lo sem mim. Normalmente, o dia seria preenchido pelas festividades que meu pai costuma organizar para ela, mas Serena e eu sempre dávamos um jeito de passar um tempo juntas. Eu cantaria para ela, e dividiríamos uma fatia de bolo, só nós duas. Ficaríamos perto da janela, refletindo sobre o ano que passou e sobre tudo o que ela desejava realizar no próximo. Aqueles momentos compartilhados eram cheios de esperança e alegria, e estão entre as minhas lembranças favoritas.

A dor de sair de casa não é mais tão intensa quanto no início, mas hoje a perda está pesando muito sobre mim. Sinto saudades de Serena, saudades dos preparativos para o aniversário dela, das conversas sobre vestidos e combinações de cores, dos passeios que fazíamos para encontrar a melhor boleira e a roupa perfeita para o grande dia. Sinto falta da minha irmã.

— O que há de errado?

Olho para Felix, sobressaltada.

— Nada. — Balanço a cabeça e aperto a carta contra o peito. — Felix, por favor, pode entregar isto para minha irmã?

Entrego o envelope com um suspiro, e ele franze a testa. Felix vem entregando minhas cartas faz semanas, sem nunca me perguntar sobre elas, mas agora parece curioso.

— Hoje é o aniversário dela — murmuro, com a melancolia transbordando na voz. — Não posso estar com ela hoje, mas gostaria de lhe desejar feliz aniversário.

Felix se aproxima e segura minha bochecha com um toque suave.

— É claro, querida — responde. — Vou providenciar para que chegue o quanto antes.

Observo a carta cintilar em um dourado intenso antes de desaparecer, e então suspiro. Espero que a correspondência a faça sorrir. Espero que Serena saiba que estou pensando nela hoje.

— Você sente saudade da sua irmã — murmura Felix.

— Mais do que você pode imaginar. Minha irmãzinha é tudo para mim. Ela era tudo o que eu tinha em uma vida à qual nunca pertenci. Era minha confidente, minha melhor amiga.

Felix desvia os olhos, a expressão se tornando conflituosa.

— Depois que a maldição for quebrada, você poderá vê-la — responde, e eu assinto.

A ideia de voltar para casa não me vem mais com tanta frequência quanto antes, mas dias como hoje tornam difícil resistir ao desejo.

— Dito isso — acrescenta Felix, com o tom hesitante —, o átrio estava cheio de neve esta manhã.

Arregalo os olhos, e a decepção me inunda. Me senti de coração partido a manhã inteira, e agora isso. Passo a mão pelo cabelo e puxo o ar de maneira trêmula.

— Como isso foi acontecer? Ficou tudo bem durante dias!

Felix assente e afasta meu cabelo do rosto, prendendo-o por trás da orelha.

— Pare um momento para acessar seus poderes, Arabella. Você sente a conexão que forjou com as chamas no átrio?

Arregalo os olhos quando percebo que não. A tristeza consumiu todos os meus pensamentos esta manhã, afastando a chama que eu guardava no fundo da mente.

— Ah, pelas Fúrias, Felix! É culpa minha!

Ele sorri, um toque de alívio em seus olhos.

— Arabella, meu amor… é difícil manter um fluxo constante de energia de qualquer tipo. Você se saiu incrivelmente bem. Os canos já estão no lugar, não estão? É só uma questão de aquecer tudo outra vez. Eu suspeitava de que fosse a maldição, de que os canos estivessem destruídos, mas não parece ser o caso. Como esperávamos, sua magia elemental torna tudo o que toca imune à maldição. São boas notícias, querida.

Concordo com a cabeça, mas não consigo esconder a decepção. Eu tinha tanta certeza de que havíamos conseguido, de que estávamos um passo mais perto de realizar nossos planos. Se as chamas se apagarem toda vez que me distraio, como vamos fazer isso funcionar? Se a tristeza afasta as emoções que alimentam meu fogo, como vou poder sustentá-lo?

— Venha — chama Felix, sua mão encontrando a minha.

Ele entrelaça nossos dedos e me puxa. Quando chegamos ao corredor, ele estala os dedos, e nossas capas surgem em volta dos ombros.

— Luvas? — pergunto, e Felix assente.

— Sim, meu amor — responde ele, fechando os olhos por um instante.

Quando volta a abri-los, está segurando nossas luvas.

— Por que você estala os dedos com tanta frequência ao invocar seus poderes de alquimia?

Felix balança a cabeça.

— Não sei direito. É algo que me ajuda a me concentrar nos poderes. A concentração é de suma importância na alquimia, ou o item que está sendo transportado ou transmutado pode ser danificado. Quando comecei a aprender, perdi várias coisas. Não sei para onde os itens vão enquanto estão em trânsito. Suspeito que seja algum tipo de limbo.

Mordo o lábio, a culpa se instala no fundo do meu estômago. Nunca pensei no quanto deve ser custoso para Felix usar alquimia o tempo inteiro. Sempre considerei algo simples, em parte porque ele faz a habilidade parecer fácil.

— É difícil para você enviar minhas cartas?

Ele me encara, hesitante.

— Seria mais difícil se um mensageiro atravessasse a floresta para entregar a correspondência.

Acho que é o mais perto de um "sim" que Felix vai me conceder. Venho pedindo que ele envie e busque cartas para mim toda semana desde que ele se ofereceu para isso. O quanto devo tê-lo deixado esgotado?

— Obrigada — falo para ele. — E me desculpe por não ter agradecido antes. As cartas da minha irmã tornaram minha estadia suportável. Eu ficaria terrivelmente solitária sem elas.

— Suportável, é? — repete ele, e eu paro.

— Não foi nesse sentido que eu falei. Você sabe o que eu quis dizer.

Felix para de andar e se vira para mim com uma expressão cautelosa.

— Não, Arabella, eu não sei.

Hesito, sem saber o que responder. Posso não estar mais tão solitária quanto antes, mas, independentemente do quanto eu goste de estar com Felix, sempre há um pensamento incômodo no fundo da minha mente, me lembrando de que fui forçada a vir para o palácio.

— Vamos — digo a ele. — Devemos aquecer os canos o mais rápido possível.

Felix assente, as mãos desaparecendo nos bolsos. Me acostumei tanto a andarmos de mãos dadas que o gesto me sobressalta, e sinto culpa no mesmo instante por não ter respondido de modo que o tranquilizasse. Mentir não parecia certo, e tenho certeza de que Felix teria percebido no mesmo segundo.

— Excelência! — chama Elaine, correndo até o nosso encontro quando chegamos ao átrio. — Por favor, há algo que possa fazer?

O desespero em seus olhos alimenta minha culpa. Posso ter sido arrancada do meu reino, mas Elaine perdeu *tudo*. Se ela consegue lutar da forma como luta todos os dias, então devo fazer o mesmo. Sentir pena de mim mesma, ainda que por um minuto, não é aceitável. Não quando há tanto em jogo.

— Farei meu melhor, Elaine. Juro.

Ela assente, e vejo como a feiticeira está tremendo. Nunca a vi demonstrar fraqueza nem sequer uma vez. Nunca percebi quanta esperança ela depositava em nosso sucesso no átrio. Uma olhada rápida ao redor deixa claro que não é só Elaine que está com a fé abalada. E isso aconteceu porque perdi o controle das minhas emoções, porque permiti que minha autopiedade substituísse as lembranças que alimentavam o fogo.

Me agacho no chão, pressionando as mãos no piso gelado que apenas um dia antes estava tão quente. Fecho os olhos e deixo minhas recordações favoritas de Serena preencherem minha mente, até que meu coração transborde de felicidade em vez de tristeza. Sorrio para mim mesma quando sinto o fluxo do fogo me envolver e o puxo para mim com gratidão.

Deixo a energia correr, permitindo que meu corpo seja um condutor para o fogo que envio até a profundeza dos canos, e respiro aliviada quando o sinto atingir o alvo. Fico ali sentada, com os joelhos no chão, deixando que as minhas memórias de infância alimentem as chamas. Penso em nossos passeios secretos, descobrindo juntas partes do castelo que nem sabíamos que existiam. Meu pensamento foca o dia em que fugimos até a cidade e experimentamos hidromel pela primeira vez. Depois, todas as vezes em que dançamos e rimos. Porém, minhas lembranças favoritas talvez sejam os dias em que nos sentamos juntas para sonhar com o futuro.

Abro os olhos quando tenho certeza de que os canos estão totalmente aquecidos, com meu coração repleto de uma felicidade agridoce.

— Feliz aniversário, Serena — sussurro.

A maneira mais rápida de voltar para minha irmã é terminando o projeto de Elaine. Assim que estiver tudo pronto, poderei visitar Serena e lhe dar os parabéns pessoalmente. Posso ter perdido as festividades deste ano, mas não vou perder as do ano que vem. Se tudo acontecer como desejo, Felix e eu vamos comparecer juntos.

Felix

Caminho por entre as dezenas de vagões contendo canos de aço, inspecionando cada lote do carregamento. Foram necessárias semanas de preparação a fim de providenciar a quantidade necessária para a viagem.

— Estou preocupada, Felix.

Me viro para Arabella e coloco a mão em seu rosto, acariciando sua bochecha com os nós dos dedos.

— Não se preocupe, meu bem. Você mantém o átrio aquecido já faz semanas. Não viu as plantas que Elaine e os outros feiticeiros cultivaram? Não me lembro da última vez que algo brotou em Eldiria, e *você* fez isso acontecer. Se conseguiu obter sucesso no átrio, também vai conseguir no resto do império.

Ela balança a cabeça e agarra minha capa.

— O átrio é uma das partes do palácio em que os efeitos da maldição são amplamente mitigados. Não vai ser assim no resto do país.

Ela tem razão, mas, pela primeira vez, tenho certeza de que sairemos com a vitória.

— Tenha fé, amada. Eu tenho. Tenho fé em você e em nós dois. Chegamos mais longe do que nunca, e suspeito de que ainda temos um longo caminho pela frente. Percorra essa estrada comigo, Arabella, e mudaremos mais vidas do que você julgaria possível.

Ela assente, mas vejo a insegurança em seus olhos. Me espanta que ela pareça não perceber o quanto é poderosa. Em poucos meses, Arabella dominou poderes que pensávamos estar extintos, ensinando mais a si mesma do que eu jamais poderia fazer. Seu controle sobre o fogo vai além de tudo o que já vi, e o controle do ar está se desenvolvendo depressa. Ela já me ergue no ar por alguns segundos, quando apenas semanas atrás mal conseguia levantar um punhado de neve. Gostaria que ela se visse através dos meus olhos.

— Vamos, meu amor.

Arabella segura meu braço, e envolvo sua cintura para colocá-la em cima de Sirocco, me demorando a soltá-la. Não temos tido muitos momentos a sós ultimamente. Cada segundo em que não estou trabalhando é gasto executando os planos de Elaine e me preparando para a viagem em que estamos prestes a embarcar. Inúmeras regiões do império receberão aço nos próximos dias, assim como os soldados que cavarão o solo e instalarão os canos para que Arabella e eu possamos nos mover pelo país em um ritmo mais rápido. Imagino que haverá muitos pontos dessa jornada aos quais chegaremos, e os canos ainda não terão sido instalados por causa do gelo ou dos efeitos da maldição. Pelo que observei, a maldição não chega perto de nada que a magia de Arabella tenha tocado, mas, até isso acontecer, ela vem se espalhando com violência.

Minha esposa e eu fizemos o possível para nos preparar para o inesperado. A viagem pode durar apenas algumas semanas ou meses. Embora tenhamos nos planejado para os dois cenários, vejo que Arabella está com bastante medo, e não sei como afastar seus temores.

— Que lindo — comenta ela enquanto cavalgamos por campos vazios cobertos de neve.

Tento enxergar as coisas sob seu ponto de vista. As estrelas acima de nós iluminam os campos, e suponho que exista alguma beleza nisso.

— Muitos anos atrás, aqui ficavam os campos de arroz.

Ela fica tensa, as costas rígidas contra meu peito.

— Me desculpe, Felix. Eu… eu não imaginava.

Sorrio para mim mesmo e a envolvo com o braço.

— Um dia, vou te mostrar como eles eram. Um dia, eu e você vamos devolver àqueles campos a beleza de antes.

Ela vira a cabeça para me encarar, os olhos encontrando os meus. Sinto sua falta. As últimas semanas foram preenchidas com noites em claro e longas horas acordado. Sinto falta de me deitar na cama com ela em meus braços. Sinto falta de seu corpo nu junto ao meu e do jeito como ela sussurra meu nome enquanto dorme. Sinto falta de como seus olhos brilham de desejo e de seus apelos silenciosos, mas sempre eficazes.

Eu me inclino e a beijo, pegando-a desprevenida. Arabella fica tensa por um instante, mas depois ergue a mão, enfiando-a em meu cabelo enquanto me beija de volta. Já faz mais de duas semanas desde a última vez que toquei seus lábios com os meus, e a distância que surgiu entre nós desde então me deixa profundamente desconfortável.

Tento afastar a dor e aprofundo o beijo, me perdendo nela por um momento. Temo que os momentos que viveremos ao longo desta viagem serão as últimas lembranças que vou ter de Arabella. Tive esperança de que a faria mudar de ideia, mas suspeito que ela ainda tenha toda intenção de me deixar assim que retornarmos ao palácio. Esta viagem pode muito bem ser minha última chance de conquistar seu coração.

Arabella se afasta, com as bochechas em chamas, e eu sorrio. Faz tanto tempo que não a faço corar.

— Linda — sussurro em seu ouvido. — Adoro ver seu rosto corado, querida. Já faz muito tempo.

— Felix! — repreende ela, mas seu tom de voz me tranquiliza.

Arabella tem agido diferente. Desde o aniversário da irmã, ela anda distraída. Já foi mais fácil para mim ler minha esposa, mas nos últimos dias ela se tornou um mistério. Não consigo entender no que está pensando e temo que suas divagações estejam em Althea. Fico tentado a ler as correspondências que ela troca, com medo de que, na verdade, seja com o garoto que ela se comunica, mas tenho preferido confiar em Arabella. Espero não me arrepender.

— Chegamos — diz ela, soando nervosa.

Olho ao redor, examinando a praça da primeira cidade em nosso caminho. Os moradores se reuniram para nos receber, seus rostos iluminados pela esperança.

A neve começa a cair assim que os cavalos param, se transformando em granizo no instante em que meus pés tocam o chão. Ergo o rosto, sentindo o coração apertado. Arabella estava certa. A maldição não nos deixará intervir com a mesma facilidade que experimentamos no átrio.

Meu humor está sombrio quando a levanto de Sirocco, meu ânimo decaindo a cada segundo. Não posso ficar longe do palácio por muito tempo. Cada vez que tento, a maldição me enreda, me sufocando tão lentamente que mal percebo o que está acontecendo, até que seja tarde demais e o estrago esteja feito. Mas nosso plano falhará sem minha presença, e qualquer período de recuperação no palácio nos atrasaria demais.

— Está tudo bem, Felix — diz Arabella. Ela segura minha mão e sorri. — Vai dar tudo certo.

Concordo com a cabeça enquanto a sigo, me forçando a acreditar em suas palavras. Arabella nunca me viu perder o controle – poucas pessoas já o fizeram e sobreviveram para contar a história. Temo o que posso fazer com ela se ficarmos longe por muito tempo. Pelas Fúrias, nunca iríamos nos recuperar se a coisa chegasse a esse ponto. Arabella pode enxergar para além do meu exterior monstruoso por enquanto, mas, assim que testemunhar a fera interior, vou perdê-la.

— Felix?

Eu a encaro, com o peito doendo. Ela é tão linda que parte meu coração. Não é apenas o rosto deslumbrante ou o corpo com o qual não consigo parar de fantasiar. É o seu coração.

— Você está pronto, Felix?

Concordo com a cabeça e olho para os tubos de aço já posicionados ao meu dispor. Movê-los vai exigir tanta energia da minha parte... Quantas vezes conseguirei fazer isso antes de me esgotar? Quanta magia posso produzir antes de me tornar um perigo para todos ao redor?

Felix

Olho para Arabella curvada sobre a escrivaninha improvisada em nossa tenda, escrevendo com tanta fúria que consigo ver manchas de tinta em sua bochecha mesmo de onde estou. Seus olhos brilham de contentamento enquanto ela escreve uma carta para a irmã, e me pergunto se algum dia a farei sorrir desse jeito.

Eu já a fiz dar risadas, e houve momentos em que lhe proporcionei alegria, mas tudo sempre foi passageiro. Será que eu conseguiria fazê-la tão feliz quanto uma carta da irmã? Arabella suspira, o sorriso desaparecendo por um mero instante antes de ela balançar a cabeça e continuar a escrever. Imagino qual pensamento acabou de passar por sua cabeça.

Nunca senti tanta curiosidade por uma mulher, desejo saber cada coisa que a consome. Quero saber de cada pensamento perdido, de cada razão por trás de seus suspiros. Suponho que faça sentido que libertar meu povo também signifique perdê-la. Fui amaldiçoado desde o dia em que nasci, e morrerei sentindo as consequências dessa maldição. Mas que sorte será morrer cercado de lembranças de Arabella. Que sorte a minha a ter por tanto tempo ao meu lado.

Arabella ergue a cabeça, levando a mão ao peito enquanto arregala os olhos.

— Felix — sussurra. — Não vi você. Há quanto tempo está parado aí?

Bem mais tempo do que eu gostaria de admitir.

— Não muito — respondo.

Arabella me encara, quase como se estivesse tentando ler meu rosto, mas então balança a cabeça em um movimento tão sutil que quase não percebo.

— Sei que estou pedindo demais de você, mas estaria disposto a enviar esta carta para Serena? Prometi a ela que manteria contato mesmo enquanto estivéssemos na estrada. Ela está preocupada. Odeio imaginá-la em casa, esperando, cheia de ansiedade. Sei que ela vai ter dificuldade para dormir até ter notícias minhas. Não importa o que eu diga, Serena tem certeza de que vou congelar até a morte ou... — Ela se interrompe de maneira abrupta, as bochechas ficando coradas depressa.

— Ou o quê?

Arabella desvia os olhos e balança a cabeça.

— Não é nada. Serena tem medo de você e está convencida de que vai me machucar em algum momento. Não importa o que eu diga, ela não se convence. Deve ter algo a ver com a maneira como você lidou com nosso pai no dia do casamento. É o único lado seu que minha irmã conhece.

— E o que *você* acha? — pergunto, hesitante. — Acha que vou te machucar, Arabella? Tem medo de mim?

Ela me encara com os olhos arregalados.

— Você nunca me machucou, Felix.

Isso não é uma resposta, e ela sabe disso. Suponho que devo ficar grato por ela não mentir descaradamente. Gostaria de poder tranquilizá-la e jurar que nenhum mal jamais lhe acontecerá, mas, quanto mais tempo ficamos longe do palácio, mais inquieto eu me sinto. A cada dia, sinto meu controle se esvair. Percebo a escuridão me puxando, me atraindo com pensamentos que não consigo afastar. Por experiência própria, sei que só vou conseguir resistir por um tempo, apesar da esperança que tive de que minha transformação demoraria muito mais do que isso.

É quase como se a maldição tivesse um cérebro e soubesse que estamos perto de derrotá-la. Sua atração está mais forte que nunca.

— Felix? Você pode enviar a carta para mim?

Faço que sim e caminho até ela, pegando a carta com cuidado, o tempo todo resistindo à vontade de tocá-la. Minha necessidade por Arabella cresce a cada segundo, mas temo a proximidade com ela agora que tenho tão pouco controle.

— Claro, querida.

Olho fixamente para a carta enquanto me concentro na lembrança da mesa comprida na sala do trono de Althea, para onde tenho enviado toda a correspondência de Arabella. A carta brilha em um dourado intenso antes de desaparecer, e Arabella sorri.

— Obrigada.

Assinto e me viro para ir embora, mas Arabella segura minha mão e me detém.

— Para onde você está indo?

Sua voz é suave, doce e totalmente irresistível.

— Preciso verificar o progresso com os canos. Os soldados ainda estão cavando, e me pergunto se talvez não seja melhor usar alquimia de novo. Esta é a terceira cidade em que os canos não foram instalados antes da nossa chegada. Estamos consideravelmente atrasados.

Arabella balança a cabeça de modo compreensivo, mas há um esboço de sorriso em seus lábios.

— Ou você pode simplesmente deixar os soldados fazerem o trabalho deles, e aproveitamos a noite juntos. Ainda não tiramos uma noite de folga. Você não está cansado?

Ouço as palavras que ela não diz, a saudade. Arabella sente minha falta tanto quanto eu sinto dela, mas não consigo afastar o medo.

— Vou só dar uma olhada neles. Não demoro.

— Felix — chama ela, meu nome como um apelo em seus lábios.

Ela se levanta e deixa as mãos deslizarem pelo meu peito, até repousá-las em meus ombros.

Arabella me encara com um olhar inquisitivo, embora eu não saiba dizer o que procura. Ela hesita, depois fica nas pontas dos pés e encosta os lábios aos meus.

Solto um gemido quando ela me beija e passo a mão em seu cabelo, puxando-a para mais perto com um desespero que me esforço para conter.

Ela geme em meus lábios, e levo as mãos até sua cintura, erguendo Arabella de modo que ela passe as pernas em torno de mim.

Pressiono seu corpo na parede, movendo os quadris contra ela do jeito que andara sonhando em fazer. Seus gemidos alimentam meu desejo, e fico tentado a tomá-la de imediato. Sinto meu controle escapar por um instante, minha visão escurecendo conforme as sombras me puxam, roubando minha consciência. Uso todas as minhas forças para lutar, para permanecer no presente com Arabella.

Me afasto e encosto a testa na dela, nós dois respirando com dificuldade. Minha esposa não faz a mínima ideia do meu tormento e, embora eu queira deixá-la sem saber, não é uma opção segura.

— Arabella — murmuro, fechando os olhos. — Consigo sentir. Sinto o fascínio da maldição, e é difícil resistir. Ela me arrasta, me tentando a ceder à escuridão. Não sou tão forte quanto gostaria, meu bem. Embora você possa vencer a luta contra a maldição, talvez eu perca. E, se isso acontecer... Não sei dizer quais seriam as consequências, mas posso afirmar que nunca abri os olhos depois de um desses apagões sem estar cercado de vítimas. Não posso arriscar que você seja uma delas.

Arabella apoia as palmas abertas em meu peito, balançando a cabeça.

— Você não vai me machucar, Felix. Não vai.

Seguro seu rosto e faço força para sorrir, maravilhado com a confiança que vejo em seus olhos. É essa mesma confiança que faria uma tragédia doer ainda mais.

— Você não tem como afirmar isso, meu amor. Vou apenas dar uma olhada nos soldados, está bem? Só preciso de um pouco de ar fresco.

Ela me olha como se quisesse que eu ficasse, e não há nada que eu gostaria mais de fazer... mas não posso. Não nesta noite. Não quando o chamado da maldição está tão forte.

A expressão de Arabella me assombra durante todo o caminho floresta adentro. A cada passo, resisto à vontade de retornar para ela, de suprir as necessidades que ela deixou nas entrelinhas.

Minhas mãos tremem quando tiro o fragmento do espelho de Pythia do bolso, segurando-o sob o luar.

— Pythia — sussurro. — Me mostre o futuro.

O rosto da vidente aparece no espelho, e ela assente antes que sua imagem seja substituída pelos mesmos lampejos de futuro que me acostumei a ver, os mesmos que passei a desprezar. Assisto a Arabella cavalgar para longe em Sirocco, meu palácio sumindo no horizonte conforme ela se afasta. Vejo-a abraçar a irmã e a observo sentada no trono do pai, com uma coroa na cabeça. A imagem muda para aquela que mais me dói, e a escuridão me chama conforme observo Arabella descansar a cabeça no ombro de Nathaniel enquanto ele a abraça com intimidade.

— Essas são as cenas que vi antes. Alguma parte do nosso futuro mudou?

Pythia reaparece diante de mim, seu rosto sereno.

— Talvez não seja uma mudança, mas uma nova imagem me veio à mente. Mas não acredito que seja sensato mostrá-la a você...

Meu coração se contorce de dor quando as imagens mudam, até que me vejo infectado pela maldição. Meus olhos estão completamente pretos, e há fios negros de fumaça envolvendo tanto a mim quanto Arabella, que está ao meu lado. As cenas se movem tão depressa que mal consigo entendê-las, mas a única coisa que vejo com clareza são os cortes na pele de Arabella e o sangue que escorre de seus ferimentos. As imagens desaparecem, até que reste apenas Pythia no espelho.

— Vou machucá-la — sussurro, meu coração apertado. Meu estômago dá cambalhotas, e começo a me sentir nauseado. — Me diga que existe uma maneira de impedir essa versão do futuro, Pythia.

— Não posso, Excelência. Isso acontece em todas as versões do futuro que me foram mostradas.

— Deve haver algo que você possa me dizer, algo que possa fazer.

Ela nega com a cabeça e faz uma reverência, sumindo antes que eu comece a interrogá-la mais a fundo. Aperto o caco na mão, cobrindo-o com meu sangue escuro e venenoso.

Encaro meus dedos, e a compreensão me atinge. É só questão de tempo até que eu infecte Arabella também.

Arabella

Olho para Felix parado a distância, cada instinto me diz que algo está errado, mas não consigo descobrir o que é. Tenho certeza de que Felix está me ignorando há quase duas semanas, escondendo-se por trás da desculpa de ajudar a instalar os canos em todas as cidades que visitamos.

— Está tudo bem? — pergunta Elaine, e me viro para ela sem conseguir desfazer a carranca em meu rosto.

— Não sei direito. Felix… anda diferente. Ele já comentou com você sobre a escuridão que o chama?

Elaine congela e me encara com uma pitada de medo nos olhos.

— Está acontecendo assim tão cedo? Geralmente ele mantém a atração sob controle por semanas a fio. Precisamos agir mais rápido se isso for verdade.

Mordo o lábio, incapaz de ignorar a sensação incômoda de que não estou ouvindo a história completa nem de Elaine nem de Felix.

— O que acontece quando ele cede?

Elaine desvia os olhos e abraça o próprio corpo.

— Ele nunca é ferido. A maldição o envolve, mas nunca o machuca. São todos os outros ao redor que sofrem. Antes de eu me juntar à causa, Theon frequentemente deixava a maldição levá-lo para nos ajudar a conquistar outros países vizinhos. Ele ia sozinho e voltava vitorioso. Theon dizimava um exército inteiro em questão de horas, e nunca se lembrava de um segundo do que havia feito. Tudo o que via era o sangue em suas mãos quando retomava o controle, sem qualquer indicação do que poderia ter acontecido. Não tivemos muitas ocorrências na última década, mas, uma vez, quando ele estava enfrentando um exército de dezenas de milhares de homens, Raphael e eu o seguimos com nossos melhores soldados a reboque, apesar dos avisos de Theon. Nunca esquecerei o que vimos.

Ela estremece e fecha os olhos por um instante, como se a lembrança fosse vívida demais para suportar.

— Ele se perde, de verdade. A maldição o transforma em uma criatura diferente de tudo que já vi. Seus olhos escurecem, e ele se torna um demônio em todos os sentidos da palavra. Nunca temi Theon, mas tenho medo quando ele está assim. Quando a batalha terminou e ele era a última pessoa de pé, Raphael e eu tentamos nos aproximar. Pensamos que isso o ajudaria a lutar contra o domínio da maldição, mas não ajudou. Perdemos vários dos nossos homens e quase perdemos a vida também. Quando Theon está assim, não é ele mesmo. É quase como se estivesse possuído. Ele não nos reconheceu e não conseguia discernir amigos de inimigos.

Olho para Felix e mal consigo imaginar o que Elaine está descrevendo.

— Não podemos deixar a situação chegar a esse ponto, Imperatriz. Você precisa me avisar caso perceba que ele está perdendo o controle, assim posso providenciar nosso retorno. Nossos planos podem esperar.

Assinto e observo Felix ajudando os soldados a erguer e posicionar os canos. Eu já tinha notado que ele está minimizando o uso da alquimia, e me pergunto se é porque está começando a temer que usar a magia o faça perder o controle.

Vou até ele, notando como Felix fica tenso, mas ele não ergue o rosto. É estranho, mas sinto como se ele mal olhasse para mim. É algo muito esquisito de se notar, mas duvido que eu esteja enganada.

— Posso ajudar com os canos — digo aos soldados.

Eles param o que estão fazendo e, quase em sincronia, se curvam em reverência.

— Vocês realmente precisam parar de fazer isso — peço.

Eles não se curvam para Felix; eles o consideram um companheiro, mas não me tratam da mesma forma. Os soldados me olham com veneração, e isso é enervante.

— Pedimos desculpas, Excelência — diz um deles. Creio que seu nome seja Simon. — É instintivo. A maioria de nós esperou pela senhora a vida inteira, e tê-la aqui conosco é uma honra. Os rumores sobre a profecia foram passados de geração em geração, começando por minha avó.

Sorrio o melhor que posso e ergo as mãos do jeito que Felix me ensinou, levantando o aço no ar antes de baixá-lo no buraco que os soldados cavaram, fazendo em minutos o que levaria horas. Em cada área que visitamos, Felix posiciona as barras maiores o mais rápido possível, e faço o mesmo com meu fogo, antes que a maldição tenha chance de interromper nosso trabalho. Uma vez que o cano principal é posto no lugar, ele parece nos dar um raio seguro de ação para os soldados, que colocam canos adicionais para esquentar melhor o solo. Depois, Felix conecta a tubulação, e eu canalizo o fogo por todo o trajeto.

Os soldados comentam entre si com animação, mas meus olhos estão em Felix. Ele está de frente para seus homens e ainda finge não me ver. Tenho inventado desculpas, dizendo a mim mesma que é apenas a carga de trabalho que está nos separando, mas não sei por quanto tempo mais posso me enganar. Felix está me evitando.

Ele endireita as costas quando caminho em sua direção, traindo estar ciente da minha presença.

— Felix — murmuro.

Quando ele se vira para mim, parece impaciente, como se não desejasse ficar perto de mim e eu estivesse apenas incomodando.

— Hora de nos recolhermos — falo mesmo assim.

Ele me olha com uma expressão cautelosa, e me pego desejando que houvesse uma maneira de saber o que Felix está pensando. Por um tempo, tive certeza de que estávamos nos aproximando, transformando nosso casamento em algo real. Mas o momento em que embarcamos nesta jornada pareceu o início do fim e, a cada dia que passamos longe do palácio, a sensação ganha força.

— Vamos, então — diz ele, assentindo de modo educado.

Felix gesticula na direção das tendas, e fico rígida. Eu esperava que ele fosse segurar a minha mão ou que pelo menos me oferecesse o braço, mas está mantendo distância.

Abro um sorriso tenso e sigo em direção à tenda que compartilhamos. Felix vem logo atrás de mim.

— Não quer caminhar ao meu lado? — pergunto baixinho.

Ele responde acompanhando meu passo, a capa roçando contra a minha. Dói ter que pedir algo tão simples para ele.

— Você está me afastando, Felix. Quero saber o motivo. É realmente só porque você acha que assim vai me manter segura?

Ele olha para a frente, evitando me encarar.

— Apenas estive ocupado, Arabella. Todos nós estamos.

— Por que está fazendo isso conosco? — pergunto, minha voz embargando. — Não faria mal se você me tratasse com gentileza, não acha? Você está se comportando assim porque já atingiu seu objetivo de mitigar os efeitos da maldição? E, agora que sou quase inútil para você, está me dispensando?

Meus piores medos escapam dos meus lábios sem que eu pense direito, e abraço o corpo em uma tentativa de me proteger da vulnerabilidade que estou sentindo.

Felix fica quieto por um instante, e me arrependo do que falei. Me sinto exposta e tola.

— Isso importa? — pergunta ele, seu tom indiferente. — Assim que terminarmos de aquecer o solo, você vai voltar para Althea.

Olho para ele, surpresa. Foi o que combinamos quando ele me pediu ajuda, mas, de alguma forma, eu esperava que ele me pedisse para ficar.

— E se isso não for mais o que eu quero?

Ele finalmente me encara, e o vestígio de uma emoção que não consigo identificar cruza seus olhos.

— Você voltará para casa, Arabella. Você terá tudo o que sempre quis, tudo o que prometi a você. Era esse o nosso acordo, não era?

— Sim, mas... Isso foi antes de... — Mordo o lábio, sem saber como continuar a frase.

Foi antes de nos tornarmos um casal, antes de Felix me levar para a cama e me mostrar quem realmente é por trás do monstro que finge ser.

Ele sorri, mas o gesto não alcança seus olhos.

— Antes de eu tirar sua inocência? Com o que você está preocupada? Tenho certeza de que o garoto vai aceitá-la de volta assim que você chegar lá.

Paro de andar, e Felix também. Ele passou tanto tempo sem permitir que eu pensasse em Nathaniel, e agora simplesmente aceitou que vou ficar com ele depois de retornar para Althea? Não pode ser.

— Achei que estivesse se afastando de mim por causa dos efeitos da maldição. Vejo o tormento pelo qual está passando, Felix, e tentei ser paciente... mas talvez eu esteja errada. Talvez eu seja apenas mais uma mulher na sua longa vida. Alguém que cumpriu seu propósito e deixou de lhe interessar. Talvez eu estivesse vendo coisa onde não existia.

Ele desvia o rosto, como se a conversa fosse um assunto tedioso que precisasse suportar e estivesse incomodado.

— O que você quer que eu diga, Arabella? Como parte do nosso acordo, tentamos encontrar o amor juntos, e falhamos. Mas achamos uma maneira diferente de mitigar os efeitos da maldição, então, naturalmente, nossas prioridades devem mudar de acordo com a situação.

Arabella. Ele não me chama de "*querida*" nem de "*amada*" faz muito tempo. Olho para ele, me perguntando se posso confiar em suas palavras. Não sei dizer se isso é obra da maldição ou se apenas estou sendo ingênua.

— Não faça isso — sussurro em um último apelo.

Felix sorri para mim, os olhos cheios de arrependimento.

— Nosso destino sempre esteve selado, Arabella. Podemos lutar contra ele, mas estaríamos somente adiando o inevitável.

— Você acredita mesmo nisso?

Felix encara o céu e assente.

— Eu sei.

Olho para ele, me afastando um passo antes de dar as costas e ir embora. Parte de mim esperava que ele viesse atrás de mim, mas ele não vem.

Felix

As palavras de Arabella não saem da minha mente desde que ela as proferiu. Dia após dia, elas ressoam em meu cérebro, me provocando com tudo o que eu gostaria de ter.

Me inclino para trás e a observo, oculto nas sombras da entrada da tenda, enquanto ela se senta e escreve mais uma carta para a irmã. Sou incapaz de resistir à minha necessidade dela. Não importa quantas vezes eu consulte Pythia, nosso futuro nunca muda. Eu a machuco, e ela me abandona, indo se reunir com o garoto de quem a separei. Tenho medo do que farei com ela se chegar perto, mas também não consigo ficar longe.

Arabella sorri para o pergaminho, e me esforço ao máximo para lembrar a última vez que ela sorriu para mim. Quando foi a última vez que ouvi sua risada? É uma experiência perturbadora sentir saudade quando ela está bem na minha frente.

A cada dia, a distância entre nós aumenta. Posso senti-la escorrer entre meus dedos, e isso está me machucando mais do que a maldição jamais fará. Eu não achava que a felicidade existia antes de Arabella. Eu pensava que era um mito, algo ilusório ou, na melhor das hipóteses, algo que as pessoas se convenciam ser necessário para tornar a vida mais suportável. Foi só quando Arabella entrou em meu mundo que entendi por que os humanos se esforçavam tanto para encontrar o que Arabella e eu construímos. Apesar dos meus muitos anos, acho que eu não estava realmente vivo antes dela.

Arabella suspira ao dobrar a carta, seu toque suave enquanto desliza o pergaminho para dentro do envelope, selando-o com cera. Seu controle sobre o fogo se tornou tão forte que ela consegue fazer isso sem precisar se concentrar e, mais uma vez, me vejo maravilhado por ela.

Quantas vezes fiquei aqui, observando-a enquanto ela escrevia? Perdi a conta. É o único momento que ela tira para si, minha única chance de vê-la sem a máscara que usa para o meu povo.

Ela se levanta do assento com o envelope na mão e uma expressão sonhadora no rosto. Me pergunto quem foi que colocou aquele sorriso em suas feições. Certamente não fui eu. O rapaz, talvez? Ela está demorando mais tempo para escrever suas cartas e, em vez de me pedir para enviá-las, pediu a ajuda de Elaine, que tem enviado um pombo-correio encantado em seu nome. Muitas vezes fiquei tentado a interceptar o pássaro e descobrir para quem Arabella está escrevendo, mas como eu poderia atrapalhar sua felicidade depois de tudo o que já fiz para impedi-la? Tomei tanto dela e, se Pythia estiver certa, trarei ainda mais tristeza antes que ela encontre a própria felicidade.

— Felix!

Ela congela ao me ver encostado à parede. Seus olhos encontram os meus, mas a intimidade com a qual me acostumei não está ali. Ela força um sorriso, o que serve apenas para me deixar irritado.

Me afasto da parede e vou até ela, baixando a vista para o envelope em suas mãos.

— Para quem é a carta?

Os olhos de Arabella cintilam enquanto ela aperta o pergaminho com mais força, inclinando o queixo de modo atrevido.

— Isso importa?

Não deveria, mas importa.

— Nosso acordo ainda está valendo — respondo, ignorando o bom senso. — Ainda não a deixei partir, Arabella. Até o dia em que eu fizer isso, você é *minha.*

Ela range os dentes ao me encarar, a raiva ilumina seus olhos.

— Sou mesmo, Felix? Será que sou sua? Você não pode controlar em quem eu penso, com quem eu sonho.

Me aproximo, esperando que ela dê um passo para trás, o que não acontece. Meu corpo roça no dela, e Arabella olha para mim com os olhos cheios de fúria e desafio.

— Já disse que não tenho problemas em fazê-la lembrar a quem você pertence, e isso continua valendo.

— Você *realmente* me lembra todos os dias — retruca ela. — Toda vez que me afasta ou me ignora, você me lembra de que nunca signifiquei nada para você. Você me lembra de que, para você, sempre fui alguém para usar e descartar. Nathaniel nunca me tratou assim. *Nem sequer uma vez.*

Cerro os dentes e enfio uma das mãos em seu cabelo, segurando seu rosto com a outra em um gesto bruto.

— Não quero o nome dele nos seus lábios, Arabella.

Roço o polegar em sua boca, como se isso pudesse apagar as palavras que ela acabou de dizer.

— Que pena, Felix... porque Nathaniel é tudo em que consigo pensar. Toda vez que você me ignora, você me lembra da gentileza que ele demonstrava comigo. Quando você deixa claro que não me quer, eu me pego pensando se ele algum dia...

Eu me abaixo e a interrompo, tomando seus lábios do jeito que andei sonhando em fazer. Ela geme contra minha boca e se entrega ao beijo, a mão percorrendo meu corpo com a mesma impaciência que estou sentindo. Eu me afasto e a levanto no ar, até suas costas baterem na parede atrás de nós. Os olhos de Arabella estão escuros de desejo, e o jeito como ela me olha me destrói.

Vou até ela e sorrio ao alcançá-la, minhas mãos envolvem a parte de cima do seu camisolão antes de rasgá-lo, o som do tecido ecoa alto na tenda silenciosa. Inspiro fundo quando a roupa cai, revelando seus seios.

— Duvido que aquele seu garoto tenha força para isso — murmuro, arrancando seu espartilho, soltando-o no chão.

Me inclino e chupo seu mamilo do jeito que sei que a colocará à minha mercê, e ela geme alto em protesto quando me afasto. Sorrio e estalos os dedos, e Arabella fecha os olhos conforme movo meu toque para baixo, sendo imitado por meus poderes.

— Ele com certeza não consegue fazer isso, não é? Mesmo que você esteja com ele, não será tão bom quanto é comigo.

Arranco sua saia e a deixo cair no chão, sorrindo com malícia ao deslizar os dedos entre suas pernas.

— Me deixe adivinhar… você já está molhada para mim. Acha que ele algum dia a fará se sentir assim? Mesmo que o deixe te tocar, será em mim que você estará pensando.

Deslizo um dedo para dentro dela, apreciando os sons que ela faz para mim.

— Acha mesmo, Felix? Acha que vou me lembrar de você quando Nathaniel estiver me fazendo esquecer meu próprio nome?

Um rosnado baixo me escapa, um som desumano, um presságio do mal que desencadearemos se eu não me afastar. Eu a solto e dou um passo para trás, precisando de espaço e distância para me recompor. Tento me afastar dela, mas Arabella me prende e me impede de me mexer.

Seus olhos ardem de raiva quando encontram os meus, e ela balança a cabeça.

— Não — diz ela. — Você não pode me tocar assim e ir embora.

Arabella ergue a mão e, antes que eu perceba o que está acontecendo, ela me pressiona contra a mesma parede na qual a segurei. O controle que ela tem do ar é formidável.

— Arabella — aviso.

— Não — repete ela.

Arabella estala os dedos, e minhas roupas explodem em chamas, o fogo corrói o tecido, mas me deixa completamente ileso. Tento não sorrir, mas não consigo. Estou impressionado. Vê-la ali diante de mim, com as roupas rasgadas e os lábios inchados, os olhos ardendo de raiva e desejo… Acho que minha amada esposa nunca esteve tão bonita.

— Fique feliz por terem sido só as roupas desta vez, Felix.

Dou risada e encosto a cabeça na parede enquanto o fogo elimina o resto das roupas, revelando o quanto eu a desejo. Fico olhando para ela através dos olhos semicerrados, incapaz de resistir. Uma hora... Se eu conseguir lutar contra a escuridão por uma única hora, poderei ver Arabella me olhar como fazia antes. Eu daria o mundo inteiro por mais uma lembrança dela.

Ela fica na ponta dos pés, e os lábios encontram os meus. Seu toque é mais gentil agora, mais hesitante. Retribuo o beijo, e seu corpo relaxa contra o meu. Ela me solta, e me afasto da parede.

— Arabella — sussurro, e ela balança a cabeça em negativa enquanto pressiona o dedo em meus lábios.

— Não diga uma palavra, Felix. Agora não.

Puxo a mão dela e nos viro, pressionando-a contra a parede. Ela passa os braços em torno do meu pescoço, e eu a levanto pela cintura. Arabella me envolve com as pernas, e respiro aliviado quando minha ereção roça em seu calor úmido.

— Preciso de você, meu amor.

Ela assente e estende a mão entre nós, me guiando para dentro de seu corpo.

— Ah, pelas Fúrias — murmuro, penetrando profundamente minha esposa. — Senti mais saudades do que você jamais imaginaria.

Me afasto quase por completo, fixando os olhos nela conforme me empurro para dentro de novo. Observo como seus olhos se arregalam, como ela entreabre os lábios ao gemer, o fogo em suas íris. Tento ao máximo gravar a imagem de Arabella na memória.

— Mais — sussurra ela, as mãos enroscando em meu cabelo.

Ela me puxa para mais perto, me beijando, e me perco na sensação de seu corpo. Nunca desejei tanto uma mulher assim. Nunca vou me cansar disso. Eu a tomo com mais força, dando o que ela me pede, e o jeito como ela geme me faz perder o controle.

Sinto a escuridão me agarrar e fecho os olhos por um instante, exausto de lutar, querendo apenas desfrutar de um momento com minha esposa.

Quando volto a abrir os olhos, Arabella está de joelhos no chão, com sangue manchando sua pele de vermelho. Ela me encara com medo e terror, e me afasto depressa. É isso. Foi isso o que vi no espelho de Pythia. Há cortes por todo seu corpo, o sangue flui livremente pelos ferimentos.

Eu fiz isso. Eu sabia que machucaria Arabella e me permiti chegar perto mesmo assim.

— Elaine… — sussurro. — Preciso achar Elaine.

Arabella

— Não acredito que conseguimos — diz Elaine.

Nossos soldados estão reunidos, e olho ao redor com admiração. Levamos várias semanas, mas instalamos os canos nas partes mais importantes do país.

— Seus ferimentos estão cicatrizando bem — comenta ela, e levo a mão à garganta. Lembranças dos olhos de Felix se tornando pretos me vêm à mente, e estremeço. Por um momento, não eram os olhos do meu marido que eu estava encarando. O modo como ele sorriu era aterrorizante. Felix nunca tinha me assustado, não de verdade, mas, naquele momento, temi por minha vida. Antes que eu pudesse gritar, a escuridão me envolveu, espessa e pegajosa, me sufocando. A única coisa que percebi em seguida foi que estava no chão, com cortes por toda a pele e as chamas me envolvendo em um escudo protetor, afugentando a escuridão.

A cor retornou aos olhos de Felix, seguida pelo pânico quando ele me notou caída no chão, encharcada de sangue. Em poucos minutos, ele trouxe Elaine, implorando para que a feiticeira curasse meus ferimentos. Eu nunca o tinha visto tão desesperado, tão apavorado. Ele desapareceu assim que Elaine enfaixou meus ferimentos, os cortes imunes à sua magia. E não o vejo desde então, embora cada cidade por onde passamos nos informasse de que Felix já havia instalado os canos necessários.

Ele está alguns dias à nossa frente, por isso suspeito de que já esteja de volta ao palácio. Fico me perguntando se ele me afastou no início da viagem por temer o chamado da maldição. Felix me avisou o que estava sentindo, mas não percebi que era tão forte. Eu estava tão envolvida em minhas próprias inseguranças e medos que não o apoiei com os dele.

Estou perdida em pensamentos ao subir na sela de Sirocco. O cavalo e eu nos tornamos aliados relutantes, unidos por nosso abandono em comum.

— Ele está bem, Excelência — me conforta Elaine. — Tenho certeza de que está esperando por você no palácio. Acho que ele só precisava de um tempo para processar o que aconteceu. A maldição... é difícil para todos, mas é diferente para Theon. Embora para nós seja óbvio reconhecer que o Imperador não era ele mesmo naquele momento, Theon não consegue fazer a mesma distinção. Ele vai se culpar para sempre, e temerá machucá-la outra vez. Eu imploro, Excelência, não o deixe destruir o futuro que vocês dois teceram. Não o deixe destruir a vida de vocês. Porque ele fará isso se tiver a menor das chances.

— Arabella — digo à feiticeira. — Já lhe disse mil vezes que meu nome é Arabella.

Elaine assente, mas sei que se recusará a me chamar pelo nome. Ela insiste em manter a formalidade e o decoro.

A feiticeira me lança um olhar suplicante, insistindo no assunto. Acabo assentindo.

— Não se preocupe — respondo, sem saber o que mais dizer.

Não posso fazer falsas promessas. Não tenho medo de Felix, mas temo o que ele pode se tornar. Serei capaz de me proteger se acontecer de novo? Acredito que sim, mas o que vi não foi nada em comparação ao que Elaine descreveu antes. Foi Felix quem se livrou das garras da escuridão ou foram minhas chamas que a expulsaram?

Passo todo o trajeto de volta para casa perdida em pensamentos, agradecida pela primeira vez pela velocidade sobrenatural de Sirocco, que me permite alcançar o palácio muito antes dos outros.

Estou tensa quando meus pés tocam o chão, sem saber o que fazer ou dizer.

— Onde está Felix? — pergunto ao cruzar a soleira, confiante de que o palácio me levará até ele.

Algumas velas se acendem, iluminando o caminho em direção à ala leste. Sigo a trilha que o palácio me apresenta, sentindo arrepios conforme a temperatura cai. O palácio sempre é mantido aquecido, mas está congelando nesta parte. Olho para as molduras douradas cobertas, curiosa para saber o que há por baixo, mas certa de que é melhor deixar o lugar intocado. Nunca senti uma magia maligna tão forte e, por fim, a reconheço pelo que é: uma maldição. Nem mesmo os instrumentos de tortura do meu pai eram tão cruéis. Deve ter sido a partir daqui que a maldição se originou. O que trouxe Felix para este lugar?

Paro no corredor ao desconfiar que o Felix que estou prestes a encontrar pode ser aquele que assombra meus pesadelos. Mordo o lábio e balanço a cabeça, me lembrando do que ele disse sobre o palácio restaurar sua magia e amenizar os piores efeitos da maldição.

Subo as escadas em direção a uma torre assustadoramente parecida com aquela em que tantas vezes fui mantida prisioneira, e o coração martela em meu peito. Nas últimas semanas da viagem, revivi meus momentos com Felix inúmeras vezes, me perguntando se havia algo que eu pudesse ter feito. Se eu tivesse invocado meu fogo, teria mantido Felix seguro?

Com o coração na boca, empurro uma porta entreaberta, as dobradiças rangem. Eu o encontro cobrindo o que parece ser um espelho antes de se virar para mim, e respiro aliviada ao ver seus olhos da mesma cor turquesa que tanto amo.

Por um momento, Felix me encara como se visse uma miragem, mas então ele pisca e endireita os ombros.

— Você não pode ficar aqui.

Ele passa por mim, a expressão parecendo tão assombrada quanto a minha deve estar.

— Felix — chamo baixinho. — Não foi sua culpa.

Ele interrompe o passo e se vira para mim.

— Foi minha culpa, Arabella, e vai acontecer de novo. Você não está segura perto de mim. Nunca vai estar. Você precisa ir embora.

— Posso me proteger. Não sou mais a garota que você trouxe de Althea. Consigo me defender dos efeitos da maldição se for preciso, Felix.

Ele passa a mão pelos cabelos e olha para o teto.

— Você sabe que não pode, Arabella. Não há como escapar. A maldição sempre vai existir, e você sempre vai estar em risco.

Felix me encara com olhos tristes enquanto acaricia minha bochecha. Eu o sinto enrijecer, a escuridão invade seus olhos. A parte branca desaparece, e apenas o preto invade e assume o controle. Dou um passo para trás, entrando na defensiva, convocando minha magia conforme a expressão de Felix muda.

Ele ri, um som estridente que me causa arrepios.

— Você não pode lutar comigo — fala ele, usando uma voz que é diferente da sua. — Você não pode me impedir. A alma dele sempre foi minha. Ele lutou a vida inteira, mas, assim que ele testemunhar sua preciosa esposa sangrando até a morte, morrendo por sua própria culpa... ele vai ceder, e este mundo ficará enfim banhado pela escuridão.

Cambaleio para trás, nauseada. Felix dá um passo em minha direção, seus movimentos sobrenaturalmente rápidos. Antes que eu consiga invocar meus poderes, ele agarra meu pescoço com as mãos, as veias negras em sua pele se movem e deslizam pelo meu corpo, como se também tentassem me infectar.

Sinto a faísca do fogo, mas não consigo alcançá-la. Não consigo alcançar nada além da escuridão que me engole depressa.

— Felix — consigo dizer com a voz engasgada, tentando ao máximo invocar os elementos ao meu redor, mas falhando.

Felix congela e me solta, seus olhos clareando. Ele me encara com horror e se afasta, tropeçando para trás.

— Você... você não está segura perto de mim, Arabella — sussurra ele.

Caio de joelhos, as lágrimas descem conforme Felix sai correndo e bate a porta. Me agarrei o máximo que pude à esperança, mas não tenho nada mais a oferecer. Felix pode estar certo, e talvez não esteja mesmo segura junto dele. O pior é que duvido que ele próprio esteja a salvo da maldição. Quanto mais trabalhamos para mitigar seus efeitos na terra, mais ela parece ter escolhido *Felix* como alvo.

— Arabella de Althea.

Ergo a cabeça ao ouvir uma voz de mulher. Ela parece estar perto e distante ao mesmo tempo.

— O espelho.

Me levanto com o coração disparado de medo. Minhas mãos tremem enquanto removo o pano que vi Felix colocar sobre o espelho, revelando uma mulher de vestido branco. Seus olhos são brancos como leite e nada enxergam, mas ela é hipnotizante e é, sem dúvida, a mulher que pensei ter visto no espelho da primeira vez em que pisei na ala leste.

— Meu nome é Pythia — informa ela. — Como o povo de Eldiria, aguardei sua chegada.

— Pythia — repito. — Você é a vidente que profetizou nosso casamento, aquela que afirmou que eu quebraria a maldição.

Ela assente.

— O futuro é algo fluido, nunca escrito em pedra. Seu futuro mudou inúmeras vezes desde o momento em que você pôs os pés neste palácio. A maior parte das pessoas tem um caminho geral que é escrito previamente e do qual não pode se desviar, mas o seu caso é diferente.

Olho para ela, sem saber o que fazer com suas palavras.

— Se meu futuro não foi escrito previamente, isso significa que eu talvez nunca quebre a maldição?

Ela assente.

— Só consigo enxergar o futuro como ele me é apresentado. Na atual versão, você ficará em tormento até o dia de sua morte, sem nunca encontrar o amor e a felicidade que almeja. Sua presença aqui foi resultado direto das minhas visões e, embora eu não possa retirar as palavras que falei em consequência disso, peço que preste atenção ao que diz o Imperador Sombrio. Se você ficar, seu sangue será derramado neste mesmo chão, e você perderá a vida.

— Eu não...

Antes que eu possa terminar a frase, porém, ela desaparece, e o espelho reflete apenas a mim mesma. Encaro meu reflexo, as cicatrizes em minha pele, o olhar assombrado em meu rosto. A visão de Pythia jamais se tornará realidade. Nunca quebrarei a maldição, e nunca libertarei Felix.

Arabella

As palavras de Pythia continuam ecoando em minha mente, me mantendo acordada na cama que eu esperava compartilhar com Felix.

Seu sangue será derramado neste mesmo chão, e você perderá a vida.

Morrerei aqui sem jamais quebrar a maldição. Eu tinha tantas outras perguntas para a vidente… Depois que ela sumiu, esperei por horas na esperança de que retornasse, mas isso não aconteceu.

Como vou morrer? Pelas mãos de Felix? A maldição vai se concentrar aqui mesmo no palácio, agora que tornei tantas partes do país inacessíveis para ela? Como a maldição se adaptará aos nossos esforços em combatê-la? Nossas tentativas de mitigar seus efeitos causariam mais mal do que bem?

Há tanto que preciso saber, tantas perguntas sem resposta. Por mais estranho que pareça, a ideia de morrer não me assusta. O que temo mais do que tudo é o que acontecerá com Felix caso ele me mate, mesmo que sem querer.

Agora eu entendo. Entendo por que ele foi ficando mais distante à medida que nos afastávamos do palácio. Se eu soubesse que ele estava fazendo isso para me proteger, nunca o teria provocado daquele jeito.

Suspiro e saio da cama, meus olhos percorrem o quarto que eu passei a considerar meu. Não é a primeira noite que passo na cama de

Felix sem que ele esteja aqui comigo, foi exatamente assim no início do nosso casamento. Ainda me lembro de suas palavras, de seu apelo para que eu desse uma chance honesta ao nosso matrimônio, pois talvez pudéssemos quebrar a maldição. Foi uma ideia tola. Parece mais tola ainda agora.

Ergo a mão e deixo meu robe flutuar no ar até vesti-lo. Eu era impotente quando cheguei aqui e, apesar de tudo que já aprendi, sigo impotente. Não posso salvar meu casamento e não posso quebrar a maldição que um dia levará meu marido. Se Pythia estiver falando a verdade, não posso nem salvar a mim mesma.

Saio do quarto, parando quando as velas do corredor se acendem, claramente tentando me guiar para algum lugar. Sorrio para mim mesma, habituada às peculiaridades do palácio que antes me aterrorizavam.

As portas da biblioteca se abrem quando me aproximo, e paro sob a soleira. Felix está sentado atrás da escrivaninha. Quando ele ergue o rosto, seus olhos estão cheios de um tormento profundo.

— Arabella — sussurra.

Eu suspeitava de que ele ainda estivesse no palácio, mas não tinha certeza, já que fez de tudo para me evitar nos últimos três dias. Me obrigo a sorrir e entro na sala, notando a maneira como os olhos dele percorrem meu corpo. Não é apenas desejo que vejo neles, há também um tipo diferente e mais profundo de anseio.

Ele deixa a pena de lado e se recosta na cadeira, a tristeza em seu semblante ecoando meu coração partido.

— Pensei que estivesse dormindo.

Paro em frente à escrivaninha e balanço a cabeça.

— Não. Não consigo dormir já faz semanas.

Ele fica tenso, a culpa brilhando em seus olhos, e balanço a cabeça.

— Me acostumei tanto a estar nos seus braços que tenho dificuldade para dormir na sua ausência.

Os olhos de Felix percorrem meu rosto como se ele não conseguisse acreditar que estou parada bem diante dele.

— O que está fazendo acordado tão tarde? — pergunto, minha vista baixando para os papéis em sua mesa.

Ele respira fundo e empurra um pedaço de pergaminho em minha direção.

— Foi isso que você pediu quando estabelecemos nosso acordo. Estou pronto para lhe conceder tudo agora.

Ergo o documento, meu coração fica apertado.

— Termos de anulação — murmuro. Eu o encaro, chocada. — Por quê?

— Recebi relatos das cidades que visitamos. O solo está esquentando e a neve derreteu na maioria dos lugares. Não há mais registros de desastres naturais nem de infortúnios. Seu fogo está mantendo a maldição sob controle, exatamente como suspeitávamos. Pedi aos feiticeiros em nossos refúgios que visitassem as áreas afetadas e ajudassem no cultivo, e os resultados são promissores. Quando pedi sua ajuda, falei que a deixaria ir caso pudesse me ajudar a mitigar os efeitos da maldição sobre meu povo, e você cumpriu isso. Não há mais nada que eu possa pedir. Eu a tirei do seu reino, do homem que você ama e, apesar disso, você ofereceu mais ao meu país do que jamais deveríamos ter pedido. A única coisa que posso lhe dar em troca é sua liberdade.

Encaro Felix, a raiva subindo pela boca do estômago até virar uma pressão em minha cabeça. Ponho fogo no pergaminho e o observo queimar até virar pó antes de bater as mãos.

— Eu não estava falando sério quando mencionei Nathaniel, Felix. Eu estava com raiva por você estar afastado. Fiquei magoada e decidi revidar. Você até me contou que estava lutando contra os efeitos da maldição, mas nunca me explicou o quanto eles haviam piorado. Em vez de continuar confiando em mim, você se afastou e me deixou fazer suposições sobre o que poderia estar se passando na sua cabeça.

Ele assente enquanto puxa outra folha de pergaminho.

— Acho que vou precisar redigir outro documento — comenta ele, a voz desprovida de emoção.

— Você é livre para redigir quantos quiser, mas saiba que vou tacar fogo em todos.

— Arabella, mas foi isso que você me pediu, não foi?

Desvio o rosto.

— Felix, isso foi o que eu pedi antes de conhecer você de verdade. Meus sonhos e desejos evoluíram desde então. Nosso casamento se tornou realidade. Você me pediu para dar uma chance honesta a este relacionamento, e agora peço o mesmo de você.

— Eu dei — fala ele. — Eu dei uma chance, e não conseguimos quebrar a maldição. Não vejo sentido em continuar com essa farsa. Você é jovem, Arabella. Tem a vida inteira pela frente, mas não aqui, não comigo. Você não foi a única a olhar no espelho de Pythia e perguntar o que o futuro nos reservava.

Congelo, um arrepio percorre minha coluna ao me lembrar das palavras da vidente.

— Se ficar aqui, você vai morrer, Arabella. Eu vi o que futuro guarda caso você vá embora, e sua felicidade está em Althea. Acho que nós dois sempre soubemos disso. Você sempre esteve destinada a voltar para casa, para a vida que a espera lá. Não posso ficar perto de você. Mesmo agora, com você na minha frente, sinto a escuridão crescer dentro de mim. Suspeito de que ela saiba que você pode derrotá-la, e não posso te proteger contra a maldição, não quando ela reside dentro de mim.

Seu sangue será derramado neste mesmo chão, e você perderá a vida.

Não importa quanto eu queira ficar, isso não é possível. Por um momento, senti como se tivéssemos derrotado a maldição, dando ao nosso povo algum alívio do dano que ela causa... Mas, com cada vitória, veio uma derrota pessoal devastadora. Eu devia ter imaginado que não poderíamos vencer. Não de verdade.

Encaro Felix, sua expressão indecifrável. Inspiro fundo enquanto olho para a pilha de pergaminhos sobre a mesa dele e me viro, estalando os dedos enquanto me afasto, incendiando a escrivaninha.

O gesto não acalma meu coração dolorido, mas me traz paz saber que ele terá dificuldades para redigir novos documentos esta noite.

Arabella

Acordo com barulhos no quarto, me levanto assustada, e me deparo com as roupas voando pelo quarto, se dobrando e caindo dentro de malas abertas. Olho ao redor, mas não parece ser obra de Felix.

Com o coração disparado, me recosto na cabeceira da cama e observo meus pertences flutuando pelo quarto e guardando a si mesmos. Levo um instante para entender o que está acontecendo.

— Até você, Palácio? — sussurro. — Você também quer que eu vá embora?

Tudo para no lugar, e meus pertences descem lentamente até o chão. Por um momento, quase posso jurar que estou sentindo a tristeza do palácio. Sorrio quando as cortinas correm da esquerda para a direita, quase como se o palácio estivesse tentando negar com a cabeça.

— Então por que está fazendo minhas malas se eu ainda nem decidi se vou embora?

Levo a mão ao peito quando a magia se concentra no meio do quarto, brilhando em dourado até formar uma mulher de pé diante de mim, sua pele translúcida. O que ela é? Uma aparição? Eu a encaro em choque, incapaz de desviar o olhar. Ela é linda, com longos cabelos dourados e belos olhos cor de esmeralda, usando um vestido dourado que a faz parecer etérea.

— Quem é você? — pergunto, com a voz trêmula.

A mulher sorri para mim.

— Você sempre se referiu a mim como *palácio*, e é mesmo o que sou. Uma manifestação física das paredes que a cercam. Estou empacotando suas coisas porque quero você viva, Arabella. Quero que Felix se livre do tormento. Se você ficar aqui, vou te perder e, com o tempo, perderei Felix também. Contanto que você esteja viva e feliz em algum lugar deste mundo, isso me basta. — Ela faz uma pausa, e sua pele se torna mais translúcida, quase como se ela estivesse lutando para permanecer corpórea. — Se você morrer, a maldição levará Felix. Ela está tentando fincar as raízes nele e, se conseguir, será o fim do mundo que conhecemos. Felix partirá, e nunca o traremos de volta. Se você ficar, vocês dois morrerão.

A mulher desaparece, e meus pertences voltam a flutuar enquanto o palácio faz minhas malas. Afundo no chão ao lado da cama, com o coração doendo. Nem sei quando foi que meus desejos e necessidades mudaram. Quando foi que voltar para casa deixou de ser algo que eu queria?

As velas junto ao banheiro se acendem, bruxuleantes, e eu me levanto, entendendo a indireta. Eu nunca soube que o palácio podia assumir uma forma, e me vejo com ainda mais perguntas do que quando fui para a cama.

Quando saio do banho, todos os meus pertences estão arrumados, e um traje de montaria está sobre a cama, com as luvas que Felix me deu ao lado. Meu coração se parte enquanto me visto com as cores dele, o dourado do casaco mudando de estampa, indo do brasão de Eldiria para o de Felix, repetidas vezes. Eu adorava assistir a isso, mas hoje me machuca saber que não pertencerei a nenhum dos dois quando sair deste palácio.

Sou arrancada dos meus pensamentos por uma batida na porta, que se abre antes mesmo que eu possa invocar meus poderes de ar. Elaine entra, os olhos cheios da mesma dor que sinto.

— Você está indo embora.

Concordo com a cabeça, e ela se aproxima de mim, segurando minhas mãos.

— É preciso, Elaine.

— Felix me contou o que Pythia disse — sussurra a feiticeira. — Eu entendo que precise partir, mas vou sentir mais saudades do que você imagina. Eu só... acreditava de verdade que o amor quebraria a maldição. Eu acreditava com todas as minhas forças.

Olho para baixo, incapaz de encará-la.

— Vou continuar treinando, Elaine. Vou fazer tudo o que estiver ao meu alcance para ficar mais forte, para manter o fogo aceso nas terras. Vou continuar pesquisando o máximo que puder. Posso estar indo embora, mas não vou desistir. Se eu puder trazer Raphael de volta para você, é o que farei.

Ela soluça e me envolve em um abraço, me pegando desprevenida. Sorrio e retribuo o gesto, apoiando a cabeça em seu ombro.

— Não vá — sussurra ela.

Eu a aperto mais forte.

— Meu desejo é ficar. — Minha voz embarga, e fecho os olhos bem apertados. — Mas toda vez que estou perto de Felix, a maldição o atormenta. Se eu morrer... temo que ele deixe a maldição levá-lo, e sabemos que isso não pode acontecer.

Elaine se afasta e segura meus braços.

— Você sempre escreve para sua irmã — comenta ela, hesitante. — Será que... consideraria escrever para mim também de vez em quando?

Durante minha estadia em Eldiria, Elaine e eu nos aproximamos e, embora ninguém jamais vá tomar o lugar de Serena, passei a amá-la como uma irmã. Não sei se teria aguentado as últimas semanas sem ela. Abro um sorriso trêmulo ao assentir.

— Vai ser um prazer, Elaine. Você me manteve sã enquanto eu desmoronava durante a viagem, e sempre serei grata.

Ela balança a cabeça.

— Eldiria e eu temos uma grande dívida de gratidão com você. Obrigada... Arabella.

Sorrio para ela.

— Finalmente está me chamando pelo nome. Sabia que eu idolatrava você quando era mais nova? E você é muito, muito melhor do que eu esperava que fosse. Me disseram uma vez que é melhor nunca conhecer seus heróis, porque eles podem ser uma decepção, mas você nunca me decepcionou. Sentirei saudades, Elaine.

Minhas malas se erguem no ar, pairando junto à porta, e balanço a cabeça.

— Essa é a minha deixa — falo para Elaine, e ela assente, portando um semblante triste conforme atravessamos o longo corredor pelo qual ela me guiou quando cheguei ao palácio.

Nós duas paramos ao ver Felix ao lado de Sirocco.

— Não vá de carruagem — pede ele. — Vou garantir que suas malas cheguem em Althea antes de você. Leve Sirocco. Ele a manterá segura e a levará para casa em pouco tempo.

— Como devolvo Sirocco a você?

Felix balança a cabeça.

— Não devolve. Ele é seu agora. Tenho certeza de que ele se apegou mais a você do que a mim.

Curvo os cantos dos lábios em um sorriso relutante, e Felix me encara por um momento. Eu daria o mundo para saber no que ele está pensando. Ele se inclina e passa os braços em torna da minha cintura, as mãos se demorando enquanto ele me ergue para a sela. É o mais perto de mim que Felix chegou em semanas.

Quando está prestes a falar alguma coisa, ele congela e tira as mãos de mim. Vejo a escuridão deslizar para dentro de seus olhos, e ele se afasta.

Quanto mais eu desfazia os efeitos da maldição, mais ela começava a afetá-lo. Sou um veneno para Felix, a ponto de não podermos coexistir. Abraço a mim mesma por um momento, tentando ao máximo não desmoronar.

— Se meu amor por você pudesse quebrar essa maldição, ela já estaria esfacelada — murmuro.

Felix me encara, minha tristeza refletida em seu olhar.

— Eu te amo mais do que sou capaz de expressar — sussurra ele, quase como se não quisesse que eu ouvisse, mas não conseguisse conter as palavras. — Você é meu sol, Arabella. Só de pensar em você, eu me encho de calor nos dias mais frios e, para sempre, meu mundo girará ao seu redor. Eu te amo, mas você precisa me esquecer. Construa uma vida da qual possa se orgulhar, encontre sua própria alegria. Saber que você estará lá fora no mundo, perseguindo a felicidade que eu sei que nunca te daria... é tudo o que posso pedir.

Meu estômago embrulha de forma dolorosa, e minha garganta se aperta com lágrimas não derramadas. Minha tristeza transborda pelos olhos, e faço menção de esticar os braços para Felix, desejando poder beijá-lo uma última vez, mas sei que não devo arriscar. Desejei voltar para Althea por tanto tempo, mas, agora que chegou o momento, não quero nada além de ficar aqui com ele.

Achávamos que tínhamos vencido quando percebemos que nosso plano de aquecer o solo havia funcionado, mas, no fim, a maldição exigiu o preço final por nossa intervenção. Salvamos nosso povo, mas estamos nos perdendo um do outro.

Arabella

Olho para o horizonte conforme o castelo em que cresci surge à vista, tentando ao máximo me agarrar à réstia de felicidade que sinto ao pensar em rever minha irmã. Quanto mais me aproximo do castelo, mais solitária me sinto. Já estou com saudades de Felix. Sinto falta do palácio em si e de todas as suas peculiaridades, e também de Elaine.

Arregalo os olhos ao ver a corte inteira de meu pai do lado de fora do castelo, e é quando me dou conta. Cheguei sem avisar, montada em Sirocco. O alívio do meu pai é palpável quando o cavalo para diante dele.

— Arabella — fala ele, com um toque de surpresa na voz.

Examino meu pai por um momento, ainda montada em Sirocco. Está claro que ele não esperava me ver outra vez. Quando me entregou para o Imperador, ele me mandou para a morte.

De maneira instintiva, ergo os olhos para a torre em que Serena e eu nos escondemos no dia em que Felix apareceu. Embora eu não consiga vê-la, sei que ela também está lá neste momento. Desmonto sem pressa, deixando todos em suspense. Eles não fazem ideia do que me trouxe até aqui, e não sei bem o que dizer.

— Imagino que tenha sentido saudade de mim, papai.

Ele sai do estupor e alterna a vista entre mim e a floresta, como se esperasse ver Felix a qualquer momento.

— Você veio sozinha?

Faço que sim com a cabeça.

— Pensei que estava na hora de fazer uma visita. Faz meses desde que vi Serena pela última vez. Foi uma pena ter perdido o aniversário dela, mas não pude me afastar dos meus deveres.

Meu pai gesticula para os conselheiros, que voltam a entrar no castelo. Não me passa despercebido que nenhum deles me cumprimentou adequadamente. Ninguém fez a reverência que todos teriam feito para Felix.

— O Imperador Sombrio a mandou para cá sozinha? Sem criados ou proteção?

Percebo a descrença em sua voz e, por um momento, me pergunto se meu pai estaria preocupado comigo.

— Ele a mandou embora? O que você fez? É melhor que isso não afete Althea.

Ah, lá vamos nós.

— E eu aqui pensando que o senhor ficaria feliz em me ver, papai.

Viro para Sirocco e o acaricio entre as sobrancelhas, aliviando um pouco de sua tensão. Embora o cavalo permaneça ao meu lado em silêncio, fica óbvio para mim que ele não gosta do meu pai. Não posso culpá-lo.

— Acha que o Imperador me mandaria embora no próprio cavalo? — pergunto calmamente, apesar da tempestade interna.

Tenho plena consciência de que nosso casamento acabou, mas me recuso a admitir tal coisa para meu pai, em parte porque ainda não perdi as esperanças, ainda que Felix tenha perdido.

Meu pai encara o cavalo, e o medo que vejo em seus olhos me faz sorrir. Quando eu era mais nova, meu pai sempre me pareceu todo-poderoso. Passava o tempo todo desesperada para conquistar o amor e a aprovação que ele oferecia a Serena. Eu via a maneira como ele a tratava, sabia que existia bondade nele. Levei anos para perceber que aquilo nunca seria direcionado a mim.

E já que ele era tão claramente capaz de demonstrar afeto, sempre presumi ter feito algo errado e me tornado indigna. Naquele momento, porém, diante dele, enfim consigo enxergar o que não pude por tantos anos. Meu pai é apenas um homem que teme o que não conhece e o que não pode controlar. É isso que sempre fui para ele. É o que sempre vou ser.

— Conte a verdade, Arabella. O Imperador se cansou de você como imaginei que iria acontecer?

Sorrio para ele.

— Por que não tenta perguntar isso ao meu marido? Eu adoraria ver como o senhor se sai.

Passo por ele, guiando Sirocco até os estábulos.

— Eu sei — sussurro para o cavalo quando ele relincha. — Meu pai sempre foi assim. Eu só nunca percebi. — Tiro o cabresto e a sela de Sirocco, escovando seu pelo como Felix sempre fazia. — Se quiser voltar para ele, você pode. Você sabe o caminho de casa, Sirocco. Posso estar presa aqui, mas você não está.

Sirocco relincha com raiva, e sorrio apesar das lágrimas que se acumulam em meus olhos. Ele roça o focinho no meu ombro, e eu o abraço.

— Nós vamos ficar bem, não vamos? — sussurro.

O cavalo me cutuca, o que interpreto como uma concordância.

— Arabella!

Por um único instante, a alegria supera a dor que sinto, e me viro para Serena quando ela surge correndo. Abro os braços no momento em que ela se choca contra mim, quase nos jogando no palheiro às minhas costas.

— Não acredito que você voltou — diz ela, os olhos cheios de lágrimas. — Ah, pelas Fúrias, eu tinha tanto medo de te perder. Se não fossem pelas cartas, eu já a consideraria morta. Senti saudade todos os dias. Não acredito que você está mesmo aqui!

Abraço minha irmã com força, apoiando a cabeça em seu ombro.

— Também senti saudade, pequena. *Muitas.*

Ela acaricia minhas costas, se permitindo ser abraçada.

— O que aconteceu, Arabella?

Suspiro e balanço a cabeça, piscando para afastar as lágrimas antes de dar um passo para trás e forçar um sorriso.

— Apenas senti sua falta, Serena. Me desculpe por ter perdido seu aniversário. Foi o primeiro que não passamos juntas, e você não faz ideia do quanto me senti solitária nesse dia, do quanto pensei em você.

— Eu também — murmura ela, segurando minhas mãos. — Não foi a mesma coisa sem a sua presença. Sempre pensei que eu gostasse da festa, mas, na verdade, era dos preparativos que fazíamos, do tempo que passávamos juntas todos os anos, sem nenhuma outra obrigação.

Concordo com a cabeça e passo o braço por seus ombros conforme caminhamos na direção do castelo. A construção parece estranha para mim agora, mas antes era meu lar.

— Por quanto tempo você vai ficar? Sua bagagem apareceu na sala do trono minutos antes de você chegar, e parece ser muita coisa. Na verdade, parece ser todos os seus pertences.

Abro o sorriso mais brilhante que consigo.

— Felix me disse para ficar o tempo que eu quisesse. Ele notou o quanto fiquei solitária depois do seu aniversário, me disse para fazer uma visita enquanto ele inspeciona o império. Essa é a parte mais incrível sobre a alquimia. Ele conseguiu enviar todas as minhas coisas, assim não preciso me preocupar em ter esquecido algum item.

Serena assente, compreensiva.

— Eu sempre detesto quando esqueço as coisas, ou quando não consigo levar tudo o que quero. — Ela hesita antes de olhar para mim. — Então, ele… Esse *Felix*, ele a trata bem? Você está feliz?

Faço uma pausa, sem saber como responder à pergunta. Durante um tempo, experimentei a verdadeira felicidade, de um tipo que nunca pensei existir. Mas, com ela, veio uma agonia devastadora.

— Sim — digo à minha irmã. — Ele me trata muito bem. Nosso casamento não começou nos melhores termos, considerando que eu havia acabado de tentar fugir com outro homem, mas nós superamos e, no fim, acabamos encontrando a felicidade juntos.

Não havia durado, mas era verdade que nós a tínhamos encontrado.

Serena hesita e morde o lábio.

— Nathaniel — sussurra ela. — Um dia, ele simplesmente foi libertado e readmitido sem explicações. Conversamos, e nem ele entende o que aconteceu.

Assinto.

— Pedi a Felix para libertá-lo — admito. — Nathaniel só estava tentando me ajudar, e eu não queria que ele fosse castigado por suas boas intenções.

Serena franze a testa e me lança um olhar inquisitivo.

— Você pediu… e ele só aceitou?

Sorrio diante de sua descrença, me lembrando de que tudo o que Serena conhece de Felix foi o que ele mostrou no dia do casamento.

— Sim, minha querida — respondo. — É claro que concordou. Sou esposa dele, afinal.

Não foi assim tão simples, mas Serena não precisa saber. Não posso continuar justificando para mim mesma o que estou fazendo, fingindo que está tudo bem em meu casamento. Em algum momento, a verdade virá à tona, e minha reputação sofrerá por isso. Mesmo assim, prefiro mentir a reconhecer que Felix, de fato, me mandou embora.

— Ah! — exclama Serena. — Havia uma carta em cima da sua bagagem. Tem algo dentro, eu acho? Parecia pesada. Pedi para os criados levarem suas coisas até seu antigo quarto, então deve estar lá te esperando.

Uma carta? Quem poderia ter me enviado uma carta? Felix, talvez? Me lembro do documento de anulação que ele tentou redigir, e meu peito fica apertado.

Meu coração se mantém acelerado por todo o caminho até o quarto, com medo do que encontrarei ao abrir o envelope.

Arabella

Solto um suspiro de alívio ao reconhecer a caligrafia no pergaminho e sorrio ao passar o dedo sobre as letras. Elaine.

Rasgo o envelope com impaciência, ansiosa por um pedacinho do meu lar, mesmo tendo o deixado faz pouco tempo. Para minha surpresa, um pedaço afiado e irregular de vidro desliza junto da carta. Eu o seguro, arregalando os olhos. É um caco de espelho. E, se eu não estiver enganada, não se trata de um caco de um espelho qualquer… É um fragmento do espelho de Pythia.

Querida Arabella,

Escrevo exatamente após a sua partida, mas você só receberá esta carta em Althea. Se passaram apenas alguns minutos, mas o palácio já lamenta sua perda - no entanto, ninguém sente sua falta com mais força do que Theon. Fiquei ao lado dele enquanto ele a observava ir embora com Sirocco, nós dois olhando o horizonte até você sumir de vista.

Antes de você entrar em nossa vida, eu tinha certeza de que a humanidade de Theon fora perdida com Raphael. Testemunhei enquanto você descongelava o coração dele, e fingi não notar quando Theon começou a ficar fascinado por você, olhando-a sempre que achava que ninguém estava prestando atenção. Lentamente, mas com um pulso firme, você o conquistou, roubando partes de um coração que Theon acreditava não possuir. Ver vocês dois juntos foi uma das coisas mais gloriosas que já tive a honra de presenciar, e tenho certeza de que não é aqui que a história de vocês termina - assim como tenho certeza de que minha história com Raphael está longe de acabar.

Dentro deste envelope, você encontrará um pedaço do espelho de Pythia. Ele pertence a Theon, e ele não sabe que eu o roubei, mas suportarei sua ira de bom grado. É quase impossível obrigá-la a aparecer, já que Pythia responde apenas a Theon, mas tenho a sensação de que a vidente responderia ao seu chamado. Me recuso a acreditar que seu destino seja manter distância de Theon, e torço para que o futuro mude. Espero que um dia a resposta de Pythia seja outra e você volte para nós.

Enquanto isso, instruí os criados a manterem todo pergaminho longe de Theon, a menos que eu esteja junto. Curiosamente, eles me informaram que o palácio já cuidou disso. Parece que não sou a única querendo impedir o Imperador de fazer um documento de anulação. Talvez seja um pouco infantil, mas não me arrependo do meu comportamento, e vou seguir agindo dessa forma. Não é assim que sua história termina, Arabella.

Eu sei que não é.

Com todo meu amor,
Elaine

Aperto a carta contra o peito, meu coração sofre tanto que a dor se espalha pelo resto do corpo. Sinto saudades de Felix e de Elaine, e sinto falta até do palácio. Se eu estivesse em casa agora, tenho certeza de que minhas malas já teriam se desfeito sozinhas, fazendo-me sentir bem--vinda sem precisar dizer uma palavra.

Minhas mãos tremem ao apoiar a carta na cama e pegar o espelho.

— Pythia — murmuro.

O espelho embaça, e fico tensa quando ela aparece.

— Excelência — responde a vidente.

— Nosso futuro mudou?

Ela faz uma pausa antes de dizer:

— Se continuar onde está agora, viverá uma vida longa, repleta de glórias.

— Não quero nenhuma glória — sussurro. — Felix vai conseguir controlar a maldição enquanto eu estiver fora? Vou conseguir voltar para ele?

— No futuro que vejo diante de mim, você não pode retornar a Eldiria. Em todas as versões que me foram mostradas, voltar para Eldiria resulta na sua morte e na subsequente ausência da sua magia, o que, combinada com a perda de controle do Imperador Sombrio, libertará completamente a maldição. Isso é tudo o que consigo ver, Excelência. Minha incapacidade de enxergar para além do momento em que a maldição se liberta é um presságio que não deve ser ignorado.

Está claro. Não posso voltar para Eldiria.

— Você pode me mostrar Felix?

Pythia desaparece, e o pequeno fragmento é preenchido com o rosto do meu marido. Observo-o sentado em nossa cama, com a mão acariciando meu travesseiro. Vejo a tristeza em seus olhos, que combina com a minha. Mas, antes que eu tenha a chance de gravar a imagem dele na memória, Felix desaparece e o espelho volta ao normal.

— Pythia! — chamo, mas ela não responde, não importa quantas vezes eu repita seu nome.

Mordo o lábio com força enquanto coloco o espelho por cima da carta de Elaine, meus olhos ardem com lágrimas não derramadas. Dei tudo de mim em um esforço para salvar Eldiria e, em troca, perdi a pessoa que mais amo.

Olho ao redor do quarto em que cresci e não encontro o mínimo vestígio da minha passagem. O cômodo parece intocado, como se nunca tivesse sido meu. Poderia facilmente se passar por um quarto de hóspedes.

Foi esse o grande impacto que causei morando aqui. Assim como costumava ser, o cômodo é modesto e silencioso, com medo de se destacar. Felix nunca me fez sentir assim. Mesmo quando estávamos em desacordo, nunca me senti indesejada ou insignificante. Nunca me senti silenciada.

O quarto que dividi com Felix é tão diferente deste em que estou agora, o que só me faz sentir mais saudades de casa. Havia lembranças por todo o quarto. Estavam nas pequenas marcas de queimadura nas cortinas, de um incêndio que comecei sem querer, e nos apoios danificados da cama, do dia em que Felix me empurrou contra a cabeceira, nenhum de nós ciente da própria força. Sinto falta do tapete esfarrapado perto da lareira, no qual Felix uma vez me deitou e me despiu, e sinto falta de como o palácio separava minhas roupas e fornecia minhas refeições favoritas, assim como eu imaginava que uma mãe faria.

Nosso quarto em Eldiria guarda tantas memórias, ainda que eu tenha passado pouco tempo lá em comparação a este cômodo. Suspiro ao caminhar até a escrivaninha, encontrando uma pena intocada na gaveta. Parece que todas as coisas que já usei foram trocadas.

Fecho os olhos por um momento antes de me recompor o bastante para escrever uma carta para Elaine. Felix costumava recolher minhas cartas para Serena na sala de audiências às quatro da tarde em ponto, o que me dá trinta minutos para escrever uma resposta.

Querida Elaine,

Gostaria de poder expressar adequadamente o quanto fiquei grata por encontrar seu envelope me esperando quando cheguei. É estranho, já que foi aqui que fui criada, mas já estou com muita saudade de casa. Embora não devesse ser assim, é um consolo saber que o palácio lamenta minha partida. Esta manhã, enquanto me preparava para partir, o palácio assumiu a forma de uma mulher. Você nunca me disse que uma construção podia assumir uma representação corpórea, e eu não sabia que ela era tão linda. Foi uma honra me despedir dessa maneira.

Fico igualmente grata pelo espelho que você me mandou. Você não vai ficar surpresa ao saber que já perguntei, mas o futuro não mudou. Se eu voltar para Eldiria, enfrentarei a morte certa. Mas você tem razão sobre o futuro ser mutável, e vou continuar perguntando, na esperança de uma resposta melhor. Enquanto isso, também vou seguir buscando soluções.

Me recuso a deixar nossas histórias terminarem assim, tanto a sua quanto a minha. Chegamos tão perto, e ainda tenho esperança de conseguir derrotar a maldição algum dia, de alguma forma. Não vou parar até encontrar um jeito de voltar para Eldiria. Até lá, por favor, fique de olho em Felix. A maldição o está afetando mais do que nunca, e estou infinitamente preocupada.

Quanto à anulação, não informei a ninguém sobre o estado do nosso casamento. Tenho toda a intenção de voltar para Eldiria e para Felix. Lutarei para que isso aconteça a cada segundo de cada dia.

Com todo meu amor,
Arabella

P.S.: Esqueci de mencionar que queimei todos os pergaminhos de Felix quando ele mencionou a anulação pela primeira vez. Você tem minha permissão total para fazer o mesmo caso ele traga o assunto de novo à tona. Assumirei a culpa com prazer.

Embora a dor não tenha sumido, escrever a carta para Elaine acalma meu espírito inquieto. Me pego sorrindo enquanto dobro o pergaminho, com uma motivação renovada para retornar a Eldiria. Deve haver um jeito, e estou decidida a encontrá-lo.

Arabella

Vasculho os inúmeros livros da biblioteca, sem encontrar um único volume capaz de me ensinar alguma coisa que eu ainda não saiba sobre maldições. As informações aqui parecem, na melhor das hipóteses, elementares e desatualizadas.

— Arabella.

Congelo ao ouvir a voz de Nathaniel, e giro o corpo para vê-lo parado à porta. Ele me encara como se ainda não acreditasse que estou mesmo aqui, e sorrio, experimentando uma sensação agridoce.

— É você de verdade — sussurra ele, chegando mais perto.

Nathaniel para diante de mim e estende as mãos, me envolvendo em um abraço. Fico tensa por um instante antes de abraçá-lo de volta, enfim à vontade com meus sentimentos por ele. O que senti nunca foi amor romântico, era uma combinação do conforto e da aceitação que eu tanto procurava, envolta em anos de amizade. E todas as insinuações sobre nós tornaram fácil presumir que as pessoas deviam estar certas, que estávamos apaixonados. Mas agora sei que não era o caso. O amor verdadeiro é avassalador e enlouquecedor. É altruísta e egoísta, as duas coisas ao mesmo tempo. É incondicional e incontrolável. Nunca senti esse tipo de amor por ninguém além de Felix.

Nathaniel se afasta, apoiando as mãos em meus ombros.

— Você está vestindo as cores *daquele homem* — comenta, com a voz carregada de desgosto, e eu franzo a testa.

— Sou *a esposa* dele — respondo, ajeitando a capa escura que me acostumei a usar.

Nathaniel se afasta mais um passo, me examinando.

— É mesmo.

Ficamos em silêncio por um instante, sem saber o que dizer.

— Suponho que lhe deva minha gratidão por ter sido libertado e reintegrado de maneira inesperada — fala Nathaniel, a voz suave.

Balanço a cabeça.

— Foi Felix quem deu a ordem. Além do mais, eu nunca deixaria você sofrer por ter me ajudado. Para começo de conversa, eu não devia ter concordado em fugir. Sabia que não conseguiríamos escapar impunes, mas estava com medo e tentada pela esperança.

— *Felix* — repete ele, a expressão cheia de veneno. — Arabella, não suporto a ideia de você estar com ele. Consegue imaginar o quanto tenho me preocupado? Inúmeras vezes, pensei em ir atrás de você em uma tentativa de libertá-la. Imaginei nós dois fugindo e construindo uma vida na qual ninguém soubesse quem somos. Sonhei com isso tantas vezes que, em algumas noites, acordava certo de que a encontraria ao meu lado.

Dou um passo para longe e desvio o olhar.

— Você sempre foi meu melhor amigo, Nathaniel… mas isso é tudo o que realmente fomos. Acredito que você também saiba disso. Se pensasse diferente, teria me pedido em casamento quando atingi a maioridade, mas não o fez. Você não agiu até sentir que era o único jeito de me manter segura.

Ele me encara, assustado.

— Não, Arabella. Não, é claro que não. Você era a princesa de Althea, e eu… apenas o filho de um duque. Eu não me sentia qualificado para pedir sua mão. Não ousei tentar.

Sorrio para ele.

— Se você me amasse de verdade, não teria se importado. Um dia, Nathaniel… Um dia, você vai entender. Quando amar alguém de verdade, saberá que o que compartilhamos nunca foi um amor romântico. Era amor, e ainda é, mas se trata de um amor que é fruto da amizade.

Nathaniel me encara com uma pontada de raiva transparecendo no semblante.

— Com certeza você... você não pode gostar daquela fera. Não pode realmente acreditar que o *ama*. Arabella, não viu o que ele fez com seu pai? Aquele homem é um monstro, um bruto.

Faço careta, desejando que Felix tivesse se controlado naquele dia. Tudo o que meu povo conhece dele é sua crueldade. Por causa de suas ações no dia do casamento, eu também o temia. Levei semanas para conhecê-lo e para descobrir que Felix era amado por seu povo antes de mudar minha opinião. Não posso esperar que ninguém em Althea entenda.

— Nathaniel... ele é meu marido — digo em vez disso.

Seus olhos percorrem meu rosto com um ar inquisitivo.

— Você está diferente — declara ele. — Aquele homem a enfeitiçou. Você está mais fria e, embora tente esconder, vejo sua tristeza. Diga o que quiser, mas está claro para mim que você não é feliz.

Desvio o olhar, desejando poder explicar que estou infeliz *porque* estou longe de Felix. Ninguém fora de Eldiria sabe nada sobre a maldição, e as coisas devem continuar assim para que Felix siga no controle de nosso vasto império.

— Você não precisa voltar, Arabella. Não estou pedindo para que fique comigo, mas, se for do seu desejo, posso ajudá-la a desaparecer. Posso não ser o Imperador Sombrio, mas tenho conexões que podem deixá-la fora do alcance dele. Não há nada que eu não faria para tirar a dor que vejo tão descaradamente em seus olhos.

Sorrio para ele, incapaz de me conter. Não é de se admirar que eu pensasse estar apaixonada por Nathaniel.

— Confie em mim quando digo que não é possível escapar de Felix, e eu não faria isso mesmo se fosse possível.

Bastaria uma espiada no espelho de Pythia e ele me encontraria. Embora suspeite de que Felix nem precisaria chegar a tanto. Acredito de verdade que ele sentiria minha presença, assim como Elaine sente a de Raphael.

— Arabella…

Balanço a cabeça.

— Sei que é difícil para você entender, mas juro que ele me trata bem. Sou feliz no meu casamento, Nathaniel. Felix não me enfeitiçou, pois tal coisa não é nem remotamente possível, e não sou uma prisioneira. Estou aqui agora, não estou? Ele me deixou voltar para casa porque senti muita saudade de Serena. — A mentira inofensiva deixa meus lábios com tanta facilidade que até me espanto. — Não preciso que me salve, Nathaniel.

Ele me encara, e não consigo sustentar seu olhar, inundada pelas minhas vulnerabilidades.

— Se você é tão feliz assim no casamento, então por que parece tão infeliz?

Olho para ele, sem querer ferir seus sentimentos, mas sem poder mentir.

— Porque sinto mais falta do meu marido do que de Althea. Estou aqui agora, e tudo o que desejo é voltar, mas não posso. Não posso voltar tão cedo da minha visita. Caso contrário, Felix vai achar que não me receberam bem.

Não é totalmente a verdade, mas há verdade suficiente na resposta para que eu a fale com sinceridade.

— Ele realmente a trata bem?

Assinto.

— Ele me trata como a imperatriz em que me transformou.

— Imperatriz — repete Nathaniel baixinho. — Suponho que seja o que você é agora. Imperatriz de Eldiria.

Sorrio, o título soa estranho em meus ouvidos. Embora o império seja vasto, passamos todo o nosso tempo nas partes que já compunham Eldiria antes de Felix conquistar metade do mundo. Sempre fui tratada com reverência, mas havia certo tipo de familiaridade com o povo – todos unidos por um sofrimento em comum. Nunca me senti a imperatriz deles, nunca me senti tão intocável quanto meu pai sempre se sentiu. Em vez disso, tenho orgulho do vínculo que desenvolvi com as pessoas que conheci ao longo da nossa jornada pelo país.

— Não sei sobre o que está mentindo, Arabella, mas sei que está escondendo algo. Não vou descansar até descobrir o que é. Não vou parar de me preocupar até que a dor desapareça dos seus olhos.

Sorrio para ele, mas luto para reprimir meus medos. Por quanto tempo vou conseguir continuar sorrindo, fingindo que está tudo bem? Não posso continuar com essa farsa para sempre, e estou apavorada por ter que encarar uma vida sem Felix.

Felix

Suspiro quando uma xícara de chá voa em minha direção, pousando na escrivaninha.

— Não quero chá — informo, meu rosto voltado para o teto.

Desde a partida de Arabella, o palácio não para de me importunar oferecendo comida e bebida.

A xícara chacoalha na mesa, e já aprendi do pior jeito que ela não vai parar até que eu tome um gole. Ultimamente, o palácio vem se tornado mais temperamental, quase como se estivesse tentando aliviar a dor causada pela ausência de Arabella.

Suspiro ao levar a xícara aos lábios, tomando um pequeno gole. Tudo que faço me lembra dela. Algo tão simples quanto um lanche me lembra de todas as vezes em que ela me trouxe chá enquanto eu trabalhava, e as memórias se repetem em minha mente, um verdadeiro tormento.

Me levanto com outro suspiro, incapaz de passar mais um minuto neste cômodo repleto de lembranças de Arabella. Tento resistir à tentação, mas não consigo. Todos os dias, desde que ela partiu, vou para diante do espelho com o mesmo pedido.

— Pythia, me mostre Arabella.

O espelho fica leitoso por um tempo antes de clarear, e sorrio quando ela aparece. Meu coração dispara ao vê-la caminhar pelo castelo de

Althea usando a capa que combina com a minha em volta dos ombros. A roupa é quente demais para Althea, mas fico feliz. O fato de Arabella estar usando a capa que lhe dei significa que ela ainda me guarda em seu coração. Um dia, olharei para este espelho e a encontrarei nos braços de outra pessoa.

— Nosso futuro mudou?

— Não. O dia que Arabella retornar para Eldiria será o dia de sua morte.

Assinto, já acostumado com as palavras de Pythia, mas sem conseguir resistir à tentação de perguntar, esperando que um dia ela me diga que o futuro mudou e que Eldiria não representa mais uma ameaça para Arabella.

Anseio por vê-la, mas não consigo mais sair do palácio sem perder o controle para a maldição. Se eu visse Arabella, a colocaria em perigo.

Mesmo estando aqui parado, observando-a pelo espelho, sinto a escuridão tentando se libertar dentro de mim. Sei que só tenho alguns instantes antes que o peso se torne insuportável, mas não consigo parar de olhar.

Ela é linda e, embora haja tristeza em seu semblante, existe força na maneira como ela se porta. Ela é um espetáculo, muito diferente da garota assustada que era quando a conheci.

Solto um grunhido quando minha vista fica turva, a dor percorre meu corpo. Pelo canto do olho, vejo minhas mãos ficando pretas, e dou um passo para longe do espelho. Remover o acesso da maldição às nossas terras tornou seus efeitos sobre mim muito piores do que admiti para Arabella. Cada vez que a vejo no espelho, perco a consciência por alguns instantes, a maldição tão ansiosa por atingi-la que mal consigo controlá-la. Caio de joelhos e seguro a cabeça, tentando ao máximo reprimir a sensação de horror que sobe por minha garganta.

Levanto o rosto para encarar o espelho e observo a escuridão deslizar sobre meu corpo até atingir meus olhos. Luto para manter a consciência, mas é uma batalha que estou fadado a perder. A última coisa que sinto antes do mundo ficar escuro é meu corpo atingindo o chão.

Arabella

— Você está confinada nesta biblioteca faz dias — diz Serena, puxando uma cadeira para se sentar ao meu lado. — Você está aqui, mas é como se não estivesse.

Ergo os olhos do livro, a culpa me deixa sem palavras. Ela tem razão. Tenho me esforçado para encontrar um caminho de volta a Eldiria sem poupar nenhum minuto a fim de desfrutar do tempo que tenho aqui. Durante meses, senti saudades da minha irmã, mas, agora que estou em casa, mal tirei um momento para ficar com ela.

— Desculpe, Serena — murmuro, segurando sua mão.

— O que está acontecendo? Você não tem sido a mesma desde que voltou. Sempre foi reservada e quieta, mas nunca comigo. Se está aqui do meu lado, por que ainda sinto sua falta?

Mordo o lábio, invadida por uma nova onda de culpa.

— Você está certa — respondo, fechando o livro que estava lendo. — Me desculpe, querida. Sou sua pelo resto do dia, o que acha?

Serena observa o livro em cima da mesa e faz uma careta.

— Por que esses textos sobre a história de Eldiria a deixam tão fascinada?

Desvio o rosto, incapaz de encarar minha irmã enquanto minto para ela.

— Achei que seria bom aprender sobre o país que agora chamo de lar. Sei como Eldiria é atualmente, mas fico me perguntando como costumava ser. A maneira como a região cresceu é fascinante, e eu esperava descobrir mais sobre a evolução do pequeno país que hoje é um império. Além disso, acho que estou com um pouco de saudade da minha casa.

— *Esta* é a sua casa, Arabella — declara Serena, parecendo ofendida. — O que está acontecendo com você? Aquele monstro tirou você de nós, quebrando os dedos de papai antes de levar você embora sem nem termos a chance de nos despedir. Você tentou fugir na véspera do casamento. E agora que finalmente voltou, fica sonhando com Eldiria? Com ele? O que esse homem fez com você?

Encaro Serena, sem conseguir afastar o desconforto e a raiva que sinto.

— O que você deveria estar se perguntando é o que ele fez *por* mim — respondo, mantendo a voz calma apesar da irritação. — Já parou para pensar *por que* Felix reagiu daquela maneira no dia do casamento? Felix nunca me machucou, Serena. Tudo o que fez foi me defender contra aqueles que *de fato* me machucaram. Fiquei o dia inteiro do casamento com uma dor excruciante porque nosso próprio pai resolveu me chicotear até que eu desmaiasse, abandonada no chão frio de pedra, trancada numa torre. No entanto, você está surpresa por eu preferir o homem que me vingou e me protegeu em vez das pessoas que sempre me condenaram?

Serena fica pálida e baixa os olhos, abraçando o próprio corpo.

— Arabella — sussurra. — Magia é ilegal em Althea. Sempre foi, e você sabe disso. Não concordo com as ações de papai, mas ele sempre disse que fazia isso porque tinha certeza de que você possuía magia. É a lei.

Eu a encaro, incrédula. Durante anos, pensei que minha irmã simplesmente não fizesse ideia da extensão dos meus castigos, e sempre fiquei feliz em mantê-la alheia à verdade.

— Você sabia o que papai fazia comigo e nunca se manifestou? Você nunca me defendeu.

Serena desvia o rosto, e sua expressão se torna atormentada.

— Eu não teria como, Arabella. Sou impotente contra ele. Nós duas somos.

— Se você se sentia incapaz de me defender, o mínimo que pode fazer é apreciar quando alguém aparece para fazer isso.

Serena se levanta com lágrimas nos olhos.

— Não é bem assim, e você sabe disso. Pelas Fúrias, Arabella. Tudo o que eu queria era passar um tempo com minha irmã, talvez escapulir para a cidade agora que a corte de papai está em reunião, como sempre fazíamos. Não entendo por que está tão hostil. O que fiz para merecer sua ira?

A corte do meu pai se reuniu, e eu não fui notificada? Me levanto da cadeira e balanço a cabeça.

— Nada, Serena. Você não fez *nada*.

Passei muito tempo convencida de que não havia o que ela pudesse fazer, que ela não tinha consciência do que acontecia ou que era jovem demais. Mas não é o caso.

— Você é uma princesa do nosso país, Serena. É sua obrigação defender os indefesos. É sua sina ser a voz dos silenciados. Já passou da hora de você levar tais deveres a sério.

Pego minha capa e a enrolo em torno dos ombros, e meu coração amolece. Tive meses para aprender e crescer, para testemunhar o sofrimento do meu povo e para lutar contra a injustiça. Reconheço que Serena nunca viu nada parecido, embora isso não a isente de suas responsabilidades.

— Eu te amo, minha irmã. Admito que o tempo em Eldiria me transformou, mas, em minha opinião, foi para melhor. Vou arranjar mais tempo, está bem? Em troca, você tem que me prometer que pensará no que acabei de lhe dizer. Esta não é mais a Althea que você conhecia. Althea agora faz parte de Eldiria. A magia não é mais proibida, e uma das feiticeiras mais poderosas que já conheci comanda nosso exército. Há um lugar para você em nosso império, caso ouse assumir o papel.

Serena parece assustada, as engrenagens em sua mente girando. Sorrio para ela enquanto me afasto, deixando-a sozinha com seus pensamentos. Agora só espero que minha irmã explore seu potencial. Posso até empurrá-la na direção certa, mas não posso obrigá-la a agir.

— Para onde está indo? — chama Serena ao me ver alcançar as grandes portas da biblioteca, e olho para ela com um sorriso no rosto.

— Para a sala do trono. Como eu poderia perder a reunião da corte? Sou a Imperatriz de Eldiria.

Arabella

Minha capa arrasta-se pelo chão conforme caminho até a sala do trono, atravessando o corredor silencioso. A luz do sol entra pelas janelas à esquerda, e olho para elas, parando um momento para apreciar o que antes eu considerava ser algo garantido.

Queria que Felix estivesse aqui para ver isso. Eu adoraria ver o sol pintar seu cabelo escuro em tons de castanho. Um dia. Um dia, eu e ele nos encontraremos banhados de luz. Sorrio ao pensar nessa imagem, meu coração ansiando por ela com tanta veemência que preciso parar por um instante, fechando os olhos enquanto juro a mim mesma que encontrarei uma maneira de tornar o sonho realidade.

Respiro fundo ao me postar diante da sala do trono. Demorou um tempo para me acostumar com a perda das peculiaridades gentis do palácio. As portas aqui não se abrem sozinhas, e cada lembrança do palácio apenas me deixa com mais saudades de casa.

Uso meus poderes de ar para abrir a porta à força. O cômodo fica em silêncio quando entro, e meu pai arregala os olhos. Por um instante, ele parece surpreso, mas logo o sentimento dá lugar à raiva.

— O que pensa que está fazendo? — pergunta ele, com a voz baixa, embora não esconda de forma alguma sua ira.

Sorrio com doçura para ele.

— Vim participar da reunião com a corte — declaro, caminhando até a longa mesa da sala, tomando um assento com indiferença. — Prossigam — acrescento, abanando a mão.

Meu pai parece furioso e, por mais estranho que seja, me divirto com isso. Eu o encaro, observando as rugas, os cabelos grisalhos. Ele não é um homem particularmente alto e, com o passar dos anos, ficou bastante acima do peso. No entanto, e não faz muito tempo, eu o temia mais do que qualquer outra coisa.

Ele me encara, claramente tentando decidir se vai ou não me mandar embora. Depois de um ou dois minutos, porém, ele resolve me deixar em paz. A expressão em seu rosto me diz que essa discussão está longe de acabar, e cerro os dentes de raiva. Estou mais irritada comigo mesma do que jamais estive com ele. É surreal para mim que eu o tenha deixado me aterrorizar e me ferir a infância inteira apenas porque ele temia que eu *pudesse* ter poderes além da sua compreensão.

Meu pai faz um gesto com a cabeça para um dos conselheiros, e o homem se levanta. Acredito que seu nome seja Thomas. Ele é membro da corte de meu pai desde que eu era criança, mas é tudo o que sei sobre ele. Apesar de ser uma antiga princesa deste país, as informações às quais fui exposta foram cuidadosamente controladas.

— Entregamos um quarto dos lucros do reino para Eldiria — diz ele, me lançando um olhar furtivo. — A seu pedido, criei um plano que manterá mais ouro em nossos cofres.

Fico tensa e encaro minhas unhas, fingindo estar entediada, numa tentativa de mantê-los falando. Meu pai está tentando escapar dos impostos de Felix.

— Devido ao aumento de contratos comerciais que nos foram concedidos, nos tornamos, em essência, uma cidade de trânsito para muitas das carruagens de Eldiria. Tal aumento no tráfego também aumentou nossa renda. Contudo, há a possibilidade de informarmos um lucro menor, pois suspeito de que Eldiria, no máximo, vá comparar o valor com nossos números de antes… — O conselheiro interrompe a frase, e olho ao redor para ver os outros homens se encolhendo.

Parece que papai não está nada feliz por ter sido conquistado, a despeito dos benefícios que o país recebeu. Nunca percebi o quanto ele é egoísta. Está interessado somente em encher o bolso, potencialmente às custas da população.

— Qual o adicional de lucro de Althea em relação à média anterior desde que o reino se tornou parte de Eldiria? — pergunto.

Meu pai ergue a cabeça em um gesto brusco e golpeia a mesa com as mãos, furioso.

— Permiti que você se sentasse nesta reunião apenas para atender aos seus caprichos, Arabella. Não lhe dei permissão para participar. Fique quieta ou vou mandá-la embora.

Me recosto na cadeira, meus olhos encontram os dele. Meu pai parece assustado, como se esperasse me ver acuada, e uma pontada de insegurança atravessa seu semblante.

— *Excelência* — respondo para ele. — Você vai se referir a mim como *Excelência.* Em nenhum momento permiti que me chamasse pelo nome.

Minha voz é calma, sem nenhum vestígio do medo que eu esperava sentir. Comparado a tudo o que Felix e eu enfrentamos, meu pai parece insignificante.

— Guardas! — grita ele. — Tirem essa mulher daqui imediatamente! Levem-na para o quarto até que eu tenha tempo de lidar com sua insolência.

Os guardas reais entram em ação, e dois deles se aproximam de mim sem hesitar. Todos sabem que sou esposa de Felix, mas ousam me tratar dessa maneira. Suponho que, no momento, temam mais o homem diante deles do que o Imperador. É um erro de cálculo terrível da parte deles.

Suspiro e invoco meus poderes, conduzindo a magia com mãos de ferro enquanto os guardas são suspensos no ar à força. Deixo-os ali pairando e cruzo os braços por cima do peito, olhando para meu pai.

— Devido ao nosso grau de parentesco, vou perdoar sua conduta. Mas não vou tolerar tal comportamento de novo.

Ele arregala os olhos de choque, e algo que nunca vi antes surge em seu rosto: medo.

Me viro para Thomas e aceno com a cabeça.

— Eu fiz uma pergunta. Espero uma resposta.

— Eu… eu… nós…

Franzo a testa.

— Use as palavras, por favor, Thomas. Forme frases inteiras.

O conselheiro encara os pés e assente.

— Nossa renda triplicou, Excelência.

— E quanto disso Felix exigiu que fosse entregue para Eldiria?

— Um quarto, Excelência.

— Então, mesmo pagando o que devem a Eldiria, vocês ganham uma quantia considerável depois que o império facilitou o comércio?

— Sim, Excelência.

Assinto e me inclino sobre a mesa, apoiando o queixo na mão.

— E qual é a punição pelo descumprimento dessas medidas?

Thomas engole em seco.

— Morte. A punição é a morte.

— Para quem?

— Para todos os membros da corte, Excelência.

Olho ao redor da sala, meu foco recaindo lentamente sobre cada membro da corte de meu pai.

— Vocês todos arriscariam a vida para salvar um quarto dos lucros? Fariam isso correndo o risco de perder todo o comércio adicional, o que custaria infinitas oportunidades ao país? No final, seria o povo de Althea a pagar o preço. Nenhum de vocês é competente ou qualificado para esse trabalho. Imagino o que meu marido terá a dizer sobre o assunto.

O silêncio que recai sobre a sala me divertiria caso eu não estivesse tão profundamente infeliz. O estado do país me entristece, aumentando o tormento que sinto. Me levanto e fecho minha capa, o ouro nela brilha a cada movimento meu.

— Vou reconsiderar suas funções. Quero uma descrição do cargo e do valor que cada um aqui agregou ao nosso reino nos últimos doze meses. Vocês têm uma semana para preparar a documentação. Espero receber seus relatórios na próxima reunião da corte.

Alguns deles assentem, mas a maioria fica encarando a mesa como um bando de crianças recebendo sermão, e me espanta que tais homens estejam no comando do país. Suspiro e me viro para ir embora, encontrando o olhar do meu pai conforme me afasto.

Reconheço o veneno que vejo em seus olhos, mas não consigo me importar. Tenho batalhas maiores para vencer.

Arabella

Passo os dedos pela caligrafia de Elaine antes de abrir a carta. Eu esperava receber uma resposta muito mais cedo, e admito que estava começando a ficar inquieta e preocupada. Inúmeras vezes, pedi ao espelho que me mostrasse Eldiria, mas a vida segue como de costume por lá, ignorando meus temores.

Um velho pedaço de pergaminho amarelo escorrega do envelope, e congelo ao reconhecer a mulher desenhada nele. Minha mente está girando conforme desdobro a carta de Elaine, que é curta desta vez.

Excelência,

Me perdoe pela resposta tardia. Levei vários dias para encontrar um retrato que Theon não tivesse destruído. A mulher na ilustração é a mesma que você viu quando foi embora? Se for o caso, então foi a mãe de Theon quem você encontrou, a conjuradora da maldição que nos assola. Poderes que desconhecemos podem estar em jogo. Se ela a mandou embora, deve querê-la longe de Eldiria. O estado de Theon tem se deteriorado rapidamente desde que você partiu, e não tenho certeza se sua ausência é benéfica ou não para ele.

Temo ao pensar em qual vai ser sua resposta. Por favor, Arabella, me escreva o mais breve possível. Pedi a Felix para verificar se há qualquer carta sua ao amanhecer.

Com todo meu amor,
Elaine

Penso na mulher que vi em meu quarto, sua energia igual à do palácio. Ela me pareceu vagamente familiar, mas presumi, de maneira errada, que era a energia que eu reconhecia, e não seu rosto. Mas eu já tinha visto um quadro dela rasgado na ala leste. Um mero vislumbre, porém suficiente.

Pego a pena para responder a Elaine, percorrida pela culpa. Como pude não ter percebido algo tão importante? O que foi que eu fiz? Será que minha partida colocou Felix em risco?

Minhas mãos estão tremendo enquanto fecho o envelope, desviando os olhos para a janela. Estamos a várias horas do amanhecer. Agora, mais do que nunca, desejo possuir os poderes alquímicos de Felix.

Vou para a cama com o coração disparado, e abro a gaveta da cômoda. O fragmento do espelho de Pythia brilha sob o luar antes que a vidente apareça, seus olhos brancos e leitosos.

— Me mostre Felix — ordeno, a voz embargada.

Pythia assente e desaparece, e sua imagem é substituída pela de Felix. Eu o observo sentado por trás da escrivaninha na biblioteca, olhando pela janela. Ele se levanta e caminha até o sofá em que eu costumava ler, seus dedos percorrendo o tecido. Ele se senta, fechando os olhos, e eu suspiro. Não há nada que eu deseje mais do que estar em seus braços agora.

— Pythia, nosso futuro mudou?

A vidente reaparece e balança a cabeça.

— Não, Excelência.

Assinto e guardo o espelho com as mãos trêmulas, me sentindo impotente. Quanto mais poderosa me torno, mas coisas perco. Eu renunciaria a toda a magia se isso me garantisse uma vida ao lado de Felix.

Dou um suspiro trêmulo, uma lágrima escorre pela bochecha enquanto me deito, imaginando que estou outra vez em casa, na cama que divido com Felix, com o braço dele em volta de mim. Fico quieta na cama, pensando nele enquanto aguardo o amanhecer.

O som de um clique suave me assusta pouco tempo depois, e fico tensa, esperando que seja Serena. Em vez disso, meus lençóis são puxados e algemas se fecham em meus pulsos antes que eu tenha a chance de reagir.

— Sentimos muito, Excelência — diz um dos soldados, a expressão cheia de medo. — Não tivemos escolha. O rei condenaria nossas famílias caso não obedecêssemos às ordens.

O pânico me invade e, por um momento, luto para respirar. Memórias inundam meu cérebro, cada uma delas contendo as algemas nas quais estou presa de novo. Minha respiração fica superficial enquanto os soldados me puxam e me levantam, me forçando a caminhar até a porta. Não tenho dúvidas de que estão me levando para a torre que meu pai sempre usou para me punir.

O corredor está cheio de soldados, e meu pai e os membros da corte me esperam no fim dele.

— Gostaria que não precisasse ser assim, Arabella. Mas não podemos correr o risco de você se reportar ao Imperador Sombrio. Não tenho dúvidas de que ele nos mataria.

Encaro meu pai, meu coração se enche de veneno.

— O que pretende fazer comigo?

Meu pai faz careta e desvia o rosto.

— Você é minha filha. Não vou matá-la, mas não posso deixar que volte para o Imperador Sombrio.

Dou risada, o som revelando o pânico que sinto.

— E acha que ele não vai me encontrar? Seu castigo será muito pior quando Felix descobrir.

Meu pai sorri, balançando a cabeça.

— O Imperador não vai descobrir. Já me certifiquei disso.

Ele se vira e caminha em direção à torre para a qual eu suspeitava de que seria levada. A cada passo que sou forçada a dar, tento invocar meus poderes. O processo é diferente agora. Sou capaz de convocar meus poderes em vez de apenas deixá-los me inundar em resposta às minhas emoções. Eu os sinto em meu íntimo, mas geralmente também consigo sentir o fluxo de energia ao meu redor. Desta vez, não consigo. Tento lutar contra minhas amarras enquanto sou levada escada acima, mas sem sucesso. Não importa. Ao contrário das feiticeiras, não canalizo meus poderes do éter. Posso canalizá-los de dentro.

— Reformamos a torre — revela meu pai com orgulho. — Desde que o Imperador Sombrio removeu a proibição à magia em Althea, eu sabia que teríamos problemas, e me preparei para eles.

Ele abre a porta, e olho ao redor, chocada. A torre foi transformada em uma grande gaiola dourada que vibra com magia, repleta de barras de metal onde antes havia paredes, um vento frio rugindo pelo cômodo. Nunca vi nada parecido.

— Você nem precisa dessas algemas — fala ele, sorrindo enquanto fecha a porta. Os dois soldados se afastam de mim e se juntam ao meu pai. — A própria torre vai conter sua magia. Ela impedirá que invoque seus poderes.

Observo a gaiola, e uma risada estridente me escapa dos lábios.

— O senhor construiu isso para Felix, não foi?

Meu pai parece pego de surpresa, e caio na gargalhada.

— Acha mesmo que algo assim poderia contê-lo? Querido papai, duvido até que consiga *me* conter, quanto mais ao meu marido.

— Vai conter, Arabella. Sinto muito que tenhamos chegado a esse ponto. Vou providenciar para que você receba comida e água todos os dias. Caso se comporte, deixarei que Serena a visite às vezes. Com o tempo, posso considerar libertá-la, assim que tiver certeza de que não voltará para o Imperador Sombrio.

Encaro meu pai, incrédula, e balanço a cabeça.

— Receio que isso não vá funcionar para mim. Preciso entregar uma carta a Eldiria ao amanhecer, de modo que não posso ficar aqui.

Meu pai sorri.

— Parece que você não entende o que está acontecendo, Arabella. Não estou lhe oferecendo uma escolha.

Elaine está esperando uma resposta, e preciso garantir que a carta chegue até ela. Não posso ficar aqui por muito tempo ou Eldiria estará em perigo. Já consigo sentir as chamas que queimam por todo o império diminuindo devido às minhas emoções turbulentas, e não tenho dúvidas de que a gaiola e as algemas pioram a situação.

— A única razão pela qual fui conivente até agora foi porque estava curiosa para saber o que o senhor faria — digo a ele. Olho ao redor, cheia de decepção. É um espanto que compartilhemos o mesmo sangue. — O senhor não sabe nada sobre meus poderes e, se ao menos perguntasse como estou ou como foram os últimos meses para mim, eu teria contado tudo de boa vontade. — Suspiro, com o coração pesado. — Se eu fosse uma feiticeira comum, o senhor teria conseguido me aprisionar aqui. Mas, para seu azar, eu não sou. Esta sala não me impede de comandar os elementos. Me isolar da energia do éter não é o bastante. Meus poderes vêm de dentro.

Sorrio para meu pai e deixo que o ar levante meus braços algemados antes de rasgar as amarras. O vento sopra do lado de fora do castelo, fazendo as barras da gaiola chacoalharem. Inclino a cabeça quando as paredes começam a rachar e a primeira barra é arrancada pelo vento, rompendo a gaiola.

Meu pai dá um passo para trás, mas balanço a cabeça.

— Você não entende que não sou mais a filha que mandou embora. Você a mandou para morrer, e foi o que aconteceu.

Inspiro fundo e várias outras barras saem voando, levando consigo pedaços da parede da torre. Não sinto um pingo de remorso ao erguer meu pai no ar e arremessá-lo pela abertura. Deixo que ele caia, seus gritos soando alto e muito mais satisfatórios do que eu poderia imaginar, o som reverbera.

Volto minha atenção para os dois soldados que tentam desesperadamente abrir a porta, embora o vento a mantenha bem fechada.

— Não se preocupem. Não matei meu pai. Apenas o deixei levitando. Eu jamais deixaria que ele se safasse com uma punição tão breve. Ele nunca me concedeu a mesma cortesia.

Sorrio e levanto a mão, fazendo com o que os dois homens também voem pela janela. Minha raiva mal se contém quando escancaro a porta, deixando-a bater contra a parede. Não falta muito para o amanhecer, e pretendo fazer com que cada segundo valha a pena.

Arabella

Deixo a carta sobre a mesa na sala do trono segundos antes do amanhecer e respiro fundo, temendo ter perdido a janela de tempo. Dou um passo para trás e observo o envelope, rezando para que ele chegue são e salvo nas mãos de Elaine.

Quando já estou certa de que é tarde demais, a carta brilha em tons dourados antes de ficar translúcida, desaparecendo em um piscar de olhos. Suspiro de alívio e dou um passo para trás, minha atenção volta para as tarefas que tenho pela frente. Pensei em mencionar o problema de hoje em minha carta, mas a última coisa que quero é preocupar Elaine e Felix com um assunto tão insignificante. Tirando um breve momento de pânico, não me senti realmente em perigo.

Suspiro ao caminhar em direção às grandes portas pesadas de madeira da entrada do castelo, abrindo-as com uma rajada de vento. Não tinha percebido que havia evitado usar meus poderes desde que cheguei em Althea, com um medo inconsciente de chatear meu pai. Não esquentei meu próprio banho para manter a água morna por mais tempo nem alimentei a lareira do meu quarto, embora essas sejam coisas às quais estou acostumada. Ele nunca mereceu tamanha consideração, mas a dediquei a ele por algum tipo de obrigação familiar.

Os gritos de socorro do meu pai parecem ter atraído a atenção da corte inteira, e sorrio ao reconhecer vários dos rostos que estavam presentes do lado de fora do meu quarto poucas horas antes. Estalo os dedos, como Felix sempre faz, erguendo-os no ar também, mantendo todos imóveis.

Várias das pessoas que ainda estão no chão dão um passo para trás, e olho ao redor com tranquilidade, notando o medo que exalam.

— As pessoas que estão suspensas no ar neste momento são culpadas de traição. Elas conspiraram contra seu imperador e sua imperatriz, tentando me aprisionar a fim de esconder seus planos de desviar a verba do império.

Ouço algumas pessoas arquejarem, e gravo na memória as que parecem culpadas.

— Meu pai construiu uma jaula para conter aqueles que possuem magia, mas, assim como muitos de vocês, ele não entende que a magia não é inerentemente maligna. Vocês não precisam temer o que desconhecem. Em vez disso, tomem medidas para se educar sobre o novo mundo em que vivemos. Os tempos estão mudando em Althea, e os que se adaptarem vão prosperar. Fazer parte de Eldiria trouxe muitas rotas novas de comércio. Ganhamos conexões com partes do mundo que, de outra forma, seriam totalmente inacessíveis. O que vocês fazem com essas oportunidades concedidas está inteiramente em suas mãos. Vocês e suas famílias vão prosperar ou agirão por medo, punindo não apenas a si mesmos, mas também a seus entes queridos? A escolha pertence a vocês, mas ela deve ser feita.

Baixo meu pai e seus homens, mantendo-os pouco acima do solo, ainda imobilizados.

— Que o comportamento do meu pai sirva de exemplo. Há um preço a ser pago pelo medo e pela ignorância. Durante anos, Althea puniu os diferentes. Isso termina agora. Com efeito imediato, estou decretando pena de prisão para todos que tentarem prejudicar um feiticeiro ou feiticeira inocente, ou mesmo qualquer outro ser sobrenatural. Um tribunal será aberto, e nele os casos poderão ser ouvidos, e um Buscador da Verdade será contratado. Buscadores da Verdade não podem mentir, e discernem o que é verdadeiro com facilidade. Se alguém for descoberto mentindo quando seu caso for ouvido, sua sentença será dobrada.

Ouço os resmungos ao meu redor, mas ignoro. Sem proteção, a magia não terá como florescer em Althea. Os que cresceram temendo seu poder, assim como eu, continuarão a esconder seus talentos, roubando o futuro do que Althea poderia ser.

— Por meio do meu decreto real, meu pai, Rynhelm de Althea, está oficialmente destituído de todos os seus títulos. Ele será preso por seus crimes, e a mesma punição aguarda os que o ajudaram esta noite.

Arquejos chocados irrompem ao meu redor quando me viro e caminho de volta para ao castelo, meu pai e seus homens flutuando atrás de mim. Sigo rumo às masmorras, sem hesitar por um segundo.

Usando uma rajada de vento, abro a porta de uma grande cela e me inclino para trás conforme os prisioneiros flutuam para dentro. Eu os solto no chão segundos depois de trancar a porta.

Meu pai se levanta e força as grades, ao que parece, tentando arrancá-las.

— Me solte imediatamente, Arabella. Sou seu *pai*. Sou seu *rei*.

Eu o encaro, me perguntando como as coisas chegaram a esse ponto. Ele sempre foi irresponsável como governante? E, caso tenha sido, por que os membros da corte o deixaram escapar impune? Althea sempre teve governantes eleitos que deveriam atuar como uma força de oposição ao monarca, criando equilíbrio no modo como o país é administrado. Parece que falhamos com nosso povo de várias maneiras.

— Não — digo a ele. — Você cortou o laço tênue que tinha comigo no instante em que tentou me aprisionar. E não, pai, você não é mais o rei de Althea. A partir de hoje, é apenas um cidadão comum, condenado por traição. Você nunca mais verá a luz do dia.

Ele não faz ideia do que quase causou. Se minha conexão com os elementos externos tivesse sido cortada, o fogo em Eldiria teria se apagado. Ainda consigo senti-lo queimando com intensidade, mas, por um instante, as chamas diminuíram. Milhares de pessoas começaram a plantar, e inúmeras cidades seguem intactas graças à presença da minha magia. Tudo isso poderia ter sido desfeito apenas porque meu pai queria se safar de estar roubando o próprio país. Felix e eu tivemos que sacrificar tudo para que Eldiria chegasse no ponto que está agora, e ele quase arruinou meses de trabalho.

— Você não pode me condenar — diz ele. — Não houve julgamento oficial. Não tive a chance de defender meu caso. — A voz dele vacila, como se a realidade estivesse enfim se cristalizando em seu cérebro.

Estendo a mão por entre as grades e removo sua coroa incrustada de diamantes e rubis, colocando-a em minha cabeça.

— Sou a Imperatriz de Eldiria — digo a ele. — Posso fazer o que quiser.

É óbvio que não existe maneira de convencê-lo, e não vou gastar energia tentando. Ao longo da vida, dei ao meu pai repetidas chances que ele não merecia. Não posso mais continuar com isso, não quando enxergo com clareza que não é apenas o meu sofrimento que suas ações causam, mas o sofrimento da população inteira.

— Arabella?

Ergo o rosto e encontro Nathaniel parado à porta, exibindo uma expressão cautelosa enquanto olha de mim para a cela.

— O que está fazendo? Que confusão é essa?

Nathaniel parece genuinamente confuso, o que me consola por um momento. Pelo menos ele não estava conspirando contra mim também. Seria doloroso aprisionar um dos meus amigos mais antigos, embora eu estivesse disposta a fazer o necessário.

— Estes homens foram condenados por traição. Vão permanecer aqui até que eu decida o contrário. — Sigo o olhar de Nathaniel, percebendo que o pai dele também está na cela, bem ao lado do meu. — Até que eu me decida por um monarca melhor, assumirei as funções do meu pai.

Nathaniel passa por mim e para diante da cela. Eu o observo com atenção. Não posso arriscar que ele ou outra pessoa liberte os condenados.

— Afaste-se — aviso, e ele obedece.

Encaro meu pai ao estalar os dedos, envolvendo as barras de metal em chamas até que elas brilhem em vermelho, acrescentando uma camada pontiaguda de ar por cima, impossível de penetrar – para caso algum deles seja esperto o bastante para perceber que o metal aquecido se torna mais maleável que o metal comum. A única parte que deixo intacta é a portinhola para a comida.

— Assim como a gaiola em que tentaram me aprisionar, é quase impossível fugir desta cela. Convido vocês a tentarem, mas saibam que farão isso arriscando a própria vida.

Lanço outro olhar severo na direção do meu pai antes de ir embora, e uma pequena parte no fundo do meu ser se sente finalmente em paz.

Arabella

Estou exausta até os ossos ao entrar na sala do trono, na esperança de receber outra carta de Elaine. Passei dias revisando os documentos de meu pai e falando com seus conselheiros. Meu pai sempre pareceu tão seguro de si que me surpreendo ao perceber a confusão em que Althea se encontra. Estamos gastando um dinheiro que mal temos com coisas que não importam. No ano passado, meu pai gastou metade dos lucros para bancar eventos e reformas, quando esse dinheiro deveria ter sido usado para fortalecer a economia. Com as rotas comerciais que Felix abriu para nós, conseguiremos nos recuperar mais rápido, mas há muito trabalho a fazer, e preciso encontrar alguém à altura da tarefa. Minhas intenções não mudaram. Não posso ficar aqui. Algum dia, voltarei para Eldiria.

Respiro fundo ao me sentar no trono. Há dias, Pythia se recusa a atender meus chamados. Não fosse pelas chamas que ainda sinto queimando lá no fundo, eu estaria louca de preocupação. Suponho que, nesse sentido, a situação em Althea tenha sido uma distração bem-vinda.

— Compilei os relatórios que você pediu e assinalei nossas exportações mais lucrativas — declara Serena ao se aproximar de mim, oferecendo uma pilha de papéis.

Sorrio para ela antes de folheá-los. Minha irmã parece ter levado minhas palavras a sério. Sei que ela está sofrendo por ver nosso pai preso, mas ela nunca questionou minha decisão. Na verdade, minha irmã anda demonstrando uma compreensão profunda.

— Isso é ótimo, Serena. Diga ao tesoureiro para dar incentivos aos mercadores que lidam com as exportações mais lucrativas. Existem mais rotas para eles explorarem agora.

Ela assente e me entrega outro relatório.

— Essas são as indústrias que acredito terem grande potencial de crescimento, desde que tenhamos fundos para apoiá-las. Penso que investir em nosso povo pode ajudar Althea a crescer. Em troca, ficaremos mais valiosos para Eldiria, resultando em mais suporte e desenvolvimento.

Pego o relatório com um sorriso no rosto. Embora ainda não ouse revelar minhas esperanças, imagino Serena como a futura monarca de Althea. Ela tem muito a aprender, mas leva jeito para a coisa. O trabalho que ela fez desde que nosso pai foi destronado é prova disso. Ela tem uma visão aguçada e uma mente estratégica que rivaliza com a de Elaine. Tudo o que Serena precisa é de um pouco de treino. Fui abençoada por poder testemunhar Elaine e Felix desempenhando seus deveres, e aprendi muito com cada um deles. Assim que minha irmã tiver oportunidades semelhantes, e caso deseje, ela poderá se tornar o tipo de monarca que meu pai deveria ter sido.

Ergo a cabeça ao ver um brilho dourado pelo canto do olho e me levanto do trono quando um envelope surge na outra ponta da mesa. Os papéis que eu estava examinando caem no chão conforme me aproximo em passos trêmulos.

Meus dedos tremem ao pegar a carta com a caligrafia de Elaine. Finalmente. Eu estava tão preocupada. Meu coração acelera quando rasgo o envelope e desdobro com impaciência o pergaminho dentro dele.

Querida Arabella,

Após sua confirmação, questionei Theon quanto a capacidade dele em manter a maldição sob controle dentro do palácio. Pelo que entendi, ele conseguiu conter a maldição na ala leste usando

alquimia, se livrando de qualquer vestígio de má intenção, mas isso não explica como você viu a antiga imperatriz em seu quarto.
Passei vários dias tentando desvendar esse desdobramento da maldição, mas não consegui.
Me disseram que o encantamento do palácio surgiu ao longo dos anos, e que já estava totalmente instalado quando Theon completou dez anos. Nunca senti malícia alguma vindo dele, e por isso não o reconheci como parte da antiga imperatriz. Ao fazer isso, falhei com Theon e com você.
Theon e eu presumimos que o feitiço do palácio compõe parte do equilíbrio que deve estar presente em tudo o que fazemos. Presumimos que sejam resquícios de magia positiva capturados no palácio no instante em que a maldição foi lançada.
Mas me preocupa que ela a tenha mandado embora, pois não conheço seus propósitos. Desde o momento que você partiu, a maldição vem assombrando Theon como nunca. Ela jamais tentou drenar a magia dele, mas está fazendo isso agora. Creio que ter removido a maldição das terras a enfraqueceu o suficiente para que ela começasse a agir em um esforço de preservação, mas ela parece ter escolhido Theon como alvo, concentrando-se ao redor dele, tentando habitá-lo. Uma vez, ela conseguiu fazer isso por alguns instantes antes de Theon se defender. Ele ainda está com hematomas na têmpora devido à forma como a maldição se agarrou ao corpo dele com seus tentáculos pretos, quase como se estivesse tomando forma. Se a maldição encontrar um hospedeiro, os resultados serão inimagináveis, e temo que perderíamos Theon para sempre.
Durante anos, pedi a Pythia que me mostrasse meu futuro e o de Theon toda semana, na esperança de que Raphael pudesse aparecer. Desde que me lembro, nosso futuro nunca mudou. Ontem, porém, o de Theon mudou. E para pior, Arabella.
Não sei como proceder, ou o que dizer. Pythia me avisou para não contar nada a Theon, de modo a não acelerar seu novo destino, mas não posso esconder isso de você.

Peço que responda o mais breve possível, para que possamos reavaliar as escolhas que fizemos. Temo que sua partida tenha condenado a todos nós. Receio que tenhamos caído em uma armadilha da antiga imperatriz. Não posso pedir para que retorne, pois sei o quanto custaria, mas preciso de orientação, Excelência.

Aguardo sua resposta,
Elaine

Aperto a carta na mão enquanto me viro e corro na direção do quarto, meus pensamentos espiralando. Também não senti nenhuma má intenção na mulher que encontrei. Mas, pensando bem, ela teve anos para mascarar sua energia e combiná-la à do palácio. Será que fui mandada embora com um motivo?

Pego o espelho com os dedos trêmulos e me sento na cama.

— Pythia — chamo. — Como sua imperatriz, ordeno que apareça.

O espelho fica leitoso e, após dias de silêncio, ela finalmente aparece, cuidadosamente inexpressiva.

— Me mostre o futuro de Felix.

Ela parece hesitar antes de assentir, e o espelho volta a ficar branco antes de ser atravessado pelas visões.

Assisto à escuridão atacar Felix, transformando sua pele em breu até alcançar os olhos. Sua postura muda, e fica claro que o homem que me encara no espelho não é Felix. Não mais.

A figura fica tensa e olha para baixo. A cor invasora desaparece de seus olhos conforme sua camisa branca vai ficando vermelha, uma espada atravessada em seu peito.

— Não! — grito, incapaz de conter a agonia.

Observo Felix cair no chão, e o sangue mancha depressa o piso de madeira.

O espelho se torna leitoso, e eu o sacudo com desespero.

— Pythia! — exclamo. — Quando isso vai acontecer? Me diga quando!

— Não posso dizer exatamente quando será, Excelência.

A vidente desaparece, e me pego encarando meu próprio reflexo. Quando vi o rosto de Felix, ele tinha um hematoma na têmpora semelhante ao que Elaine descreveu. As visões devem se concretizar em breve.

Agarro o espelho e o guardo na capa ao sair pela porta, meu coração estranhamente calmo quando paro diante da sala do trono. Serena ergue os olhos ao me ver entrar, erguendo as sobrancelhas.

— O que houve, Arabella?

Balanço a cabeça.

— Preciso retornar a Eldiria agora mesmo. Enquanto eu estiver fora, deixo Althea em suas mãos.

Serena me olha com uma expressão inquisitiva antes de assentir.

— Não vou decepcionar você.

— Sei que não vai. — Encaro minha irmã, sabendo que esta pode ser a última vez que a verei. — Eu te amo, Serena.

Ela morde o lábio e balança a cabeça.

— Você vai voltar logo, não vai?

Sorrio e dou as costas para ir embora. Não quero que minhas últimas palavras para ela sejam uma mentira. Retornar para Eldiria vai me custar a vida, mas terá valido a pena se eu puder salvar a de Felix.

Arabella

— Por favor, Sirocco — murmuro enquanto o cavalo acelera em direção a Eldiria com seu passo sobrenaturalmente rápido, mas ainda não o suficiente para mim.

Consigo sentir no fundo da alma: o perigo está à espreita. Posso senti-lo se aproximando, quase como se estivesse se esgueirando por minha pele, me sufocando aos poucos.

Solto um suspiro de alívio quando alcançamos a floresta que separa Eldiria do resto do mundo. Sirocco avança em linha reta, e as árvores se abrem para nós, a luz do sol desaparecendo conforme nos aproximamos do palácio.

A construção coberta de neve que agora considero meu lar surge no horizonte, e puxo o ar com força.

— Por favor, Felix — sussurro. — Por favor, fique bem.

Felix

A cada dia que passa, as sombras se tornam mais difíceis de combater. Se eu pudesse acabar com a dor e levar a maldição comigo, eu o faria. Cada minuto sem Arabella é mais difícil que o anterior. Passei uma vida inteira longe dela, sem me sentir verdadeiramente vivo, e parte de mim deseja voltar àqueles dias em que meu coração era tão gelado quanto meu país.

As portas batem com força conforme caminho para a ala leste, e solto um suspiro. Já faz alguns dias que o palácio tenta me manter longe deste lugar em que a maldição é mais forte… mas não consigo permanecer afastado. A atração da maldição é forte demais e, a cada vez que perco o controle, vou para lá.

Respiro fundo e empurro as portas, minha magia neutraliza a do palácio até que elas se abrem. A maldição se tornou tão forte dentro destas paredes que consigo ver a fumaça preta cutucando o espelho, tentando drenar um pouco de sua magia. Levanto as mãos e envio meus poderes para a fumaça até que ela deslize de volta para as paredes, escondendo-se nas sombras.

— Pythia — chamo, minha voz soando rouca. — Me mostre Arabella.

Pythia aparece diante de mim e balança a cabeça.

— Me perdoe, Excelência, mas não posso fazer isso. A cada vez que você a vê, a escuridão assume o controle por algum tempo. A maldição está em seu momento mais fraco agora. Nunca a vi tão frágil. Ela está se esforçando ao máximo para concentrar seu poder, e o escolheu como receptáculo. Você cede à maldição e deixa que ela o possua cada vez que vê Arabella de Althea. Se a maldição tiver acesso a um receptáculo tão poderoso quanto você, o mundo que conhecemos acabará. Tudo será lançado na escuridão e no gelo, e todos os seres mágicos que restam morrerão. Não seria apenas o povo de Eldiria a sofrer, e não posso deixar que isso aconteça.

Eu a encaro, erguendo as sobrancelhas.

— Você é obrigada a obedecer a mim e aos meus.

— O feitiço vinculativo entre nós servia para me manter viva e a salvo da maldição. Esta última enfraqueceu o bastante para não ser mais uma ameaça para mim, e você não é mais forte o suficiente para sustentar o feitiço intacto.

A vidente sorri e dá um passo à frente, saindo do espelho. Congelo de surpresa e me afasto, arregalando os olhos ao notar a adaga em sua mão.

— Não posso morrer, Pythia — falo para ela, mantendo a voz calma. — Já tentei várias vezes, pensando que isso poderia libertar meu povo, mas foi em vão.

Ela balança a cabeça e ergue a adaga.

— Não posso arriscar que a maldição o controle por completo. O futuro que vejo não pode se realizar. Eu tentei, Excelência. Durante dias, vasculhei todas as possibilidades, todas as versões do seu futuro. Em cada uma delas, você se deixa levar pela escuridão. Logo depois, ela possui o mundo inteiro. Você precisa morrer para livrar o mundo da maldição. É você que a mantém viva. Para quebrar uma maldição dessa magnitude, uma vida deve ser sacrificada. Vai terminar quando sua linhagem terminar.

Ergo os braços, meus pensamentos dão voltas. Se o que Pythia diz é verdade e a morte está mesmo no meu encalço, então meu único arrependimento é não ter me despedido de Arabella. Talvez, em outra vida, ela e eu possamos encontrar o caminho de volta um para o outro.

Pythia ergue a adaga, a mão trêmula. Ela respira fundo e desfere o golpe, mas, antes que a lâmina me alcance, alguém a segura pelo pulso.

— Não! — Um grito alto ressoa pela sala, as janelas da torre se estilhaçam enquanto o espírito de uma mulher surge à minha frente, segurando o braço de Pythia. — Corra, Felix! Você não escapará da morte desta vez — grita ela, empurrando a vidente para longe, desaparecendo logo em seguida.

Pythia desaba no chão e se arrasta para pegar a adaga, sua determinação aparentemente fortalecida.

— Felix!

Eu me viro e encontro Arabella na porta. Ela corre até mim, me empurrando de lado no instante em que Pythia volta a atacar. Reúno minha magia a fim de protegê-la do perigo, mas é tarde. A lâmina de Pythia atravessa seu peito, e Arabella cai de joelhos, os olhos presos aos meus.

— Não, não, não — murmuro, tomando-a em meus braços.

Tento ao máximo curar seu ferimento e absorver a dor para mim, mas é em vão. Nada do que faço surte efeito e, pela primeira vez em décadas, me sinto impotente.

— Arabella, *por favor*. Você não pode me deixar, querida. — Minha voz fica embargada, e as lágrimas se acumulam depressa em meus olhos. — Eu imploro, *por favor*. Aguente firme por mim, meu amor.

Eu a ergo nos braços, e Arabella leva a mão trêmula até minha bochecha.

— Sinto muito — sussurra ela, a voz tão fraca que é difícil entender as palavras. — N-não era assim que a nossa história deveria terminar, mas eu... sou grata por não precisar viver uma vida sem você.

Ela abre um sorriso tênue, e a expressão em seus olhos... É como se Arabella soubesse que está me vendo pela última vez, como se estivesse se esforçando para aproveitar o momento.

— Eu... eu te amo, Felix.

Arabella inspira de maneira trêmula e depois fecha os olhos, seu corpo perdendo as forças em meus braços. Eu grito ao senti-la ir embora, a magia desaparecendo devagar de nossas terras, até que seu zumbido discreto se esvai.

O tempo parece congelar enquanto abraço minha esposa, com incontáveis súplicas escapando por meus lábios sem nenhum tipo de pensamento consciente. Rezo para todos os deuses que conheço, mas minhas palavras não são ouvidas.

A raiva começa a me dominar aos poucos e, por fim, desisto, deixando que a maldição me leve na esperança de poder me juntar à Arabella na morte. Minhas forças se esvaem à medida que a maldição me drena, e abraço minha esposa enquanto a escuridão me domina. Seu primeiro alvo é Pythia – uma lasca afiada de breu transpassa seu coração, imitando o ferimento de Arabella.

Vou perdendo a consciência enquanto a escuridão se apodera de mim, o controle sobre meu corpo se esvai. O medo se instala em meu estômago quando olho para baixo e observo tentáculos escuros e pegajosos de pura malícia irradiando de mim, estendendo-se depressa através das janelas. A bile sobe por minha garganta quando meus ouvidos são perfurados pelos gritos das almas que a maldição está tomando por todo o meu amado país, e a magia das pessoas percorre meu corpo, uma após outra. A cada alma perdida, a maldição ganha mais consciência, mais autonomia, e meu corpo começa a se mover contra minha vontade. Observo horrorizado enquanto me viro para o espelho, apenas para encontrar algo semelhante a um demônio sorrindo para mim.

Assim que minha visão começa a ficar turva, meu corpo se vira para Arabella, e observo em choque enquanto ela é erguida por uma magia tão pura que é capaz de afugentar a malícia, fazendo com que minha consciência vá retornando a cada segundo que passa. Um grito desumano rasga minha garganta, e a maldição luta para se agarrar a mim, mas sinto que ela perde força conforme um círculo de água surge em torno de Arabella, logo seguido por um círculo de ar. Vejo trepadeiras se erguerem do chão, circundando-a também, e os três anéis se movem um sobre o outro. O fogo irrompe ao redor do corpo dela, formando uma quarta auréola.

Volto a sentir minhas mãos conforme o céu ao nosso redor clareia, até que a luz do sol ilumina o cômodo através das janelas, afugentando os últimos resquícios de escuridão.

— A maldição — sussurro, sentindo-a se esvair do meu corpo apesar de seus melhores esforços para continuar ali.

Arabella abre os olhos, e cada um dos círculos elementais desaparece. A magia a deposita no chão, sem nenhum ferimento. Ela respira fundo. Meu coração dispara.

Corro para ela e passo as mãos por seu corpo, com medo de estar tendo alucinações.

— Felix — diz ela, com a voz trêmula.

Será que tudo isso é verdade? Ou será que realmente perdi a razão?

— Pelas Fúrias, Arabella — murmuro, puxando-a para um abraço. Seu aroma floral me traz a paz que eu nunca conheci, e a maneira como seu peito sobe e desce contra o meu afasta toda descrença persistente. — Pensei que a tinha perdido, meu amor.

Arabella me encara, seu olhar percorrendo minhas feições enquanto ela acaricia meu rosto. Ela parece tão incrédula quanto eu.

— Felix — sussurra. — As veias... estão desaparecendo.

Observo minha esposa enquanto ela me encara, maravilhada, suas mãos se movem por meu rosto bem quando sinto os últimos resquícios da maldição se esvaírem. Uma lágrima escorre por sua bochecha, mas, mesmo assim, ela ri enquanto passa o dedo por minha testa.

— Não pensei que pudesse ficar ainda mais bonito — sussurra ela, a ponta do dedo percorrendo minha bochecha e depois meus lábios.

Engulo em seco, tomado pelas emoções enquanto ela me puxa para mais perto e me beija em movimentos desesperados, como se também não achasse que algum dia teríamos a chance de vivenciar isso de novo. Beijo minha esposa do jeito que venho desejando desde o minuto em que ela foi embora, e em nenhum momento o mal me alcança. Eu me perco nela, saboreando seu toque. Por um momento, pensei que a tivesse perdido para sempre.

O sal de suas lágrimas se mistura com o gosto dela, e me afasto para beijar suas pálpebras, hipnotizado pela forma como o sol envolve seus cabelos e tinge sua pele de dourado. Ela respira fundo, trêmula, encostando a testa à minha com um sorriso no rosto.

— Quebramos a maldição, Felix. — Ela fala baixo, quase como se tivesse medo de acreditar, de dizer em voz alta, e eu a abraço com força, igualmente incrédulo.

— Você voltou por livre e espontânea vontade, e uma vida foi ofertada livremente por amor — murmuro, compreendendo.

Eu sabia que a maldição custaria uma vida, já que uma vida fora dada para lançá-la, mas sempre presumi que seria a minha.

— Você quebrou a maldição.

— Nós quebramos — insiste Arabella. — *Nós* quebramos.

Arabella

Felix segura minha mão conforme caminhamos pelo átrio, nós dois em choque ao ver as rosas brilhando em dourado e voltando a se transformar em pessoas, uma por uma.

— Toda essa gente — murmura Felix, o olhar percorrendo o palácio repleto de abraços e lágrimas de alegria. — Todas elas se perderam ao longo dos anos, levadas pela maldição.

Assinto ao observar os casais se reencontrando, meu coração em disparada enquanto procuro por Elaine.

— Ali — sussurro.

Eu a identifico em um canto, olhando para a mesma rosa da qual ela costumava cuidar. A flor começa a brilhar em dourado, e assisto, sem fôlego, a um homem aparecer.

— Raphael — diz ela.

Elaine se aproxima e encosta as mãos no peito dele.

Raphael a encara, hipnotizado por um momento antes de seus olhos recuperarem o foco. Ele segura os pulsos de Elaine.

— Quem é você?

Sua voz é alta e clara, e dou um passo para trás, assim como Elaine.

— Raphael? — sussurra a feiticeira, ficando com a voz embargada.

Felix se aproxima e apoia a mão no ombro de Raphael, e eu seguro Elaine pela cintura. Ela se inclina para mim, os olhos encontrando os meus. Reconheço a tristeza estampada na expressão de seu rosto, e a aperto com mais força.

— Está tudo bem — sussurro. — Dê a ele um pouco de tempo.

— É bom ter você de volta — declara Felix, mas não há reconhecimento da parte de Raphael.

— Onde estou? — pergunta ele, olhando ao redor.

Elaine fica tensa e o encara, aprumando os ombros.

— Estamos em Eldiria. Você saberia dizer seu nome?

Ele assente.

— Raphael de Iridea, príncipe herdeiro de Iridea.

Pelo que sei, Raphael perdeu seus títulos depois que Felix conquistou seu país.

— Leve-o para um curandeiro — digo a Elaine. — Parece que a memória dele foi afetada.

Por que ele se lembraria de quem é, mas não de Elaine? Pelo que ela me contou, os dois já se conheciam antes de chegarem em Eldiria.

— Sim, Excelência — responde a feiticeira, levando-o para longe.

Felix e eu ficamos observando enquanto os dois se afastam, e meu coração afunda depois que eles somem na curva do corredor.

— Ele não se lembra dela — murmuro. — Como isso é possível? Olhe todas essas pessoas ao nosso redor, todas se abraçando e celebrando. Por que Raphael não se lembra de Elaine nem de você?

Felix me abraça e balança a cabeça.

— Não sei, meu bem, mas vamos descobrir. Se fomos capazes de quebrar a maldição, podemos resolver isso também.

Ele me aperta com mais força enquanto me guia para fora do palácio. Ao sair, congelamos, em choque. Até onde a vista alcança, o império está banhado pela luz do sol, com grama verde e flores brotando por toda parte. Ao longe, vejo um riacho, que sempre esteve congelado, fluindo, e me viro para admirar o palácio, cujos tijolos de calcário estão finalmente expostos.

— É lindo — sussurro.

Felix assente, e sorrio ao ver a emoção em seus olhos.

— Você me disse uma vez que me mostraria Eldiria em toda a sua glória. E está me mostrando.

Ele sorri para mim e segura meu rosto.

— *Você* fez isso, querida. Você fez o impossível e nos libertou.

Dou uma risada, ficando na ponta dos pés para abraçá-lo.

— Parece que, no fim das contas, o amor verdadeiro quebrou a maldição.

Felix ri baixinho, se inclinando para me beijar.

— Eu te amo, Arabella de Althea. Que o mundo ao seu redor sirva como prova disso. Eu te amo mais do que as palavras são capazes de expressar.

Meus lábios encontram os dele, e não consigo evitar um sorriso. Pensei que o tinha perdido, que nunca o veria de novo. E, no entanto, aqui estamos nós, juntos.

— Eu te amo mais ainda, Theon Felix Osiris.

Felix

— Felix.

Congelo ao ouvir a voz distante, e olho para cima, me deparando com o espectro da minha mãe junto à janela do quarto. Uma dor agonizante se mistura ao ódio profundo, me deixando sem palavras.

— Felix — repete ela, seus olhos cheios de tristeza. — Com a maldição quebrada, meu tempo aqui é limitado. Minha magia se fundiu ao palácio, mas minha alma deve, enfim, seguir em frente.

Ela se aproxima, e há tanta ternura em seus olhos que fico imóvel, sem saber como reagir. Ela ergue a mão até meu rosto, e fecho os olhos por um momento.

— Meu menino lindo — sussurra ela. — Ao longo dos anos, vi você crescer, Felix. Sempre estive ao seu lado. Eu estava lá enquanto seu pai sussurrava mentiras nos seus ouvidos, virando você contra mim mesmo depois que morri. Eu estava lá enquanto lutava contra uma maldição que nunca foi destinada a ninguém além do seu pai. Ver você sofrer as consequências do ódio que eu sentia pelo seu pai foi meu maior castigo. Sempre me disseram que havia um custo ao lançar uma maldição tão cruel quanto a minha, mas nunca pensei que seria tão alto. Ver a única pessoa que realmente amei sofrer década após década, impotente… isso me despedaçou. Tenho tanto orgulho de você, meu filho. Sei quanto eram pesados os fardos que carregava, mas você nunca vacilou, nunca pensou duas vezes.

Eu a encaro, incrédulo.

— Você não *me* amaldiçoou?

Ela nega com a cabeça, uma lágrima escorre por seu rosto.

— Nunca, meu querido. Juro. Foi seu pai quem amaldiçoei. Eu o amaldiçoei a levar uma vida sem amor, uma vida em que jamais experimentaria nenhum tipo de conforto, nem mesmo quando desse o último suspiro. Sem que eu soubesse, a maldição se estendeu por toda a sua linhagem... até meu próprio filho. No instante em que te vi pela primeira vez, senti um amor tão intenso que fez todas as outras emoções empalidecerem. Não há nada que eu não teria feito por você, Felix. Mesmo naquela época. No segundo em que senti a maldição se apoderar de você, usei meu último suspiro e cada gota de força vital restante para revertê-la, mas era tarde demais. Não pude protegê-lo, e passei os últimos duzentos anos me redimindo por isso.

"Minha tentativa de reverter a maldição, no entanto, apenas impediu que ela te matasse, assim como fez com seu pai. Pior ainda, permitiu que a maldição assumisse uma forma que nunca pretendi que ela tivesse, e a magia se tornou consciente. Uma maldição dessa magnitude precisa ser lançada com intenções claras, e as minhas mudaram no instante em que percebi o que havia feito. Dei meu melhor para proteger você ao longo dos anos, Felix, mas você ainda sofreu tanto... Nunca terei palavras para expressar a profundidade do meu arrependimento."

— Eu...

Não sei o que responder para ela. Se minha mãe estava aqui o tempo todo, deve ter me ouvido xingá-la, odiá-la. Deve ter me visto destruindo cada um dos seus pertences, removendo todo vestígio dela da minha vida.

Minha mãe sorri de maneira tranquilizadora, como se pudesse ver os pensamentos estampados em meu rosto.

— Tudo o que importa para mim é que seja feliz, Felix. Agora que está bem, posso ficar em paz. Mas eu não poderia seguir em frente sem pedir perdão. Todas as coisas pelas quais passou… a dor que sofreu… A maldição pode não ter sido direcionada a você, mas foi você quem sofreu as consequências, e por isso me arrependerei para sempre.

— Se eu não a perdoar, você fica comigo?

Sua expressão se transforma em uma mistura de melancolia e amor.

— Meu doce filho, se eu pudesse, jamais o deixaria. Mas é preciso. As Fúrias estão me chamando, e não consigo resistir a isso.

Seu corpo tremula, como se ela estivesse lutando para permanecer corpórea. Estendo a mão para ela, e meus dedos a atravessam.

— Eu te amo, Felix.

Ela sorri para mim, e uma dor como nunca senti antes me percorre, dilacerando minha alma.

— Eu perdoo você — sussurro.

Minha mãe desaparece, e a energia do palácio muda, quase como se estivesse de luto por sua perda. Caio de joelhos e respiro de forma trêmula, com a mente tumultuada. Poderia ser verdade? Meu ódio por ela estava equivocado o tempo todo? Eu mesmo nunca ouvi sua versão da história, apenas o que era repetido para mim quando criança… *pelo meu pai.*

— Me perdoe — sussurro para o quarto vazio, sabendo, no fundo do coração, que as palavras de minha mãe foram verdadeiras. Eu soube disso no instante em que ela apareceu e me protegeu de Pythia.

— Felix, meu amor?

Respiro fundo e me levanto, jurando honrar a memória de minha mãe como sempre deveria ter feito. Me viro para Arabella, que me encara com preocupação.

— Arabella — murmuro, com a voz embargada. — O que acha de encomendarmos um retrato da minha mãe?

Ela sorri ao ouvir isso, o rosto se transformando em pura alegria.

— Eu adoraria.

Vou até ela e a abraço, beijando seus lábios. Felicidade… nós finalmente a encontramos.

EPÍLOGO

Arabella

Molly interrompe seus feitiços de embelezamento, ficando tensa quando a bebê começa a chorar em sua cesta.

— Me desculpe, Excelência — diz ela. — Acho que a menina está com fome.

Balanço a cabeça, pondo a mão em seu braço.

— Está tudo bem, Molly. Vá alimentar sua pequena. Penso que já é o suficiente para o evento de hoje — murmuro, me olhando no espelho.

A feiticeira assente, agradecida, e pega a filha no colo. Meu coração se aquece ao vê-las juntas.

— Ela pode ser fofa, mas vive me atormentando, Excelência. Logo a senhora vai descobrir como essas coisinhas são exaustivas.

Coloco a mão na barriga e sorrio para mim mesma. A gravidez está começando a se tornar aparente, e não resta muito tempo até que nossa própria criança venha ao mundo.

— Mal posso esperar — respondo para Molly.

Encaro o espelho, observando o vestido terracota que o palácio escolheu para mim hoje. O caimento na barriga é perfeito, sem chamar atenção demais ou escondê-la. Molly copiou a cor com perfeição em meus lábios, e mal posso esperar para ver como Felix vai reagir ao me ver. Uma coroa dourada com rubis adorna minha cabeça, completando o traje.

Volto a olhar para Molly e sua pequena antes de sair do quarto, murmurando um agradecimento. Ela sorri e tenta fazer uma reverência, mas balanço a cabeça. Vê-la com sua filha é uma das maiores alegrias que já me foram concedidas. Eldiria mudou tanto em tão pouco tempo, algo que ainda me surpreende a cada dia.

Paro no topo das escadas, meu foco recaindo sobre o retrato da minha sogra. Seu espírito pode ter partido, mas sua magia segue viva no palácio, mantendo tudo encantado. Felix se recusa a falar dela, mas o fato de um retrato tão grande e deslumbrante estar pendurado no palácio diz muito. Embora não mencione o assunto, sei que ele está processando à sua maneira o papel que a mãe teve na maldição.

— Arabella.

Me viro ao ouvir sua voz, erguendo os cantos dos lábios em um sorriso conforme Felix arregala os olhos.

— Etérea — sussurra ele quando o alcanço. — Você está muito mais do que linda, querida.

Encaro meu marido, sentindo o peito disparar. Ainda não me acostumei a vê-lo sem as veias venenosas que tentavam obscurecer sua aparência. Observo seu maxilar forte e as maçãs do rosto, o nariz reto e a barba por fazer. Ele é incrivelmente bonito, ainda mais do que imaginei.

Fico na ponta dos pés para beijá-lo, e Felix me abraça, aprofundando a carícia. Me afasto com relutância e suspiro.

— Vamos nos atrasar para o casamento de Elaine e Raphael — murmuro em seus lábios, e ele suspira.

— Muito bem — declara Felix de má vontade. — Se segure firme.

Ele fecha os olhos.

Solto um arquejo e, segundos depois, estamos no palácio de Iridea. Sem a maldição para combater, os poderes de Felix ficaram mais fortes, assim como os meus.

— Tem certeza de que essa é uma boa ideia? — pergunto a Felix, me referindo à forma como ele obrigou Elaine e Raphael a ficarem juntos.

Felix dá de ombros.

— Ele quer o país dele de volta, não quer? A única maneira de eu lhe dar isso é com ele se casando com Elaine. Vamos deixar que os países se unam, e os dois farão o mesmo.

Suspiro e balanço a cabeça.

— Raphael ainda não se lembra dela. Fico preocupada com Elaine, Felix.

Ele me olha e sorri.

— Não fique, querida. O amor deles era como o nosso. Embora eu não saiba por que Raphael não se lembra de Elaine, sei que vai recordar com o tempo. Além do mais, não devemos a Elaine tentar ajudá-la de todas as formas que pudermos?

Assinto e entramos na capela, todos ao redor se levantando e fazendo uma reverência. Felix e eu nos sentamos na primeira fila, ao lado da família da feiticeira, meu coração dispara quando a música começa a tocar.

Me viro e vejo Elaine entrar, usando um vestido branco com cauda que é deslumbrante, adequado para a princesa que ela é. Minha amiga está linda, mas também parece apavorada. Seus olhos percorrem a capela, e seus ombros relaxam quando ela fixa a vista em mim. Aceno com a cabeça para ela, oferecendo um sorriso tranquilizador, e ela retribui o gesto e endireita os ombros.

Elaine olha para a frente, e sigo sua linha de visão. Embora exista ódio no rosto de Raphael, também há um desejo flagrante. Ele pode não admitir para si mesmo, mas, mesmo que não se lembre de Elaine, uma pequena parte dele a deseja. Tenho fé de que Elaine o conquistará como antes. Só gostaria que isso não fosse necessário.

— Eles vão ficar bem — sussurra Felix, me abraçando, e concordo com a cabeça.

Eles vão ficar. Tenho fé nesse reencontro, não importa que as chances sejam pequenas, assim como eram entre Felix e eu.

Observamos enquanto os dois trocam os votos e depois as alianças. Meu coração congela por um instante quando o sacerdote os declara marido e esposa e pede para que Raphael beije Elaine. Raphael hesita, mas depois se inclina e captura os lábios da feiticeira. Aplausos e vivas irrompem ao nosso redor, embora meus próprios gritinhos de alegria possam muito bem ser os mais altos.

Enxergo o que Elaine já viu um dia. Embora os dois possam levar algum tempo para se reaproximarem, sei que isso acontecerá.

Felix me dá um beijo no topo da cabeça enquanto observamos os recém-casados se virarem para nós.

— Eu te amo — sussurra ele.

Encaro meu marido, com um sorriso no rosto.

— Eu te amo mais.

AGRADECIMENTOS

Em primeiro lugar, gostaria de agradecer a você, cara pessoa leitora, por escolher passar algumas horas comigo. Há inúmeros livros incríveis que você poderia ter escolhido, e fico extremamente honrada por ter optado por um dos meus. Obrigada por apoiar meus sonhos ao visitar uma das minhas histórias – eu não poderia fazer isso sem você, de verdade.

Em segundo lugar, publicar um livro exige uma comunidade inteira, e eu não teria chegado a lugar algum sem a minha. Agradeço infinitamente aos meus Kittens (gatinhos), ao Time da Cat, à minha agente Thao Le, à incrível equipe da Forever – especialmente Junessa, Jordyn, Estelle, Dana e todos os membros que ainda não conheci enquanto escrevo esta dedicatória. Obrigada por fazerem todo tipo de mágica acontecer nos bastidores. Sem vocês, esta história não existiria em sua forma atual.

Acima de tudo, agradeço ao meu querido marido, por sempre apoiar meus sonhos e por acreditar em mim como ninguém jamais acreditou – nem eu mesma. Eu te amo infinitamente.

Acreditamos nos livros

Este livro foi composto em Garamond Classico
e impresso pela Lis Gráfica para a Editora Planeta do
Brasil em setembro de 2025.